Familienbande

Karin Fossum

Familienbande

ROMAN

Übersetzung aus dem Norwegischen
von Roland Hoffmann

SAGA Egmont

NORLA
Norwegian
Literature Abroad

Diese Übersetzung wurde von NORLA gefördert.

Die Originalausgabe erschien 2021 unter dem Titel
„Drepende Drage, Angrende Hund" bei Cappelen Damm, Oslo

Die Verszeilen auf Seite 261 entstammen dem Gedicht „Finnmarksmor 1944"
von Olav H. Hauge. Übertragung ins Deutsche: Roland Hoffmann

Covergestaltung: Stephanie Weischer
Coverabbildungen: Shutterstock
Satz aus der Minion Pro: Karol Kinal, Warschau
Druck und Bindung: Mazowieckie Centrum Poligrafii, Marki

ISBN 978-3-98750-057-2

There are truths that lie beneath
the surface of the words.
Truths that rise up without warning,
like the humps of a sea monster,
and then disappear.

Nicholas Edward Cave

Schläfst du, Ellinor?

Nein, ich schlafe nicht. Ihre Schuhe klappern so scheußlich, wenn sie geht. Das macht mich ganz fertig.

Mich auch. Was meinst du, sollen wir tun?

Ich finde, wir sollten ihr eine Eisenstange auf den Kopf knallen, sie in eine Schubkarre legen und zur Fleischfabrik fahren. Dort stopfen wir sie in den großen Fleischwolf, sodass sie in dünnen Streifen herauskommt. Dann machen wir ein riesiges Fleischbällchen aus ihr und rollen sie hinaus in den Wald, damit all die wilden Tiere kommen und sie auffressen können. Der Fuchs kommt, das Reh und der Dachs, und vielleicht ein paar hungrige streunende Hunde. Und wenn dann alle satt sind, kommen die Krähen und vertilgen die Reste.

Sollen wir es jetzt gleich machen?

Nein, wir müssen bis zur Nacht warten, Aksel, wenn alle schlafen.

Bis zur Nacht, Ellinor, wenn es still und dunkel ist und niemand uns sehen kann.

Auf diesen Gedanken wäre er nie gekommen: dass sein erster, zaghafter Protestversuch alles, was er an Sicherheit besaß, hinwegfegen sollte.

Es war eine vorsichtige Bemerkung, die er beim Mittagessen fallenließ – ausgesprochen mit jugendlichem Draufgängertum und brüchiger Stimme. Doch diese Bemerkung sollte ihn alles kosten, woran er bislang geglaubt und was er als Selbstverständlichkeit betrachtet hatte: die Zuneigung der Eltern und ihr Wille, ihn zu beschützen.

Der Vorfall prägte seine Entwicklung in den folgenden Jahren. Er entwickelte eine heftige Scham, die er selbst im Alter von vierzig Jahren noch mit sich herumschleppte. Das Ereignis hatte sich auf seine Stimme gelegt, die von diesem Tag an in eine entschuldigende Tonlage gepresst wurde, und auf seinen Blick, der ausweichend war. Selbst sein Gang veränderte sich und war seitdem schleichend wie der eines Diebs.

Er war berauscht gewesen von diesem neuen Gefühl, kein Kind mehr zu sein, sondern ein Teenager. Jemand, der die Welt der Erwachsenen durchschaut hatte, ihre Lügen und ihren Hang zu Übertreibungen und ihren Missbrauch von Macht. Daher hatte er im Alter von dreizehn Jahren den Vorsatz gefasst, sie zu entlarven.

Erster Weihnachtstag. Klarer Himmel und trockene Kälte. Truthahn in Sahnesoße mit Rosenkohl und eingemachten Victoria-Pflaumen aus dem Garten. Die Mutter hatte begonnen, über die Nachkriegsjahre zu sprechen. Über all die Dinge, auf die sie damals verzichten mussten. Er und seine Schwester sollten sich klarmachen, dass sie im Überfluss lebten. Mit jedem Bissen sollten sie spüren, wie viel Glück sie hatten und wie privilegiert sie waren, verglichen mit anderen Kindern an anderen Orten des Globus.

Das Truthahnfleisch, das weiße, magere, mit seiner goldenen, knusprig gebratenen Haut, war in seinem Mund angeschwollen. Er wusste, dass die Mutter genau das beabsichtigte. Sie wollte ihn zu Unterwürfigkeit zwingen. Ihm Selbstwert und Mitspracherecht nehmen, sodass sie und der Vater als selbstverständliche Autoritäten erschienen. Sie hatte eine große Angst vor der Zukunft, einer Zeit, in der ihr der Sohn über den Kopf wachsen und großmäulig werden würde, jemand, der auf sie herabsah und ihre Schwächen aufdecken könnte.

Als die Mutter mit ihrem Sermon über die „mageren Jahre" losgelegt hatte, hatte Aksel gerade ein Stück Truthahn auf die Gabel geladen.

Jetzt ließ er die Gabel fallen.

„Was hat euch denn damals gefehlt?“, fragte er keck. Du und auch Papa, ihr habt doch auf einem Bauernhof gelebt, mit Kühen, Hühnern, Eiern, Milch, Fleisch und ich weiß nicht, was. Und da hat doch auch niemand im Gebüsch gelauert und auf euch geschossen.“

Darauf lähmende Stille. Schlagartig wurde ihm das Ausmaß seiner Tat klar. Das Schweigen jagte ihm Todesangst ein. Also trat er den einzigen Ausweg an, den er erkennen konnte: Er setzte seine freche Tirade fort, mit einer Stimme, die altersgemäß kieksig war, was er zu überdecken versuchte, indem er noch mehr Kraft hineinlegte.

„Beefsteaks und Koteletts“, johlte er, „und Äpfel aus dem Garten und Himbeeren von den Büschen. Die Leute in den Städten, das waren diejenigen, die nichts hatten.“

Die unheilverkündende Stille verdichtete sich.

Quakend zog er seine letzte Karte.

„Fehlten wohl bloß noch Kaffeepflanzen.“

Sein Vater war zehn Jahre älter als die Mutter und ein Mann, der sich nur selten zu etwas äußerte. So wortkarg war er, dass sie kaum seine Stimme kannten, höchstens als undeutliches Murmeln, wenn er gezwungen war, etwas zu sagen. Doch nun verwandelte sich dieser Mann vor Aksels Augen.

Seine Stimme zitterte vor Wut mit einer bisher ungekannten Kraft, als er sein Urteil über den Sohn fällte:

„Der Krieg, sagst du! Einen Scheißdreck weißt du vom Krieg. Einen Scheißdreck weißt du darüber, was wir hatten oder wer im Gebüsch lag und schoss, du verwöhnter kleiner Rotzlöffel!“

Der hasserfüllte Wortschwall hatte die Fensterscheiben zum Klirren gebracht. Vielleicht war es aber auch das Gebiss des Vaters gewesen. In der Kanne hatte das Wasser Wellen geschlagen, während die Worte hereinprasselten. Worte, die vor Herablassung und Verachtung trieften.

Nach ein paar atemlosen Sekunden griff der Vater erneut an: „Du willst also in den Krieg, oder wie? Du hast nicht mehr Mumm als ein Wattewichtel.“

Offensichtlich hatte ihn die Weihnachtsdekoration auf dem Tisch inspiriert, die Ellinor aus einer leeren Klorolle, Watte und rotem Krepppapier gebastelt hatte. Und der Wortschwall hielt an. Eine Rede über den Terror des Krieges, so ausgefeilt, als hätte er sie irgendwann vor langer Zeit verfasst und nur auf einen guten Anlass gewartet, um sie vorzutragen.

Dann war es plötzlich vorbei gewesen. Das garstige Tier war wieder im Körper des Vaters verschwunden, die Dunkelheit war aus den Augen gewichen, während der Vater mit klirrendem Gebiss das Essen in sich hineinmampfte. Sein Gesicht war wieder das alte gewesen: ausdruckslos und hart wie Stein.

Doch genau in jenem Augenblick, als die Worte fielen, hatte Aksel etwas begriffen: Sein Leben und das seiner

Schwester hatte immer am seidenen Faden gehangen. Nur gnadenhalber saßen sie hier, nur gnadenhalber konnten sie essen. Denn die Gefahr lauerte, und sie ging von diesem erzürnten Mann am Tisch aus. Sie hatte auf eine Möglichkeit gewartet, hatte am Grund eines Sumpfs gelegen und war jetzt an die Oberfläche gekommen. Kein Mensch war das, wofür er sich ausgab, alle trugen ein garstiges Tier in sich, und wenn man im Umgang mit ihnen nicht vorsichtig war, würde das Monster in ihnen allen aus der Tiefe heraufsteigen.

Dezember mit weißen Schneeverwehungen. Seine Schwester Ellinor saß schweigend am Tisch, die Hände im Schoß, bleich wie draußen der Schnee. Sie war erst acht Jahre, als sie zu essen aufhörte.

Man konnte von Aksel Adelson nicht sagen, dass er ein Raubein war, aber er war auch kein Schwächling. Einen Meter und siebenundachtzig, die Haare an den Schläfen grau, ansonsten blond. Kein hässlicher Anblick, doch er selbst hatte keine Meinung dazu, wer er war oder wie er aussah.

Für einen Mann hatte er breite Hüften, zwei hübsche, gebogene Spina iliaca verbargen sich unter der Kleidung. Die Knie waren rund wie Knollen, die Fersen schmal, woraufhin die Füße sich dann verbreiterten, wie bei einer Ente.

Diese Dinge hatte er von seinem Vater Annar geerbt.

Der Volvo brummte, als er durch die Siedlung fuhr. Er fuhr extrem vorsichtig, denn es gab immer irgendwelche kleinen Scheißer an der Straße, die keinen Grips hatten.

In dem weißen Haus zur Rechten hatte früher eine Familie aus der Finnmark gewohnt. Eines schönen Sommertages zur Mittsommerzeit war der Vater mit einem Fleischermesser Amok gelaufen. Er hatte Frau und Sohn durch das Haus gejagt, von Raum zu Raum die Treppen rauf und runter, sodass Möbel umstürzten und das Geschirr zu Bruch ging, während er in wahnsinniger Wut brüllte. Die Nachbarn im braunen Haus nebenan hatten das Spektakel durch die offenen Fenster mitbekommen und die Polizei angerufen.

Später erzählte man sich, dass der Mann der Frau das Messer in den Oberschenkel gerammt habe, während er sie gegen die Küchenarbeitsplatte presste, und dass die Spitze so tief in den Oberschenkelknochen eingedrungen sei, dass es sich nicht mehr bewegen ließ. Also habe der Verrückte ein anderes Messer aus der Schublade geholt, um es ihr in den Bauch zu stoßen, in ihre Weichteile. Doch es sei der Frau gelungen, sich zur Seite zu drehen, sodass die Messerklinge keine vitalen Organe traf.

Wie stark ist der Schmerz, dachte Aksel, wenn er nur noch dadurch gelindert werden kann, dass man ihn auf eine andere Person überträgt. Ihn für alle Welt sichtbar macht: Seht nur, hier ist er! In diesem Menschen, der schreit.

Der Mann aus der Finnmark hatte die Fesseln zerrissen, um danach in anderen Fesseln auf acht Quadratmetern zu enden. Vielleicht war das dennoch eine Art von Freiheit. Niemand erwartet etwas von einem Messerdesperado, der mit den Händen unter dem Kopf auf einer Pritsche liegt.

Der Sohn des Hauses hatte sich nicht getraut einzugreifen. Er war dreizehn Jahre alt gewesen, so wie Aksel, als er die Eltern in Frage stellte. Dem Jungen hatte die nötige Stärke gefehlt. Er hatte seine blutende Mutter zurückgelassen und war in den Wald geflüchtet. Seitdem musste er den Rest seines Lebens die Scham ertragen, nicht dazwischengegangen zu sein.

Das Monster war an die Oberfläche gekommen.

Aksel dachte an diese Dinge, während er fuhr. An seine eigene Scham, die lange in ihm gegoren hatte und die im Laufe des Lebens zu etwas anderem geworden war. Zu etwas Starkem und Berauschendem, an dem er heimlich genippt hatte. Eine flammende, errötende Scham wurde an seinen Wangen sichtbar, wenn er an das Ereignis beim Mittagessen dachte.

Sie haftete seinem ganzen Ich an.

Der Vater, den er und seine Schwester „den Ernst“ nannten, war tot und begraben. Bösartige Zellen hatten sich zusammengerottet, waagrecht von der Prostatadrüse und den ganzen Weg bis hinauf ins Gehirn. Dort hatten sie sich wie verrückt vermehrt und zu einer Geschwulst verklumpt, die den Vater unverständlich wie einen Betrunkenen lallen und außerdem ziemlich viel weinen ließ, als er in den letzten Zügen lag.

Seither hat Aksel sich jedes Mal in letzter Sekunde zusammengerissen, wenn er im Zimmer der Mutter saß und ihm eine scharfe Bemerkung auf der Zunge brannte. Sie würde ihn doch nur an das Truthahnessen erinnern oder mit der alten Leier anfangen: „Wenn dein Vater dich jetzt hören könnte …"

Er dachte an diese Dinge, während er fuhr. Vermutlich würde man, wenn ihn jemand nach dem Tod öffnete, nichts anderes als Watte finden. Vielleicht hatte der Vater insgeheim auch den Traum, jemandem das Messer hineinzurammen, denn in dem kurzen Augenblick am Tisch hatte Aksel einen gefährlichen Mann aufblitzen sehen.

Der Vater hatte im Übrigen immer etwas Weibisches an sich gehabt. Dünn und langgliedrig mit weichen, schlenkernden Bewegungen. Das Gesicht hatte keine Mimik gezeigt, bloß den düsteren Ernst.

„Glaubst du, das Leben ist ein Spiel, Bürschchen?"

Die Mutter war mannhaft, laut und unerschütterlich. Das Gesicht geschrubbt und ohne Farbe, der Körper ohne Duft, die Augen ohne Glanz, bloß die straffe Dauerwelle mit starren Locken.

Das Lachen des Vaters hatte er kaum je gehört. Das Lachen der Mutter war laut und schallend, immer gefolgt von einem verlegenen Lächeln, weil sie sich hatte gehen lassen.

Draußen tauchten die ersten Häuser auf. Das von Arvid mit den Brandschäden. Dann das gelbe von Gøran und Lisbeth, hinter dem sich das Haus der Mutter befand. Dort waren Ellinor und er aufgewachsen. Die Hauswand wurde zwischen den Bäumen sichtbar, unheilverkündend rot, und er fuhr seitlich ran, um es aus der Distanz zu betrachten.

Wenn man das Haus inmitten des üppigen Gartens voller schwerer Apfel- und Pflaumenbäume, Rosen und Stauden erblickte, wirkte es zuverlässig. Hübsch und gut erhalten.

Doch das war im Sommer.

Jetzt fielen trockene Schneeflocken, er sah sie durch die Windschutzscheibe. Nein, dachte er, sie fallen nicht, sie hüpfen und tanzen. Manche schwebten seitwärts, manche landeten gehorsam auf dem Boden, andere wollten wieder hinauf in den Himmel. So wie seine Gedanken und Gefühle immer hin und her sprangen und tanzten, ohne es sich jemals in einer Gewissheit oder einem längere Zeit andauernden Gefühl bequem zu machen.

Aksel war ein Mann auf der Flucht.

Es lag eine schwache Bewegung in der Luft. Die Flocken waren so willenlos wie er und den Winden überlassen.

Die garstige Wahrheit über mich kommt niemals ans Licht, dachte er, aber sie beginnt, etwas schwer zu werden.

Früh im Oktober und früher Schnee. Er saß eine Weile da, die Hände am Lenkrad, und betrachtete das rote Haus aus der Ferne, während seine Gedanken weiter wie Schneeflocken herumwirbelten. Im Auto fühlte er sich wohl. Eingekapselt, unnahbar und beschützt. Im Auto war es leicht, die Richtung zu ändern, einen anderen Weg, ein anderes Ziel zu wählen, oder einfach wieder nach Hause zu fahren, wenn er es gekonnt hätte.

Er war sich sicher, dass die Mutter am Fenster stand und nach ihm Ausschau hielt, denn er war ein kleines bisschen spät dran. Eine absichtliche Verspätung, die ihm das Gefühl von Macht verschaffte. Ein paar erbärmliche Minuten lang kostete er dieses Gefühl aus, während die Zeit auf die Mutter einhackte. Jetzt würde sie die Angst spüren. Angst, dass ihr Sohn die Verabredung nicht einhielt, dass er vielleicht gar nicht käme, dass er niemals mehr kommen würde, denn es kam ja sonst auch niemand. Deutlich sah er ihr Gesicht vor sich: faltig und bleich und mit einem unbenennbaren Ausdruck, der weder Angst noch Freude, Hoffnung oder Erwartung war, sondern nur ein leeres Gesicht.

Vielleicht stand sie da und dachte: Ich werde älter, bin krank und kann jederzeit sterben. Ich will nichts von irgendeiner Wahrheit wissen, keine Anklagen darüber, wo ich mich geirrt habe. Aber wo habe ich mich eigentlich geirrt? Ich begreife es nicht. Und doch ist da jemand, der atmet – hier in diesem Raum, wenn ich allein herumgehe. Ein Wesen, das mir etwas zu sagen versucht, das mich hinunter zur Erkenntnis zu ziehen versucht. Doch wozu soll die Erkenntnis gut sein? Sie führt zu nichts anderem als zu Verzweiflung.

So dachte die Mutter vielleicht, wie sie so am Fenster stand und wartete. Aksel fuhr das letzte Stück zum Haus, hielt vor der Schiefertreppe und machte die Zündung aus.

Dann verschwand er in einem gewaltigen Sog. Als säße er am Ufer des Gezeitenstroms Saltstraumen beim Angeln nach kleinen Kohlfischen und würde die Boote betrachten, die durch den Sund hereinwollten. Wie Papierschiffchen ohne Steuer lagen sie im Wasser, kreiselten umher, bis sie dann plötzlich in der Tiefe verschwanden. Wie der Schwimmer einer ausgeworfenen Angelschnur von der fauchenden Kraft der Gezeiten in die Tiefe gerissen wird, so stark, als hätte man einen Riesenfisch am Haken.

Sie zog ihn nach unten.

Noch im Auto sitzend stellte er sich vor, wie er den Finger auf die Türklingel legen würde, hörte ihren schrillen Ton im Inneren des Hauses und sah vor sich die Mutter, wie sie mit kurzen Schritten angestapft kam.

„Ach!“, würde sie sagen. „Du bist es?“

Auch wenn sie eine Verabredung hatten. Er sollte Holz für sie hacken, und auf die Uhrzeit hatten sie sich geeinigt. Dennoch würde sie in der offenen Tür stehen und überrascht aussehen, wie um anzudeuten, dass sie ein vielbeschäftigter Mensch war. Jemand, der wichtige Dinge erledigen musste und daher ganz vergessen hatte, dass der Sohn kommen sollte.

Auf langen Beinen schritt er über den Kies und legte den Finger auf die Türklingel. Es gab ein Klicken im Schloss.

„Ach!", sagte sie. „Du bist es?"

Er folgte ihr nach drinnen, das Haus roch nach Tabakrauch.

„Ja, jetzt wird es wirklich Zeit, dass ich etwas Brennholz bekomme", sagte sie.

Eine Anklage, weil er nicht früher gekommen war. Bevor er etwas erwidern konnte, ging das Gemurre auch schon weiter: „Ein Holzofen hat schon was, eine ganz spezielle Wärme, wenn es knackst und nach Birkenholz riecht und die Funken schlagen. Schade, dass du in deiner Wohnung keinen Holzofen hast, da könntest du viel Geld sparen. Du wischst doch wohl den Staub von deinen Öfen? Wenn sich viel Staub ablagert, kann er zu brennen anfangen. Wir trinken wohl erst eine Tasse Kaffee, es ist noch ein Rest in der Kanne. Hast du was von Ellinor gehört? Ich höre nie ein Wort von ihr, sie ist schon lange nicht mehr hier gewesen."

Sie redete, ohne ihn anzusehen. Ihre Stimme war stark und zwingend, ohne Melodie, für Nuancen war kein Platz.

Er ließ sich auf einen Lehnstuhl fallen, während sie draußen in der Küche mit dem Geschirr schepperte.

Es gab so einiges, was er über seine Schwester hätte berichten können. Zum Beispiel eine einfache Wahrheit.

Sie mag dich nicht.

Sie hat dich nie gemocht.

Sie wird dich nie mögen.

Er ließ seinen Blick zur Wand mit den Fotografien schweifen, alte Bilder mit einem bläulichen Schimmer, der alle kränklich anämisch aussehen ließ. Er selbst in einem viel zu großen Anzug und seine Schwester Ellinor im rosa Kleid. Ein paar Bilder von der Ski-Loipe. Die Mutter als Braut mit Schleier und Myrtenkranz, der Vater angespannt und ernst im schwarzen Anzug.

Daneben entdeckte er das Barometer, das der Vater von seinen Kollegen zum fünfzigsten Geburtstag bekommen hatte. Es hatte die Größe eines Esstellers und einen schönen Rahmen aus Nussbaum. Jeden Abend nach den Fernsehnachrichten hatte der Vater sich vor das feine Instrument gestellt und dreimal an das Glas geklopft, um zu sehen, ob der Pfeil nach unten Richtung „Tiefdruck“ oder nach oben Richtung „Hochdruck“ zeigte. Das ganze Prozedere war enorm andachtsvoll verlaufen. Vielleicht, weil es dem Vater das Gefühl vermittelte, die Dinge unter Kontrolle zu haben. Er hatte den nächsten Tag kartiert und geklärt, wie die Luftmassen sich verteilen würden: Warme und kalte Fronten über Europa, es galt, einen Schritt voraus zu sein.

Jetzt kam die Mutter mit dem Kaffee. Stellte die Tassen auf den Tisch, rückte sie umher, bis sie korrekt ausgerichtet waren. Schenkte ihm aus der alten Thermoskanne ein, die einmal zu Boden gefallen war, sodass der Henkel abbrach. Der Vater hatte ihn mit Superkleber repariert, und auf diese Weise hatte sie mehrere Hundert Kronen gespart, wie sie mit Triumph in der Stimme sagte. Ein paar Kronen gespart ist immer gut. Geld zu sparen war ihr größtes Talent und ihre große Freude.

„Verschwendung ist ein Unding. Wir wissen niemals, was an Prüfungen vor uns liegt, da ist es schlau, etwas in der Hinterhand zu haben." Und dann ein Blick auf ihn, scharf wie Glas, um ihn an den Krieg zu erinnern.

Als Kind und später, im Laufe der Jahre, hatte Aksel oft gedacht, dass Liebe etwas sei, das er im Blick der Mutter finden würde. Dass er sie als mildes Licht sehen, als Sanftheit im Körper fühlen, als Wärme in der Stimme spüren und wissen würde, dass er geliebt wurde. Dass er getragen und beschützt und zum Licht gehoben wurde, dass er bei Gefahr sicher war. Dass er in all dieser Liebe baden und sich reich fühlen könnte, und sich Reserven für die schweren Zeiten zulegen könnte, von denen die Mutter so viel sprach.

Er hatte während seiner gesamten Kindheit, Jugend und den folgenden Jahren nach Anerkennung gesucht. Nach der Bestätigung, dass er etwas wert war. Doch der Blick der Mutter war immer taxierend geblieben, die

Bewegungen hart und kantig, die Stimme schneidend. Denn wenn die Mutter sich jemals entspannt hätte, wenn sie die Schultern gesenkt und sich mit all ihren Fehlern geöffnet hätte, dann hätte jemand sie angreifen können.

„Also", sagte die Mutter nun und sah zu Aksel. Ihre Augen strahlten keine Liebe und ihre Stimme keine Wärme aus.

„Hast du das Neueste schon gehört? Das hast du sicherlich nicht, denn es stand nichts darüber in der Zeitung, es wurde alles vertuscht. Aber ich habe es gehört, als ich beim Einkaufen war. Von der Frau, die an der Fleischtheke arbeitet. Also diese Sache mit dem Jüngsten der Østergårds. Der, mit dem du so viel zusammen warst, früher, als du jünger warst. Ihr seid doch per Interrail durch Europa gereist, das weiß ich noch, Griechenland und so. Aber ich kann mich nicht mehr erinnern, wo ihr überall wart."

„Leffe?", fragte er zögernd.

„Leffe?", wiederholte sie stupide. „Wurde er so genannt? Wobei Leif als Name auch nicht so viel besser ist, etwas schlaff, finde ich, etwas charakterlos. Aber gut, Leif Østergård. Erinnerst du dich an seine Eltern? Du bist als Junge ja so oft oben auf ihrem Hof gewesen, erinnerst du dich an Anders und Eldbjørg?"

Aksel nickte. Er erinnerte sich, dass Anders – Leffes Vater – den eigenen Namen immer mit einem deutlichen D aussprach, so wie man es in Schweden tat. Und er erinnerte sich an Eldbjørg, heiter und sanft, ihr Gesicht am offenen Küchenfenster, und ihre warme Stimme.

„Jetzt müsst ihr brav sein, Jungs, sonst komme ich und hole euch!"

Vor allem aber erinnerte er sich an dieses Gefühl von Freiheit. Zum Beispiel, wenn er und Leffe auf dem Hofplatz mit dem Luftgewehr auf leere Milchkartons schießen durften, obwohl sie noch als Rotzlöffel galten. Anders und Eldbjørg hatten sich nicht darum gekümmert, was vielleicht passieren konnte: „Geht ein Auge hops, so geht ein Auge hops, hier machen wir uns nicht schon vorher Sorgen, das Leben ist ein Spiel."

Ja, dort oben, auf Østergård, war das Paradies seiner Kindheit gewesen.

„Was ist mit Leffe?", fragte er nervös.

Die Mutter sah ihn triumphierend an. Es geschah fast nie, dass sie etwas zu erzählen hatte, was Aksel nicht bereits erfahren hatte. Schließlich arbeitete er bei der Lokalzeitung.

„Wusstest du, dass Anders und Eldbjørg Østergård am selben Tag Geburtstag haben?"

„Nein."

„Aber so ist es. Merkwürdige Dinge."

Sie nahm sich viel Zeit, kostete die Sensation aus, wie ein Bonbon. Nachdem sie einen Schluck Kaffee getrunken hatte, stellte sie die Tasse sorgfältig zurück auf die

Untertasse. Dann verschob sie diese ein paar Zentimeter nach rechts, wie um zu sagen, dass hier alles in Ordnung war.

„Aber so ist es", wiederholte sie. „Die beiden haben am selben Tag Geburtstag. Also feiern sie immer zusammen, denn so sparen sie ja etliche Kronen. Am 20. September wurden sie beide achtzig Jahre alt, und da rührten sie anständig die große Trommel und luden alle ein, die kriechen und gehen konnten. Nicht, dass ich eingeladen worden wäre, aber das hatte ich auch nicht erwartet, ich treffe sie nur hin und wieder beim Einkaufen, und da grüßen wir uns bloß."

Wieder trank sie einen Schluck Kaffee, stellte die Tasse auf die Untertasse und schob diese ein paar Zentimeter zur Tischmitte.

„Im Wohnhaus auf Østergård ist wohl ziemlich viel Platz, habe ich gehört. Du bist ja so viele Male dort gewesen und weißt wohl, dass sie drei Wohnzimmer haben."

„Ja", sagte er. „Und die Wohnzimmer liegen alle hintereinander, wie Zugwaggons. Doch Leffe und ich waren immer nur in der Stube, und die ist nicht besonders groß. Auf jedem Stuhl lag eine Katze, daran erinnere ich mich noch, und die Töle lag für gewöhnlich vor dem Ofen. Schlucker", sagte er und lächelte bei dem Gedanken.

Die Mutter knetete die Hände im Schoß und glättete ihre Schürze.

„Also wurde in allen drei Wohnzimmern aufgedeckt", fuhr sie fort. „In der guten Stube, die ganz am Ende liegt, steht wohl ein Flügel, habe ich gehört. Erinnerst du dich an diesen Flügel?“

Aksel nickte. „Wenn ihm der Sinn danach stand, spielte Anders gerne mal ein Lied.“ Er sah den kräftigen Landwirt im grünen Overall von der Futtermittelzentrale vor sich, wie er auf der Klavierbank saß und sich im Takt mit den Tönen wiegte, während er „Am Strande“ spielte.

„Also, sie wollten feiern“, sagte die Mutter, ohne ihn anzusehen, um wie eine Schauspielerin auf der Bühne zu wirken. Sie wollte keine Einwände aus dem Publikum.

„Und das Essen bestellten sie von einer Cateringfirma, und da reden wir von Schnittchen für vierzig Menschen und Salate und Soßen und Dessert.“

Aksel hörte nervös zu. Er betrachtete die Hände der Mutter, die zusammengeballt im Schoß lagen: trockene, harte Arbeitshände. Hände, die gewaschen und geschrubbt hatten, denen es aber nie gelungen war, sich vom braunen Belag am Grund der Toilette auf eine weiche Kinderhaut umzustellen.

„Und sie putzten sich heraus nach allen Regeln der Kunst“, erzählte sie weiter, „und etliche Gäste kamen in Tracht, sie sind nun einmal Bauern, ich bin mir sicher, dass es vor Broschen und Gürteln nur so klimperte. Der Hof war vollgeparkt mit Autos, und den ganzen Weg entlang standen Fackeln. Als dann alle irgendwann ihre Geschenke abgeliefert hatten und mit einem Glas in der Hand dastanden und keine weiteren Gäste erwartet wurden, fuhr ein großer Lieferwagen auf den Hof. Das war das Essen, das von der Cateringfirma kam. Es wurde in großen Plastikschüsseln in die Küche getragen, und Eldbjørg stellte die Schüsseln auf die Tische."

Die Mutter sah Aksel mit einem Blick an, der besagte: Jetzt pass auf!

„Doch dann kam noch ein Auto", fuhr sie fort.

Erneut verschob sie die Kaffeetasse, ruckelte etwas auf dem Stuhl herum und glättete ihre Schürze.

„Das war der Pfarrer. Im schwarzen Anzug. Und ich kann dir sagen, dass er nicht zum Gratulieren kam."

Aksel verspürte ein Ziehen im Bauch. Er kannte Leffe seit vielen Jahren, hatte gemeinsam mit ihm gefeiert und eine Interrail-Reise gemacht. Manchmal hatten sie im Laden etwas geklaut, oder sie waren an den Barschrank von Anders Østergård gegangen und hatten die Flaschen später mit Wasser aufgefüllt, was dazu führte, dass Anders irgendwann mit einem breiten Grinsen gedroht hatte, ihnen alle Nägel auszureißen.

„Ja, und?", drängte er.

„Leif Østergård ist tot", antwortete sie. Und trank vom Kaffee und zog die Tasse wieder zu sich heran.

„Er hat sich mit der Schrotbüchse erschossen."

Aksel spürte Kälte in sich aufsteigen. Und Leere und Trauer.

Leffe, ein schlaksiger Kerl mit schiefem Mund und unreiner Haut. Der auf Festen immer zu viel trank, der nie ein Mädchenschwarm gewesen war und es nie geschafft hatte, seine Haare zu bändigen. Der Einzige ihrer Gang, der Mitglied der Arbeiterjugend gewesen war und beharrlich versucht hatte, sie anzuwerben. Bei jeder sich bietenden Gelegenheit hatte er versucht, sie über das „norwegische Modell" aufzuklären. Aber sie hatten nie Lust gehabt, sich die ewige Leier von der gerechten Verteilung anzuhören.

Die Mutter unterbrach seine Gedanken.

„Wenn ich so darüber nachdenke, war er ja ständig hier", sagte sie, „und er wirkte immer ziemlich sauertöpfisch. Er hatte diesen seltsamen Mund, genau wie sein Vater. Du weißt schon, als ob er eine Schnauze hätte. Und mit dem zerzausten Haar sah er im Grunde wie ein Pavian aus."

Sie hielt sich die Hand vor das Gesicht und verzog Nase und Mund zu einer Spitze.

Und dann lächelte sie. Das Lächeln sollte dem, was sie eben gesagt hatte, den Stachel nehmen, denn wenn er beleidigt werden würde, würde sie sagen: „Ich bitte dich, ich hab es mit einem Lächeln gesagt. Du musst nicht immer so empfindlich sein."

Aksel war entrüstet. Er wusste sehr wohl, dass sie durch das Wort „Pavian" und die nachgeahmte Schnauze dafür gesorgt hatte, dass der Erinnerung an seinen Freund für immer das Bild eines Affen anhaften würde. Er verdrängte das Bild mit allem, was er an Konzentration hatte. Stattdessen tauchte ein anderes Bild auf, von Leffe, der mit der Schrotflinte im Mund auf einem Bett sitzt, sein Gehirn auf der Wand verteilt wie Erbrochenes nach einem Trinkgelage.

„Begreifst du …“, die Mutter beugte sich vor.

„Begreifst du, wie man so gerissen sein kann? Gegenüber den eigenen Eltern? Am achtzigsten Geburtstag, mit dem Haus voll herausgeputzter Gäste? Kannst du dir etwas so durch und durch Egoistisches vorstellen? Anders und Eldbjørg diesen Tag zu zerstören und den Rest ihres Lebens. Als ob es ihr Fehler gewesen wäre.“

Aksel suchte nach Worten. Aber er war ja bloß ein Wattewichtel ohne Mumm. Alles, was er fühlte, waren Trauer und Schuld, weil er nie geantwortet hatte, wenn Leffe ihn im Laufe der Jahre kontaktiert hatte, in der Hoffnung auf ein Wiedersehen, ein Fest oder ein Bier in der *Galeere*.

„Ich finde es eher schade um Leffe“, entgegnete er.

Die Mutter schnaufte durch die Nase, trank vom Kaffee und stellte die Tasse mit einem Knall auf die Untertasse.

„Er war wohl geschieden und so“, fuhr sie fort, „und er trank zu viel.“

Ja, das tat er, dachte Aksel.

„Bei uns war das damals anders“, machte sie weiter. „Wenn wir in der Kirche ‚Ja‘ sagten, dann war es für immer. Man muss doch die Versprechen halten, die man gegeben hat.“

Sie sah ihn nicht an, während sie sprach. Indem sie einen Punkt am Boden anstarrte, signalisierte sie, dass es keinen Raum für Proteste gab.

Aus seinem Innersten kam etwas angekrochen, durch einen dunklen Spalt. Wie ein giftiges Reptil krabbelte es lautlos vorwärts, kroch über den Nacken nach oben und pflanzte ihm verdorbene Ideen in den Kopf. Was für ein Schlag, was für eine Schande muss es für Ander und Eldbjørg gewesen sein, dass der Sohn sich umgebracht und mit dieser Tat ihr Lebenswerk, die Verwandtschaft und den Hof und die Äcker beschmutzt hat. Das gute Leben, das sie als gegeben angesehen hatten, lag in Schutt und Asche. Die Schande würde bis zum Tod andauern, und das Leben, das sie gelebt hatten, würde in einem grellen Licht dastehen. Nachdem Leffe sich die Birne weggeblasen hatte, konnten sie ihn nicht mehr fragen, wo sie sich geirrt hatten, was sie getan oder nicht getan hatten. Und dieser Schmerz, den sie verspüren mussten, die Schande, die ihre Wangen überflutete, wenn sie unter Leuten waren, würden jeden Tag einfärben.

„Wo liegt er?"

Die Mutter war in ihre eigenen Gedanken versunken gewesen, jetzt schreckte sie auf.

„Auf dem Zentralfriedhof, sie haben eine Familiengrabstätte, willst du vorbeischauen?"

„Ja, das werde ich."

Sie grübelte weiter über das Ereignis nach, während sie an einem Nagel kaute.

„Es ist wirklich nicht leicht, derartige Dinge zu begreifen", meinte sie schließlich, „das muss ich sagen. Soll sein Leben tatsächlich so schrecklich gewesen sein? Er hatte doch eine Arbeit und so. Und nach der Scheidung hat er die Wohnung gekauft, und guten Kontakt zu den Kindern hatte er wohl auch. Was ist es nur, das die Menschen so dringend benötigen, das begreife ich einfach nicht. Vor allem, wenn alles andere passt. In unserem Teil der Welt fehlt es uns doch an nichts."

Aksel saß schweigend auf dem Stuhl. Die Hände ruhten auf den Armlehnen, und aus seinem Mund kam etwas, das vollkommen wahr war.

„Nein, von derartigen Dingen hast du nie etwas verstanden, da hast du ganz recht."

Verblüfft sah sie ihn an. Die Überraschung ging rasch über in Verlegenheit, sie glättete ihre Schürze und ruckelte mit dem Stuhl, was sie gewöhnlich tat, ehe sie eine neue Replik abfeuerte.

„Ja, dann war es vielleicht eine Krankheit, was weiß denn ich. Aber in seiner Verwandtschaft gibt es keine solche Krankheit. Das muss wie der Blitz aus heiterem Himmel gekommen sein. Ja, ich sag ja bloß, wie es ist."

Eine solche Krankheit.

Er brachte es nicht über sich, zu antworten. Die Stille machte sie nervös, also griff sie wieder zur Kaffeetasse.

„Ich wollte bloß sagen, dass es niederträchtig gegenüber Anders und Eldbjørg war", erklärte sie standhaft. „Er hätte sich ja wohl einen anderen Tag aussuchen können. Ihr ganzes Leben lang werden sie nie wieder Freude an ihrem Geburtstag haben."

Ihr fiel etwas anderes ein, auf das sich ihr Fokus richtete.

„Möchte wissen, was sie mit all dem Essen gemacht haben."

„Ich finde es eher schade um Leffe", entgegnete Aksel zum zweiten Mal. „Als Ellinor krank war ..."

Er sah, wie ein Zucken das Gesicht der Mutter überlief, als sie an die Tochter erinnert wurde.

„Als Ellinor krank war und sich in der geschlossenen Abteilung befand", fuhr er hartnäckig fort, „waren es sechs Patienten. Jetzt sind drei von ihnen tot."

Die Mutter sah verwirrt aus.

„Woher weißt du das?"

„Ja, woher wissen wir bestimmte Dinge?", fragte er zurück. „Wir sprechen mit Leuten. Wir lesen und wir hören zu und lernen."

Sie mochte es nicht, dass er von der geschlossenen Abteilung sprach. Sie ruckelte wieder auf dem Stuhl herum. Vielleicht brütete sie ein Ei aus, und in dem Ei lag ein Junges – ein perfektes kleines Geschöpf von der Sorte, die keine unmöglichen Fragen stellte. Ein Geschöpf, das seine Mutter das ganze Leben hindurch lieben und ehren und das eines Tages an ihrem Grab weinen würde.

Sie entblößte die vom Tabak braunen Zähne.

„Das Wichtigste für uns Eltern ist, dass aus euch anständige Menschen werden", sagte sie. „Das ist es, was uns umtreibt. Dass die Kinder uns keine Schande machen sollen."

Sie hob warnend das Kinn, um ihn von jeder Art von Gegenwehr abzubringen.

Aus uns sind niemals Menschen geworden, dachte Aksel. Aus Ellinor nicht und aus mir auch nicht, aber das weißt du nicht.

„‚Wenige sind wie Vater, niemand ist wie Mutter'", deklamierte sie laut mit einem eigenartigen Blick hinauf zum Dach.

Woher stammte das denn?, wunderte sich Aksel. Sie wartete wohl auf eine Bestätigung von ihm, wie zum Beispiel „Wohl wahr" oder „Damit hast du völlig recht, Mutter". Doch er sagte nichts dergleichen.

„Nein", erwiderte er abrupt und schob seinen Stuhl zurück, „ich muss das mit dem Brennholz erledigen."

Offenbar hatte sie ihm angehört, dass er so schnell wie möglich aus dem Haus wollte, denn sie erhob sich von dem roten Stuhl. Er hörte die Pantoffeln über das Parkett schlurfen, als sie ihm zur Tür folgte.

„Du kannst das Holz nicht in der Lederjacke hacken. Zieh die alte Jacke vom Vater an", ermahnte sie ihn.

„Mir wird sowieso warm", erwiderte er.

„Zieh die Jacke an, draußen ist es kalt!"

Also tat er, was sie sagte. Das hatte er immer getan. Widerwillig zog er sich die alte Jacke des Vaters über. Sie war grün, hatte große Taschen und Pelz am Kragen und war viel zu warm, um darin zu arbeiten.

Er drehte der Mutter den Rücken zu und ging hinaus. Garantiert würde sie jetzt zum Fenster eilen. Dort würde sie stehen, ihn beobachten und sich vorgaukeln, dass dies der Mann war, den sie geheiratet hatte, der da draußen in der grünen Jacke stand und die Axt schwang. Vorgaukeln, dass Annar Adelson nach wie vor gesund und munter war und ihr bei allen praktischen Dingen half, auch wenn er schon seit vielen Jahren unter der Erde lag und laut Ellinor vermutlich die Farbe einer ägyptischen Mumie hatte. Aksel warf den Kopf ein paarmal zurück, um sie von sich abzuschütteln. Hob die Axt über den Kopf, schwang sie mit aller Kraft von oben nach unten in den Holzklotz, der mit einem scharfen Geräusch zersplitterte.

Ich bin wie ein Kind, dachte er missmutig, etwas zu zerstören, macht mir Freude. Er haute drauflos, dass das kreideweiße Holzinnere sichtbar wurde, hackte, was er nur konnte, während die Fantasie mit ihm durchging.

Meine Gedanken sind frei.

Er stapelte das Brennholz an der roten Hauswand. Holte von drinnen den Brennholzkessel aus Kupfer, füllte ihn bis zum Rand und legte eine grüne Plane über den

Holzstapel. Trug den Kessel hinein und stellte ihn beim Ofen ab.

Die Mutter kam die Treppe aus dem ersten Stock herunter, sie verrückte den Brennholzkessel ein kleines bisschen nach rechts. Dann streckte sie Aksel ein Paar Handschuhe vom Vater entgegen. Die könnte er vielleicht gebrauchen, meinte sie.

Die Handschuhe waren aus Schweineleder und hatten kleine Löcher am Handrücken, damit die Hände Luft bekamen. Jedes Mal, wenn Aksel zu Besuch war, schleppte die Mutter irgendetwas vom Vater an: Handschuhe, Hemden, Pullover und Jacken, um auf diese Weise dem Sohn den Atem des Vaters einzuhauchen, ihn in diesem Hemd und dieser Jacke zu sehen. Dann latschte sie auf ihren breiten Füßen hin und her, sie war schwer, bei jedem Schritt machte es *flap flap*.

Auch diesmal feuerte sie eine der üblichen Bemerkungen ab, nachdem sie Aksel genau betrachtet hatte. „Dein Haar wird dünner, wie ich sehe. Das war bei deinem Vater genauso, als er in deinem Alter war. Die Frisur da, ist die jetzt modern?"

Aksel wurde verlegen. Er hatte diese Frisur nicht gewollt, an den Schläfen rasiert und oben lang, aber der Friseur hatte behauptet, dass ihn das aufpeppen würde, was er mit vierzig anscheinend nötig hatte.

„Hast du auch abgenommen?", fuhr sie fort, während sie ihn aus verengten Augen weiterhin musterte. Es galt, alle Details zu registrieren und die Beobachtungen sorgfältig aufzubewahren. Denn wenn sie dann wieder allein war, holte sie sie hervor und nährte sich von ihnen, wie er vermutete. Außerdem sollte er bloß nicht glauben, dass ihr irgendetwas entging. Ihr Blick war scharf, besitzergreifend.

„Ja, ja", sagte sie, „du wirst älter, auch du. Hast du vielleicht geglaubt, du würdest dem entgehen? Das glauben alle, wenn sie jung sind, dass sie niemals alt werden."

Sie glättete zufrieden ihre Schürze und ruckelte mit dem Stuhl. Das Ruckeln bedeutete üblicherweise, dass sie etwas sagen wollte, aber zuerst musste sie den Körper in eine gebieterische Position bringen. Dann kam die Behauptung, scharf und sicher. Ging sie einmal zu weit, so hatte sie schnell ein schallendes Lachen zur Hand.

Ihre Augen sagten: „Ich weiß, wer du bist."

Ihre Hände sagten: „Ich weiß, wer die Hosen anhat."

Und wenn sie durch den Raum ging, sagte ihr Körper: „Ich bin jetzt alt, du darfst mich nicht anrühren."

Nun fiel ihr ein, dass sie Kuchen hatte. Sie marschierte in die Küche, schepperte mit Platte und Teller. Dabei redete sie extra laut, damit er es im Wohnzimmer auch hören konnte, wo er sich hingesetzt hatte.

„Du fängst an, deinem Vater ziemlich ähnlich zu sehen. Hast du dich im Spiegel angeschaut, hast du es bemerkt? Dass du Annar ziemlich ähnelst? Es ist, als würde man ihn sehen. Aber du kanntest deinen Vater ja nicht, als er jung war."

Aksel hatte keine Vorstellung von sich selbst. Alles, was er im Laufe der Jahre zu hören bekommen hatte, war, dass er irgendjemand anderem ähnlich sah.

„Es ist, als würde man Onkel Sverre sehen. Oder Gunnar. Das da hast du von deinem Vater, das hat Annar auch immer gemacht."

Die Mutter kam mit zwei Kuchen auf einem Teller zurück, kleine runde, delikate Verlockungen, schwer, süß und verführerisch. Kuchen, die ihm zu Kopf steigen und ihn weich machen würden, Kuchen, die sie selbst nicht essen konnte.

Sie griff nach dem Tabak und zog ein Rizla-Papier heraus, sodass es *ritsch* machte.

„Du wirst anders über die Dinge denken, wenn du älter wirst", behauptete sie. „Wenn du sechzig, siebzig, achtzig wirst. Ellinor auch, warte nur. Du stehst streng genommen gerade mal halbwegs im Leben, ich meine ja bloß. Und jetzt schalte bitte den Fernseher ein, die Nachrichten beginnen gleich. Mal sehen, was in den letzten vierundzwanzig Stunden passiert ist."

Mit einem Grinsen fügte sie hinzu: „Das Unrecht, das nicht uns selbst trifft."

Er griff nach der Fernbedienung und zappte zum Nachrichtenkanal. Streckte die Hand nach einem Kuchen aus und bewunderte das kleine Gebäckstück. Diese Art von

Kuchen hatte er nie irgendwo anders als im Haus der Mutter bekommen.

„Nimm die Serviette", ermahnte sie ihn, „du wirst so klebrig."

Sein Blick glitt hinüber zum Sofa. Sie hatte Handtücher über die Armlehnen gelegt, und es lagen Handtücher auf dem Sessel, in dem sie saß, um ihn vor Schweiß und Schmutz zu schützen. Aksel hatte das grüne Sofa niemals ohne Handtücher gesehen, fiel ihm ein, vermutlich wollte sie den Wiederverkaufswert erhalten, wenn es irgendwann verkauft werden sollte. Er blickte verstohlen ihre Füße in den braunen Lammfellpantoffeln an, in denen die Knöchel ein wenig sichtbar waren, angeschwollen und mit dicken Adern. Ihre Füße waren kurz und breit und wiesen nach außen, sowohl im Sitzen als auch beim Gehen. Sie ging gewöhnlich mit kurzen Schritten, stapfend wie ein Kind, immer in der Angst, zu stürzen und sich etwas zu brechen, das durfte auf keinen Fall passieren, also schützte sie sich, indem sie schlurfte und sich vor Teppichrändern und verräterischen Läufern in Acht nahm.

Aksel spürte, wie der Kuchen im Mund schmolz, und gleichzeitig bekam er ein schlechtes Gewissen. Sie hatte sie nicht für sich gebacken, sie hatte sie für ihn gebacken. Hatte am Tag zuvor in der Küche gestanden und Mandeln und Sahne und Schokolade verrührt, um ihm etwas vorsetzen zu können, wenn er auftauchte. Aber man machte keine große Sache aus so etwas, nicht im Haus der Adelsons, nicht aus den Kuchen und auch nicht aus dem Kaffee, der der allerbeste Kaffee war und außerdem der stärkste weit und breit.

Wenn ich will, kann ich ihr Leben in Schutt und Asche legen, dachte Aksel. Ihre Zukunft, ihren Nachruhm und alles. Den Ruf der Familie für immer zerstören. Wenn ich will.

Er aß den zweiten Kuchen. Erwog kurz, ob er sagen sollte, dass er gut war. Aber was Lob anging, war er genauso geizig wie sie. Hätte er etwas gesagt, hätte sie ihn ohnehin nur verschämt angesehen und so getan, als wäre dieser Kuchen nicht der Rede wert, bloß etwas, das sie mal eben schnell zusammengerührt hatte und an dessen Existenz sie sich eben erst, kurz vor den Nachrichten, wieder erinnert hatte.

Wobei sie nach seinem Besuch natürlich sofort zum Telefon schlurfen würde, um Gudrun oder Signe oder Else oder ihren Bruder Sverre anzurufen und mit Triumph in der Stimme lang und breit vom Besuch ihres Sohns zu berichten.

„Aksel ist eben hier gewesen und hat mir das Brennholzlager aufgefüllt, es sind Minusgrade vorhergesagt. Aber ja, ihm geht es gut. Allerdings verdient er in seinem Job nicht besonders viel. Dass er pflichtbewusst und zuverlässig ist, das hat er ja von Annar, aber wird es ihm gedankt? Natürlich nicht, derartige Dinge sind heutzutage nichts mehr wert. Und er hat auch nicht viel Mumm in den Knochen, weißt du, er würde es nie wagen, eine

Gehaltserhöhung zu fordern. Ellinor? Doch, ja, danke der Nachfrage, soweit ich weiß, läuft es gut. Es hat keinen Rückfall gegeben, nicht dass ich wüsste. Trotzdem ist es ja wohl mein gutes Recht, zu sagen, dass wir von den Kindern auch etwas erwarten, wenn wir alt werden. Nach allem, was wir für sie getan haben."

Nein, dachte Aksel missmutig, die Mutter hatte nicht das Gefühl, etwas wert zu sein, auch sie nicht. Wir sind im Grunde eine wertlose Familie, eine, die sich durch nichts auszeichnet, weder durch ihre Taten, ihre Position noch durch einen besonders guten Zusammenhalt. Wir haben nur zum Schein miteinander zu tun und finden in Wahrheit, dass es anstrengend ist.

Er dachte an sich selbst als eine Ansammlung von Atomen, etwas zufällig Zusammengerafftes, das in jeder Situation, jedem Treffen und jedem Augenblick die Form annahm, die am besten passte. Erst wenn er allein war, wurde er wieder er selbst.

Heimlich betrachtete er die Mutter, ihren Körper und den Bereich unter der Schürze, wo er einst herumgeschwappt war. Und er dachte an ihre Gangart, an die kantigen Bewegungen. Bereits als Embryo war er ihrem hackenden Rhythmus ausgeliefert gewesen.

Aber die Dinge im Haus der Adelsons! Wie die geputzt und gepflegt und poliert wurden. Alles, was in Aksels Familie kaputtging, wurde repariert, geklebt, gekittet und erhalten und sorgfältig gesäubert. Im Haus gab es keine synthetischen Stoffe, keinen Flitter oder Kopien, oder *Made in Taiwan*. Silber, nicht versilbert, Porzellan, nicht Steinzeug, Massivholz, nicht furniert.

Aksel erinnerte sich daran, wie Ellinor als kleines Mädchen einmal mit einem Schmuckstück nach Hause gekommen war, das sie von einem Straßenverkäufer gekauft hatte. Ein Schmuckstück, das sie offensichtlich sehr gemocht hatte. Da war die Mutter sofort zur Stelle gewesen und hatte gesagt: „Aber das ist ja kein Silber, Ellinor. Hat er gesagt, dass der Schmuck aus Silber ist? Ich hoffe, du hast nicht viel dafür bezahlt. Was hast du bezahlt? Das da ist wohl bloß eine billige Legierung. Du willst doch wohl nicht so ein Glitzerflittchen sein?"

Sie hatte Ellinor das Schmuckstück aus der Hand geschnappt und es genau untersucht, ob es womöglich einen Stempel trug. Aber sie konnte keinen Stempel finden, und Ellinor war enttäuscht in ihr Zimmer verschwunden. Das Schmuckstück, ein hübscher Schmetterling, wurde nie getragen.

Im Zentrum von Oslo hatte es eine Attacke durch einen Messerstecher gegeben. Zwei Personen waren verletzt, der Täter war festgenommen worden und würde dem Haftrichter vorgeführt werden, er war bereits polizeibekannt.

Ein Fischkutter trieb im Meer vor Vesterålen, der Motor war ausgefallen. Die Küstenwache war alarmiert.

In dem Gebiet herrschten hohe See, ein kräftiger Wind und schlechte Sicht.

Sechshundertdreizehn Menschen hatten sich im laufenden Jahr bisher das Leben genommen, die Anzahl war beunruhigend. Aksel warf einen Blick auf die Mutter, als der Nachrichtensprecher die düstere Statistik mitteilte, die jetzt auch Leffe einschloss. Sie saß angespannt und schweigend da, die groben Hände bewegten sich im Schoß, öffneten und schlossen sich wie Muscheln am Meeresgrund.

Schließlich stand er auf, um zu gehen.

Er dankte für die Kuchen, sie dankte für das Brennholz, streckte ihren Kopf vor und hielt ihm die runzlige Wange hin.

Ich warte bloß darauf, dass es mit dir vorbeigeht, dachte er. Dass du eingefallen und trocken und verfärbt wirst wie eine ägyptische Mumie.

Dieses zufällig zusammengeraffte Etwas namens Aksel Adelson verband sich und wurde zu einem Mannsbild, zumindest fühlte es sich so an. Sein Kopf, Herz und Gehirn fanden ihren Platz wieder, genau wie das Gefühl, jemand zu sein. Ein Gefühl, das er immer dann verlor, wenn er mit der Mutter zusammen war. Er dachte an sie, während er wegfuhr: Die bleichen Wangen, der hellblaue Pullover, die weiße Schürze und die lila Brille, all das war Tarnung. Im Inneren war sie aus Eisen, mit Nägeln und Beschlägen und Verstärkungen in allen Gliedern. Ihr weiches, pastellfarbenes Äußeres verbarg einen Drachen.

Er fuhr auf den Straßen im größten Agrarbezirk des Landes mit weiten Flächen unberührter Natur, einem Stadtzentrum mit zehntausend Menschen und drei kleinen Kirchen. Fuhr an Häusern mit erhellten Fenstern vorbei. In der Oktoberdunkelheit sahen sie richtig einladend aus, mollig warm und freundlich, doch Aksel wusste es besser. Innerhalb ihrer Wände lebten die Menschen mit ihren Heimlichkeiten, schlichen hin und her, flüsterten und tuschelten, träumten und beteten.

Er wählte die Nummer seiner Schwester.

„Hallo", meldete sie sich.

„Hallo, Ellinor."

Ihre Stimme veränderte sich und wurde fremd.

„Ellinor ist nicht zu Hause."

„Und wer bist dann du?", fragte er.

„Ich bin Susie Dal, kann ich etwas ausrichten?"

„Hör schon auf, Ellinor!"

Er wurde streng, und sie wurde wieder sie selbst.

„Und wie war es?"

„So wie immer." Und dann, nach einer kurzen Pause: „Leffe ist tot."

„Leffe Østergård? Krebs, oder?" „Schrotbüchse."

Er hörte, dass sie nach Luft schnappte.

„Ich fahr beim Friedhof vorbei“, erklärte er. „Muss wohl auch Anders und Eldbjørg anrufen und kondolieren. An einem Tag, an dem es mir gut genug geht.“

Vor seinem inneren Auge sah er, wie Ellinor nickte.

„Sie werden dich ausfragen“, erwiderte sie, „ob du etwas gewusst hast. Ob du ihn besser als sie gekannt hast. Sie werden fragen, ob er sich dir anvertraut hat, ob er vielleicht ein Geheimnis hatte.“

„Das haben wohl alle“, murmelte Aksel.

„Du musst ihn grüßen“, fuhr sie fort. „Richte Leffe einen schönen Gruß aus. Man kann nie wissen, was die Toten mitbekommen.“

Es entstand eine Pause, und in der Pause wurde er wehmütig beim Gedanken an seinen alten Freund. Niemand wurde auf Festen so betrunken wie Leffe Østergård, niemand wurde im Sommer so braun, niemand war so unbeholfen bei den Mädchen, niemand kämpfte so sehr mit seinen widerspenstigen Haaren.

„Kommst du auf einen Sprung vorbei?“, bat Ellinor.

„Ich komme, wenn ich beim Grab gewesen bin.“

„Bring was zu rauchen mit.“

Es war dunkel, als Aksel hinauf zur Kirche fuhr, vorbei an Feldern und Höfen. Ihm fiel ein, dass es schwierig werden würde, Leffes Grab zu finden. Doch er hatte eine große Maglite im Handschuhfach, und die Mutter hatte vorhin erwähnt, dass die Østergårds eine Familiengrabstätte hatten. Also suchte er nach einem großen

Grabmal, denn die Verwandtschaft der Østergårds war nicht gerade klein.

Es war gut, dachte Aksel, zwischen den Toten herumzuschlendern. Denn auch wenn sie tot waren, spürte er ihre Gegenwart – Herzen, die geschlagen hatten, Münder, die geatmet hatten, und Blut, das durch die Körper geströmt war und sie warm gehalten hatte.

Diese Gegenwart war leichter zu ertragen als die der Lebenden. Denn Lebende schienen ständig nach irgendetwas zu verlangen: seine Aufmerksamkeit, sein Wohlwollen, irgendwelche materiellen Dinge. Jedes Mal, wenn er jemanden traf, verschwand er in einem Sog und verlor sich selbst. Aber auf dem Friedhof hatte er volle Kontrolle.

Schließlich fand er die Grabstätte, nachdem er lange umhergegangen und innerlich den Namen gerufen hatte, in der fantasievollen Hoffnung, gehört zu werden.

Das Grab lag im unteren Bereich, dort wo der Friedhof in Felder und Weiden überging. Der Grund gehörte zum Hof Hellefors, wo er und Leffe als Jungs Wilder Westen gespielt hatten. Manchmal war auch Ellinor dabei gewesen, denn auf Hellefors gab es Tiere, sowohl Kühe als auch Schweine und Hühner, und Ellinor hatte sich in ein Ferkel verliebt, das sie in einem Puppenwagen herumfuhr.

Leffe hatte vorläufig bloß ein Holzkreuz vor dem großen Grabmal. Noch nicht ganz am Ziel, dachte Aksel, nicht fertig in Stein gemeißelt.

Er blieb stehen und drückte seine Fußspitze in die kalte Erde. *War es das hier, Leffe, wohin du die ganze Zeit wolltest? War dir, wie Ellinor, unwohl in dieser Gesellschaft, die wir Leben nennen? Warst du auch fest entschlossen, vor Mitternacht zu gehen? Ehe die Uhr ihre zwölf Schläge machte und sich zeigte, wer du wirklich bist?*

Die Erinnerungen kamen in einem goldenen Licht, waren gelb wie die Getreideähren und grün wie das Gras, aus den Tagen, als Leffe und er unten am Kraftwerk gespielt hatten oder verbotenerweise in den Nickelgruben. Wie sie sich bei der Fleischfabrik herumgetrieben, um Wurstreste gebettelt und mit Schnapper, dem streunenden Hund, gespielt hatten. Schnapper war Dauergast bei der Fabrik gewesen und dank der vielen Reste so dick, dass er kaum gehen konnte. Die Festung war ebenfalls einer ihrer Lieblingsorte gewesen. Sie waren auf den Kanonen geritten, bäuchlings mit dem Lauf zwischen den Beinen, sodass sie die Sprengkraft in dem sonnenwarmen Eisen spürten. Leffe hatte auf die imaginären Feinde eingeschrien, und wenn er sich lange genug gerieben hatte, in höchster Ekstase ausgerufen: „Gebt acht, ihr Schwedenteufel! Gleich wird die Ladung abgefeuert!"

Erinnerst du dich noch, Leffe: Das Hotel *Terminus* in Venedig, wo wir einen Topf mit Wasser gefüllt und es aus dem Fenster im vierten Stock geschüttet haben, den Leuten direkt auf den Kopf? Bis dann nach mehreren Töpfen und vielen nassen Köpfen zwei Typen von der

Guardia Civil unten auf der Straße vorbeikamen und ebenfalls eine Ladung Wasser abbekamen. Und wie sie dann zur Rezeption marschierten, um uns festzunehmen, meine Güte, welche Angst wir hatten. Ich hatte immer das Gefühl, dass die Bande zwischen uns stärker sind als die zu meiner eigenen Familie. Verdammt blöd, dass es zwischen uns gescheitert ist. Das war meine Schuld, ich bin wohl einer von denen, die mit sich selbst genug zu tun haben.

Er schaltete die Taschenlampe wieder ein und leuchtete Leffes Namen an. Ließ den Strahl sachte über das Kreuz gleiten, über einen Buchstaben nach dem anderen, vor und zurück, auf und ab. So brachte er den Namen zum Tanzen: einschalten und ausschalten, einschalten und ausschalten, wie einen Puls.

Ellinor hat mich gebeten, dir Grüße auszurichten.

Vier Männer in Arbeitskleidung griffen in die Regale des Tankstellenshops, während sie eifrig in einer fremden Sprache redeten: vor sich hin, miteinander und durcheinander. Keiner von ihnen hörte ordentlich zu, es war nur so, dass sie einiges von sich gaben: was sie kaufen sollten und warum.

Die vier hatten kurze Haare und waren muskulös, mit kräftigen Nacken und breiten Schultern. Es war offensichtlich, dass sie an schwere Arbeit gewöhnt waren. Vermutlich Polen, dachte Aksel, die auf dem Hellefors-Hof bei Renovierungsarbeiten und anderen anfallenden Aufgaben helfen.

Thorbjørn Hellefors schwor auf Arbeiter aus Polen. Sie wurden in einer roten Mannschaftsbaracke auf Rädern einquartiert, die unterhalb des Betriebsgebäudes stand. Manchmal hatte Aksel Licht in den kleinen Fenstern gesehen, wenn er vorbeigefahren war. Er hatte sich gedacht, dass sie dort drin sicherlich mit Pulverkaffee beim Kartenspielen saßen. Dass sie in der fremden Sprache quatschten und lachten und zankten. Weil sie eng in einer Baracke zusammenlebten, empfanden sie sicherlich eine Zugehörigkeit zueinander, fast wie Brüder. Nachts schliefen sie in schmalen Kojen, träumten und atmeten im selben Raum. Einer von ihnen schnarchte, und da fielen ein paar polnische Schimpfwörter, ehe alle wieder einschliefen. Und manchmal gönnten sie sich samstags vielleicht ein Schlückchen Schnaps, da wurde das Gelächter lauter und die Witze unflätiger, aber alles war liebevoller Lärm zwischen Männern, die zusammengehörten.

Sie hatten ihre Mütter sicherlich gern, und auch ihre Großmütter, und ihre Frauen und Kinder, falls sie Kinder hatten. Mit ihrer Verwandtschaft und dem Heimatland verbanden sie Wurzeln, so dick und zäh wie Kabel unter der Erde. Wenn sie ihren Lohn bekamen, schickten sie ihn fast vollständig nach Hause. Und selbst wenn sie Gäste in einem fremden Land waren, latschten sie im Bahnhof herum, als gehörte er ihnen.

Sie kauften Tabak und Snus und Cola und grüne Birnenbrause. Einer von ihnen ging zum Regal mit Motoröl und wählte schließlich ein Öl, das für Dieselmotoren gedacht war. Sie beachteten Aksel gar nicht. Wieso auch? Warum sollte es sie stressen, dass jemand wartete? Sie wussten um ihren eigenen Wert.

Kein besonders schöner Anblick, die Stiefel waren schief abgelaufen, und die Kleidung war verschlissen, doch um so etwas kümmerten sie sich nicht. All die Frauen, die sie im Laufe der Jahre gehabt hatten, hatten sie sich ehrlich verdient.

Er sah ihnen durchs Fenster nach, als sie nach draußen verschwanden, sah, dass sie sich in ein Auto mit polnischem Kennzeichen setzten. Ein paar Minuten lang waren sie ein Teil seines Tank-Universums gewesen, und die Informationen über sie waren im Gedächtnis gespeichert: Sie rauchten und snusten, das Auto brauchte Öl, und die grüne Birnenbrause würden sie vielleicht beim Kartenspiel später am Abend trinken.

Aksel dichtete weiter, wie er es gerne tat, denn er war so einer, der dichtete. Zu Hause hatten sie Frauen und Kinder. Die Frauen hießen Louisa, Nadia und Galina. Ab und zu, in hitzigen Momenten, langten sie ihren Kindern eine mit der flachen Hand, dass es knallte. Doch im nächsten Augenblick flossen sie über vor Liebe und drückten das Kind an sich, während sie flüsterten: „Ich liebe dich, ich liebe dich, ich liebe dich."

Er kaufte Zigaretten – vierzig *Prince* – für Ellinor, Cola sowie eine Tüte mit Rosinenbrötchen und fuhr weiter.

Seine Gedanken kreisten um Ellinor: Wenn niemand dir erzählt hat, wer du bist. Wenn niemand jemals gesagt hat, dass du clever, begabt und Gold wert bist, ein liebenswürdiges kleines Mädchen. Wenn du die ganze Zeit zu hören bekommst, dass du wild wächst, dass du beschnitten werden musst: *Pack sie unten an der Wurzel, wir wollen keinen Zierbusch in unserer Familie, wir sind einfache Leute.*

Wenn psychische Leiden als Trotz angesehen werden, als Protest oder eine Form von Revolte. Wenn man niemals Trost bekommen hat, oder die Versicherung, dass alles gut werden wird – *Du wirst dein Leben schon meistern* –, dann wird man so ein Mensch wie Ellinor Adelson.

Das Haus, das sie mietete, wirkte so verwahrlost wie sie selbst. Die Farbe blätterte ab, die Böden knarzten, und durch die undichten Fenster zog es gefährlich. Aksel hatte sich angewöhnt, auf der Fußmatte fest aufzustampfen, um der Schwester auf diese Weise anzukündigen, dass er gekommen war. Er wollte sie nicht in Verlegenheit bringen, wenn sie vielleicht nicht bekleidet war oder etwas Verräterisches auf dem Sofatisch lag. Ellinor berauschte sich häufig, an dem, was sie zur Hand hatte.

Er öffnete und rief ins Haus hinein: „Bist du angezogen?“

Es vergingen ein paar Sekunden, ehe sie das Rufen erwiderte. „Muss nichts anziehen. Im Laufe der Nacht ist mir ein Fell gewachsen, und meine Eckzähne sind riesig geworden. Ich kann außerdem aus weiter Ferne riechen, dass du in der Höhle des Drachen gewesen bist."

„Wonach riecht es?", rief er.

„Schwefel!"

Sie kam aus dem Schlafzimmer. Dünn und bleich, in einer hellblauen Schlafanzughose und einem flauschigen Pullover.

Er gab ihr die Tüte mit Zigaretten, Cola und Rosinenbrötchen.

„Für den Fall, dass du nicht gegessen hast."

Es war überwältigend warm in Ellinors Wohnzimmer. Der Ofen stand brummend da, ein Heizlüfter mit künstlichen Flammen hinter einem schwarzen Gitter.

Als er der Mutter vor einiger Zeit von diesem Ofen erzählt hatte, hatte sie erwidert: „Das auch noch. Ein elektrischer Kamin."

Sie selbst hatte einen gusseisernen Kaminofen von Jøtul, denn für Schund hatte sie nichts übrig.

Da er die Probleme seiner Schwester nicht preisgeben wollte – ihr chaotisches Leben, die massiven Drogenprobleme –, hatte Aksel nur erwidert, dass ein solcher Ofen für Ellinor passend wäre. Sie war sehr zerstreut, und künstliche Flammen konnten wenigstens keine Funken auf den Boden des uralten Hauses sprühen.

„Meine Güte!“, hatte die Mutter geantwortet. „Sie ist doch ein erwachsener Mensch, wie schwierig kann das denn sein?“

Ziemlich schwierig, hatte er gedacht, es jedoch nicht laut gesagt.

Auf Ellinors Bücherregal stand ein dreiarmiger Leuchter mit batteriebetriebenen Kerzen. Sie flackerten genauso wie echte Flammen, doch das hatte er gegenüber der Mutter nicht erwähnt.

Das meiste im Leben ist so oder so Schund, dachte Aksel.

In Gegenwart seiner kleinen Schwester wurde Aksel immer stark. Unbekümmert, tatkräftig und fürsorglich. Er wurde gebraucht, war vielleicht sogar absolut notwendig, um sie am Leben zu halten. Und dadurch bekam er Bedeutung.

Ellinor zog die Stehlampe zum Sofa.

„Wobei hast du ihr geholfen?“

„Holzhacken.“

Er holte Gläser aus dem Küchenschrank, goss ihr Cola ein und sah zu, als sie das Glas hob und es vor die Lampe hielt.

„Alles wird schön, wenn das Licht hindurchscheint“, stellte sie fest.

Er betrachtete ihren mageren Körper und dachte, dass es das war, was sie tat: Sie versuchte, durchsichtig zu werden. Wenn sie sich vor einen Scheinwerfer stellte, würde er durch sie hindurchsehen können, würde ihre Knochen und Organe sehen können, das Blut, das strömte, und das Herz, das viel zu schnell schlug.

Sein eigenes Herz schlug sachte.

„Wie lief es heute beim Arzt, wie war er?"

Ellinor verdrehte die Augen.

„Der Psychiater? Wie er war? Ein älterer Typ, zartgliedrig. Große Brille mit schwarzem Gestell. Er heißt Rudi."

„Was hat er gesagt?"

„Fast nichts. Die meiste Zeit saß er da und sah mich an. Ich dachte, Gesprächstherapie wäre ein Gespräch. Aber so war es nicht."

Sie wischte sich etwas Rotz mit dem Handrücken ab.

„Er legte mit der Frage los, was ich auf dem Herzen hätte. Also habe ich ihm erklärt, dass ich überhaupt nichts auf dem Herzen hätte. Dass ich schon längst die beste Lösung für meine Probleme gefunden hätte. Nur wäre das eben eine Lösung, über die man gemeinhin nicht laut sprechen würde. Und aus offensichtlichen Gründen könne er mir dabei auch nicht helfen. Da wurde er sanft und nachsichtig und war sich seiner Sache sicher."

„‚Jetzt sitzen wir hier' sagte er. ‚Jetzt helfe ich Ihnen. Erzählen Sie mir von der Lösung, die Sie gefunden haben. Dann werden wir sie gemeinsam betrachten.'

‚Der Tod', sagte ich.

‚Aha', sagte er.

Dann saßen wir einfach in der Stille da, während die Minuten tickten und verrannen. Ich weiß nicht, ob ich noch einmal hingehen möchte."

Sie brach ein kleines Stück von dem Brötchen ab, knetete es in der Hand, dass es weich und teigig wurde.

„Es wäre besser gewesen, wenn sie uns geschlagen hätte", sagte sie, „dann hätten wir sie nämlich wegen Misshandlung anzeigen können."

„Wir sollten sie vielleicht so oder so anzeigen", sagte Aksel.

Er veränderte seine Stimme und sagte in dramatischer Tonlage:

„‚Wir sind gekommen, um unsere Mutter anzuzeigen.'

‚Was ist mit ihr?'

‚Sie ist kalt wie ein Keller. Sie ist so kalt, dass uns das Blut in den Adern gefriert und die Kerzen ausgehen, wenn sie den Raum betritt. So wie Morra von den Mumins.'"

„Erzähl von Leffe", bat Ellinor.

„Ich kann nicht glauben, dass er sich erschossen hat", sagte Aksel, „dass er so unglücklich war, ich dachte überhaupt nicht daran, das hätte ich vielleicht tun sollen."

„Es ist nicht sicher, dass er unglücklich war", erwiderte Ellinor.

„Was soll er denn sonst gewesen sein?"

„Selbstmord ist eine Todesursache wie alle anderen Todesursachen. Das ist nichts, was man selbst wählt, es ist etwas, das einen trifft. Oder wozu man gezwungen wird, durch sich selbst oder durch andere oder durch die Situation. Ihr wollt, dass es eine Wahl gibt, denn dann könntet ihr uns das ausreden."

Sie biss von dem Teigklumpen ab.

„War er clever?", fragte sie dann.

„Ja", sagte Aksel, „Leffe war echt clever."

„Wer cleverer als andere ist, wird ziemlich einsam, weißt du", erklärte sie. „Genauso wie die Leute, die dümmer als andere sind. Die vereinsamen auch ziemlich schnell. Vielleicht wollte er seine Eltern und die ihnen verbleibende Zeit zerstören."

„Leffes Eltern waren die besten der Welt", widersprach Aksel. „Ich kenne sie."

„Sei dir da mal nicht so sicher", entgegnete Ellinor. Erwachsene können unglaublich großzügig sein, wenn es um die Kinder anderer Leute geht. Da riskieren sie ja nichts. Oder", sie lächelte sanft, „Leffe war einfach so veranlagt. Das steckte irgendwo in seinem Knochenmark. Selbstmord ist erblich."

Sie hob eine Hand wie zum Schwur bei Gericht.

„Ich habe diese Anlage auch"; fuhr sie fort. „Das war mir schon immer bewusst. Ich bin wie Logan in dem alten Film, du weißt schon. Ich habe einen Kristall in der Hand, und wenn das Ende sich nähert, wechselt seine Farbe zu Rot, und direkt vor dem Tod beginnt er zu blinken. Da hilft dann kein Reden, Aksel, da ist dann bloß noch der blinde und taube Rumpf übrig."

Sie hob einen mahnenden Finger. „*Please! Go gentle into that good night.*"

„Aber Ellinor", sagte er, doch sie unterbrach ihn erneut.

„Und dann ist da natürlich noch etwas. Ein guter Anlass. Die Stunde muss passen, der Ort und die Stimmung."

Da musste Aksel an die alte Werbung für Prince-Zigaretten denken.

„In früheren Zeiten gingen die Mädchen ins Wasser", fuhr Ellinor fort. „Sie gingen ins Wasser, im Nachthemd mit Spitzen und allem. Die Leute sind ziemlich merkwürdig, sie betrachten den Tod als eine Beleidigung. Und es wäre auch eine Beleidigung, wenn er nur einige wenige treffen würde. Aber das tut er nicht. Hast du Mutter erzählt, dass ich krankgeschrieben bin?"

„Ich habe nichts davon gesagt."

„Ich habe gestern an sie gedacht", sagte Ellinor. „Als ich einen alten Kriegsfilm im Fernsehen gesehen habe. So einen mit viel Blut, Schweiß und Tränen. Einen amerikanischen", fügte sie hinzu, „die sind immer so sentimental."

„Und warum hast du an sie gedacht?"

Sie zog die weiten Pulloverärmel nach vorn, sodass die Hände unter den Rippenbündchen verschwanden.

„Na ja, in diesen Filmen ist es ja so: Wenn der Held nach einem Bajonettkampf schwer verletzt daliegt und sein Kamerad angelaufen kommt, um in der Stunde des Todes bei ihm zu sein, dann passiert Folgendes: Der Held sagt: ‚Mir ist so kalt.' Wegen des Blutverlusts befindet er sich in einem Schockzustand, verstehst du? Und sein Freund zieht die Jacke aus und legt sie ihm über. Und dann sagt er das, was sie in amerikanischen Filmen immer sagen, wenn jemand im Sterben liegt, und ich begreife nicht, warum sie es sagen. Sie sagen: ‚*It's okay, everything is okay.*' Aber da ist nicht viel, was okay ist, wenn er mit herausgequollenen Eingeweiden und mehreren Metern durchlöchertem Gedärm daliegt, während er sich an seinen Kameraden klammert, Blut aufstößt und mit letzter Kraft hervorbringt: ‚*Tell mom that I love her.*'"

„Ja, und?", sagte Aksel.

„Die beiden Soldaten hatten einen Pakt geschlossen, nicht wahr, als sie beide in den Krieg gezogen sind. Und dieser Pakt sah so aus: Wenn es einen von ihnen treffen würde, dann sollte der andere den Daheimgebliebenen einen Gruß überbringen und von den letzten Sekunden in seinem Leben berichten."

„Und da hast du an Mutter gedacht?"

Ellinor verkroch sich weiter in die Sofaecke, setzte sich zurecht und zog an den Pulloverärmeln.

„Glaubst du, wenn Mutter daliegen würde – von oben bis unten aufgeschlitzt durch ein Bajonett, mit herausquellenden Därmen und literweise Blutverlust –, dann wären ihre letzten Worte an einen herbeieilenden Freund: ‚Sag Aksel und Ellinor, dass ich sie liebe'?"

„Nein", entgegnete er düster. „Sie würde das ganze Darmknäuel nehmen und sich wieder in den Bauch stopfen. Dann würde sie die Wundränder zusammenpressen und sagen, dass hier bei uns alles in Ordnung ist."

Ellinor zupfte einen neuen Bissen von dem Brötchen. „Ich weiß, dass sie schwanger wurde und dass sie uns geboren hat. Aber manchmal denke ich, dass sie eigentlich eine Ersatzmutter war, ein Brutkasten für irgendwelche anderen Leute. Ein kinderloses Ehepaar. Doch dann bekamen die doch ein eigenes Kind, und sie hatte uns am Hals. Erinnerst du dich, als wir klein waren? Erinnerst du dich, wenn wir abends zu Bett gegangen waren, dass wir dalagen und uns in der Dunkelheit zuflüsterten? Was Mutter und Vater vielleicht alles an Unfällen und Tragödien zustoßen könnte? Und wir lachten so scheußlich, dass wir den Zipfel der Bettdecke in den Mund stecken mussten, damit sie uns nicht hörten?"

„Ich erinnere mich an das Spiel", nickte er.

„Hast du heute Nacht den Wind gehört?", fuhr sie fort. „Er wütete hier draußen in den Bäumen."

„Ich wohne im zehnten Stock", sagte er, „so hoch oben lässt sich nichts bewegen."

Sie verließ die Sofaecke und ging mit ihrem Glas zum Spülbecken. Ellinor das Zimmer durchqueren zu sehen, war ein Anblick, der ihn stets faszinierte. Sie durfte um keinen Preis der Mutter ähneln. Also bemühte sie sich, graziös zu gehen, statt stapfend und mannhaft. Doch das Ergebnis war eine seltsame Zwischenlösung die etwas Komisches an sich hatte. Ihre Unbeholfenheit, die verzweifelte Suche nach etwas Eigenem, verursachte ihm Herzschmerzen. Sie wollte auch nicht blond sein wie der Rest der Familie Adelson, ihr Haar war gefärbt und kurz geschnitten. Es war schwarz und dünn und lag dicht an ihrem Kopf wie Vogelfedern.

Auf dem Weg zurück zum Sofa schnappte Ellinor sich etwas oben vom Bücherregal. Sie besaß drei Handfeuerwaffen. Einen High-Standard Sport King, einen Colt und eine Beretta. Alle waren verplombt, doch Ellinor hatte gerne das Gefühl, bewaffnet zu sein. Jetzt schnappte sie sich die Beretta und betrachtete sie genauer. Es gefiel ihr offensichtlich, sie in der Hand zu wiegen, den Hahn zu spannen, ein imaginäres Zielobjekt ins Visier zu nehmen und das leichte Klicken zu hören, wenn sie abdrückte.

„Wann musst du wieder zum Psychiater?", frage er.

„Am Freitag. Da werden wir dasitzen und einander fünfundvierzig Minuten lang ansehen."

Sie zielte auf die Stehlampe, schloss das eine Auge und drückte ab.

„Ich weiß, was Rudi denkt", sagte sie. „Er möchte, dass ich von meinem Leben spreche und allem, was passiert ist. Dass ich mich an all die kleinen und großen Ereignisse und all die schwierigen Augenblicke erinnere. An das, was ich dachte und fühlte, als es geschah. Und während ich rede und rede und er zuhört und zuhört, die kleinen Hände auf den Armlehnen, sollen mir die Dinge langsam klar werden. Dann, nach einer gefühlten Ewigkeit und verflucht viel Gerede, sehe ich zum ersten Mal die verborgenen Muster in meinem Leben und all die Fallen, in die ich getappt bin. Und nach hundert oder zweihundert Behandlungsstunden habe ich plötzlich ein Aha-Erlebnis, und dann springe ich vom Stuhl auf und juble so laut, dass sie es im Nachbarhof hören."

Sie hob die Beretta leicht an. „Jetzt begreife ich es! Ich ziehe die Füße aus dem Schlamm und wasche sie sauber. Ich schleppe mich hoch auf trockenes Land. Dort sehe ich, wie die Sonne am Horizont läuft, und beginne, in diese Richtung zu gehen. All dem, was war, kehre ich den Rücken, und warum tue ich das? Weil Rudi mir die Verantwortung gibt. Er spricht die verräterische Sprache, die alle Therapeuten beherrschen."

Ihr Mundwinkel zuckte. „Ich habe mich herumkommandieren lassen. Ich habe mich dominieren und quälen lassen, ohne mich zu wehren. Aber jetzt nehme ich die Angelegenheit endlich selbst in die Hand, ich ziehe die Stiefel aus dem Schlamm und wähle einen anderen Weg, und das hört sich gut an, oder? Doch was bringt das mit sich? Es bringt mit sich, dass *sie* davonkommt, Aksel, dass sie nie zur Rechenschaft gezogen wird. Dass sie ihr Leben zu Ende leben und ins Grab steigen kann, ohne verurteilt zu werden."

Sie legte die Beretta mit einem Knall zurück auf das Bücherregal.

„Aber sie kann jederzeit sterben, da sind wir uns einig, oder?"

Jetzt glich seine Schwester plötzlich einem kleinen Kind, das ihn bittend ansah, und er wollte ihr so gern ihre Wünsche erfüllen.

„Ja, da sind wir uns einig", sagte er. „Sie ist alt und an Diabetes erkrankt, sie kann jederzeit sterben."

Ellinors Augen hatten einen hellen Grau-Blau-Ton. Auf ihrer linken Iris war ein dunkler, unscharfer Fleck. Der war entstanden, als sie acht war, während des skandalösen Mittagessens, als der Vater ein für alle Mal klargestellt hatte, dass sie Rotzlöffel waren. Die nichts vom Leben wussten, und was sie alles noch an Unglücken und Prüfungen erwartete, vielleicht ein neuer Krieg, vielleicht Hunger und Not. Sie hörten eingeschüchtert zu und sahen Panzer und Bomber, elektrische Zäune und geifernde Schäferhunde vor sich, während der Vater kläffte und Speichel verspritzte.

Ellinor hatte die Wut des Vaters gesehen, wie groß sie war und worauf er sie richtete, und der Schreck war vom Gehirn hinuntergezuckt und im Auge sichtbar geworden.

Auch wenn Ellinor ihr Haar schwarz färbte, und auch wenn sie stark untererernährt war, so waren die Züge der Mutter leicht zu erkennen. Daher benutzte sie übertrieben viel Make-up, im Versuch, die Spuren zu verbergen, die unerbittlich auf ihre Herkunft, die Familie und die Verwandtschaft zurückwiesen. Angesichts ihres Versuchs, sich bis zur Unkenntlichkeit zu schminken, hatte Aksel bei einem Besuch angemerkt, dass sie ihn an Kleopatra erinnerte.

„Das ist heftig, Ellinor, hast du dich mal im Spiegel betrachtet?"

Ihre Antwort war im beißenden Tonfall erfolgt, der dem der Mutter enorm ähnelte.

„Ich bin mir nicht sicher, ob ich überhaupt ein Spiegelbild habe."

Sie sprachen über die Zeit, als sie klein waren, ehe sie andere Eltern kannten oder etwas darüber wussten, wie es anderen Kindern zu Hause erging. Aber sie wuchsen heran und waren imstande, zu beobachten, Schlüsse zu ziehen und Vergleiche zu ihrem eigenen Leben anzustellen.

In anderen Häusern, bei Freunden und Klassenkameraden, begegneten sie Eltern, die anders waren. Eltern, wie man sie aus Filmen oder Büchern kannte. Erwachsene Menschen, die herumalberten und lachten und scherzten, die mit den Kindern zum Spaß kämpften und sie in die Luft warfen, um sie dann mit starken Armen wieder aufzufangen. Solche Menschen gab es tatsächlich! Ebenfalls verwunderlich war, dass diesen Eltern völlig der Ernst zu fehlen schien. Wussten sie nicht, was draußen in der großen weiten Welt geschah? Wussten sie nicht, was Schmerz war oder Trauer oder Kummer? Was machten sie damit, versteckten sie all das irgendwo hinter dem Rücken?

„Warum erinnern wir uns nicht an das Gute“, sagte Aksel, „es muss doch auch ein paar gute Dinge gegeben haben.“

„Das liegt daran, dass wir mit einem feuerspeienden Drachen aufgewachsen sind“, sagte Ellinor. „Es ist schwierig, sich über ein paar frische Hautpartien zu freuen, wenn der Großteil des Körpers mit Verbrennungen dritten Grades bedeckt ist.“

Sie betrachtete den Bruder mit ihrem dunkel verfärbten Auge.

„Was sie wohl von uns denkt? Dass wir ein Teil von ihr sind und sie die Verantwortung für unsere Entwicklung trägt? Oder sieht sie uns als Individuen, die aus freiem Willen ihre eigene Richtung eingeschlagen haben, für die sie keine Verantwortung übernehmen will. Und sie deshalb tief enttäuscht oder im besten Fall einfach nur beleidigt ist? Denkt sie, dass sie für ihre Mühen keinen Lohn erhält, denn sie hat sich ja bemüht, warum also können wir der Verwandtschaft nicht als Trophäen präsentiert werden? Ist sie verbittert, weil sie nicht sagen kann: ‚Jetzt hat Aksel endlich eine Führungsposition.‘ Oder weil sie nicht erklären kann, dass ich zwar immer noch krank bin, aber inzwischen einen anständigen Therapeuten gefunden habe und eine Ausbildung plus einen gut bezahlten Job anstrebe. So nach dem Motto: ‚Bei Ellinor und Aksel hat es zwar etwas gedauert, aber jetzt stehen Heirat und Kinder an.‘ Macht sie sich Gedanken über derartige Dinge? Liegt sie nachts wach und fragt sich verzweifelt, warum all ihre Mühen und Anstrengungen bei uns keine Früchte getragen haben? Alles, was sie investiert hat – an nahrhafter Kost und Ermahnungen, an sauberer Kleidung und langen Predigten zu gutem Benehmen –, warum ist das nicht zu sehen? Warum sind wir nicht vorzeigbar? Und was hat eigentlich Vater gedacht? War er neidisch auf uns, weil wir in Frieden und Wohlstand aufgewachsen sind?“

„Wir wissen gar nichts von Vater“, sagte Aksel.

„Ich weiß ein bisschen was“, entgegnete Ellinor. „Seine Mutter starb, als er fünf war, und da wurde er Bettnässer.“

„Was?“, rief Aksel aus. „Er war Bettnässer?“

„Das habe ich von Tante Gjertrud gehört, dass er sich mehrere Jahre lang in die Hose machte.“

Er schlug sich mit der Hand an die Stirn, während er in einer Wiegebewegung seinen langen, schlaksigen Körper vor und zurück pendeln ließ.

„Hätte ich das bloß damals beim Essen gewusst, als es Truthahn gab und er mich wie ein Kettenfahrzeug platt gemacht hat. ‚Ich lass mich doch von einem Bettnässer nicht herumkommandieren.‘“

Ellinor wischte sich einen Rotztropfen mit dem Handrücken weg.

„Er wäre wie ein Hund davongeschlichen.“

Aksel stand in der Tür und wollte gehen.

Legte ihr die Hand auf den Arm und sah sie an, streng, wie ein Erwachsener ein Kind.

„Wenn Susie an der Tür erscheint, darfst du sie nicht hereinlassen."

„Nein, ist klar, Aksel."

„Ich will mit dem hier nicht allein sein, Ellinor. Ich muss zu jemandem gehen können, der meine Sprache spricht."

„Es werden immer wir beide sein", sagte sie. „Egal wie es ausgeht, wir werden zu zweit sein. Also kannst du es mir versprechen? Dass sie bald tot sein wird?"

Sie sahen einander an und lächelten. Es war doch bloß ein Spiel. Eines, das sie immer häufiger spielten, immer mit einem Lächeln: *Todesdrache, reumütiger Hund.* Doch die Jahre vergingen, und das Lächeln wurde schmaler, und das Spiel verdüsterte sich und wurde zu einem Wunsch, einer Beschwörung, dass Aksel eingreifen und den Zustand der Dinge verändern sollte. Den Deckel von ihrem Dasein anheben sollte, damit das Licht nach unten sickern und die bleiche Haut golden und das rußschwarze Haar blond machen konnte.

Sie hob erneut ihre Hand und hielt sie ihm hin.

„Der Kristall ist rot", sagte sie.

„Nein. Er ist nicht rot!"

Mit Verzweiflung in der Stimme fügte sie hinzu:

„Kann sie nicht einfach der Krebs dahinraffen! Er holt doch all die anderen."

Er trat über die Schwelle hinaus in die Oktoberdunkelheit, seine warmen Wangen wurden kalt.

Die Schwester lief zum Fenster, um ihm mit den Augen zu folgen.

Er verließ das alte Haus im Utveien. Fuhr den Snarveien und den Omveien entlang, vorbei am Bakveien und Blindveien, erreichte den Hovedveien, blinkte nach rechts und nahm Kurs auf den Block, in dem er wohnte, den alle „den Turm" nannten. Weil das Gebäude allein in einer Landschaft aus niedrigen Häusern stand.

Er fürchtete, dass seine Schwester kurz davor war, auseinanderzubrechen. Dass ihre Gedanken sich auf etwas Destruktives zubewegten und dass nichts half, keine Drogen und keine Medikamente und auch nicht der Gesprächstherapeut, der kein Gespräch wollte.

Ellinor war so vieles. Hilflos wie ein Kind, schmollend wie ein Teenager, unberechenbar und launisch und anhänglich, und gleichzeitig mürrisch wie ein altes Weib. Mit ihrem winzig kleinen Mund, ihren großen Augen und dem schwarzen Haar erinnerte sie an einen Käfer, ein obdachloses Kind oder einen Bettler. Leute, die sie zum ersten Mal trafen, waren überrascht, wenn sie den Mund aufmachte, ihre Stimme war grob und überschlug sich gern, so wie Aksels Stimme, als er ein Teenager war. Während er sich dem Turm näherte, kam ihm der Gedanke, dass er die Eltern nie gefragt hatte, wie es ihnen ging.

Er hatte den Vater nie in einem sanften und freundlichen Ton gefragt, wie geht es, Papa? Wie läuft es bei dir? Auf den Gedanken wäre er nie gekommen. Es herrschte kein Zweifel, dass es dem Vater schlecht ging. Er sprach nur, wenn er musste, der Blick war schwer und voller Ernst, wegen einer Bürde, die er zu tragen hatte. Gleich nach dem Mittagessen, das abgesehen vom Schmatzen und Klirren des Gebisses schweigend verlief, legte er sich auf das Sofa, die Zeitung über das Gesicht gelegt, „sieh mich nicht an, stör mich nicht". Doch wenn Aksel sich jetzt ein Herz gefasst und trotzdem gefragt hätte, da hätte der Vater einen Laut von sich gegeben, ein Murmeln oder ein Grunzen, das man unmöglich hätte deuten können.

Und die Mutter, wenn er die Mutter gefragt hätte, wie es ihr ging, da hätte sie ihn verwundert angesehen, und dann hätte sie zur Decke geblickt und gesagt: „Mir? Wie es mir geht?" Als ob ihr nicht klar wäre, dass dieses „mir" sich tatsächlich auf sie selbst bezog, ihr nicht klar wäre, dass jemand sie überhaupt sah, und sie sich erst recht nicht fragte, wie es ihr ging. Eine Antwort hatte sie natürlich auch nicht. Vielleicht würde sie die ungewohnte Situation lösen, indem sie sich vor Verlegenheit wand und ihn fragte, wie es mit der Arbeit liefe. „Wie geht es Frede denn", würde sie sagen, „deinem Kollegen, von dem du ab und zu sprichst, haben sie nicht zwei Mädchen, er und seine Frau? Wie alt sind die denn schon?" Ein bisschen, um ihm in die Seite zu stoßen und eine Erklärung herauszuquetschen, warum er nie eine Familie gegründet hatte.

Wie sind wir nur an diesen Punkt gekommen, dachte Aksel. Wie kann etwas so Zuverlässiges wie eine einfache Frage zu einer unüberwindbaren Barriere werden, wenn es doch nur Worte in der Luft sind. Es war schon viel zu weit gegangen. Aber wenn er sich doch aufraffte und fragte: „wie geht es dir, Mutter? Wie geht es dir in deinem Innersten?" Dann würden die Scheiben zu Bruch gehen, dann würde der Damm brechen, dann würde das Dach vom Haus fliegen und sie in kalten und nassen Ruinen zurücklassen. Und sie würden das, was sie hatten, nie mehr zurückbekommen. Und was hatten sie? Rein gar nichts.

Der Turm stand wie ein Grabmal in der Nacht, mit Platz für viele Namen. Beton und Bewehrung, Gerüst, Isolierung und Platten, und weiter ins Innere zu all dem Weichen mit Teppichen, Textilien und Menschen.

Aksel blieb eine Weile auf dem Stuhl am Fenster sitzen, die Hände im Schoß gefaltet. Er hatte dieselben Finger wie der Vater, mit flachen Spitzen, wie Eidechsen sie haben, was es ihnen ermöglicht, eine Wand hochzukriechen. Dieselben runden Knie und dieselben dünnen Waden. Die Füße nach außen gedreht, der Mund halb offen und der Blick unter schweren Augenlidern verborgen. Die Erkenntnis, wie sehr er dem Vater ähnlich sah, brachte ihn enorm durcheinander, und augenblicklich überfiel ihn eine ziemliche Angst. Ein Gefühl von Wahnsinn, dass er sich eigentlich im Körper des Vaters befand, dass er durch die Augen des Vaters hinausstarrte. Bloß die Gedanken waren seine eigenen Gedanken, und auch sie gehörten ihm kaum. Er griff sich mit einer zitternden Hand an die Wange. Die Kiefer hingen wie Säcke herunter, die Hände im Schoß hatte jemand anderes hingelegt, was fiel ihnen eigentlich ein, diesen Händen, die nicht die seinen waren? Die Gedanken ließen ihn vor Entsetzen hochfahren und in die Küche hinauslaufen, um wieder er selbst zu werden, auch wenn er niemals ein Gefühl davon gehabt hatte, wer er war.

Er lehnte sich schwer gegen die Arbeitsplatte und hing über dem Spülbecken, brachte Luft in die Lungen und die Herzfrequenz auf ihr normales, langsames Niveau. Richtete sich auf, ging zurück zum Stuhl und setzte sich wieder. Schloss die Augen und versuchte sich vorzustellen, dass er sank, hinunter in einen anderen Raum. Was sagten die Leute, wenn sie heimlich über ihn redeten? Sagten sie zum Beispiel: „Mit Aksel Adelson gibt es nie irgendwelchen Ärger, er sagt immer Ja zu einer zusätzlichen Arbeit, beschwert sich nie über den Lohn.“ War es denn so, dass alle, mit denen er sich umgab, ein deutliches Bild davon hatten, wer er war? Und konnte er sie direkt ausfragen, beim Mittagessen vielleicht oder am Wasserspender: „Kannst du ein paar Worte darüber sagen, wer ich bin?“

„Häh!?", würde der Chef ausrufen.

„Um Gottes willen", würde Frede sagen.

Er fasste die Verwirrung in Worte und verwandelte die Worte in Bilder. Sie hießen *Mutter* und *Ellinor* und *Leffe* und *Der Mann aus der Finnmark* und *Das Messer im Oberschenkel.*

Doch wenn er an sich selbst als Aksel Adelson dachte, da erhielt er nicht mehr als einen Schatten auf dem Weg in eine enge Gasse. Der Kragen hochgeschlagen, die Hände tief in den Taschen, der Kopf etwas vor dem Körper.

Das Gefühl, sich aufzulösen, niemand zu sein und sich selbst nicht zu kennen, erzeugte ein gefährliches Prickeln in seinen Wangen.

Aber das Bett! Das Allerliebste, was er besaß, sein Ruheplatz und stilles Kämmerlein. Das hatte er im Gebrauchtwarenladen der Inneren Mission für achthundert Kronen gekauft. Es hatte diese richtig stattliche Art, schwarz gebeizt, mit hohen Bettpfosten und einer tiefroten Leiste ringsherum. Andere Menschen hatten vor ihm in dem Bett geschlafen. Schlaf steckte im Holz und im Bettgestell, Schlaf in der roten Leiste, von einem Alten oder einer jungen Frau, das würde er nie erfahren. Doch dass ein lebendiges Wesen darin geschlafen und geträumt hatte, seinen Schmerz herausgeschrien und seine bitteren Tränen darin vergossen hatte, das hatte dem Möbelstück eine Seele gegeben. Nachts, wenn er sich zur Ruhe begab, nachdem er die Kleidung auf einen

Stuhl in der Reihenfolge abgelegt hatte, in der sie wieder angezogen werden sollte, stahl er sich ein wenig Identität von den Menschen vor ihm.

*

Der runde Küchentisch war aus Eiche, mit einer Zusatzplatte und Beinen, die ganz einfach abgeschraubt werden konnten. Er hatte ihn bei der Heilsarmee gekauft. Der Tisch war aus einer Haushaltsauflösung, und die Frau, bei der er ihn gekauft hatte, wusste, dass sie ihn in Oslo abgeholt hatten. Die Tischplatte hatte ihre Scharten und Kratzer, und als er das Möbelstück umdrehte, entdeckte er Zeichnungen auf der Unterseite, die mit Filzstift gemacht worden waren, Strichmännchen und leuchtende Sonnen. Da sah er deutlich den Jungen vor sich, der unter dem Tisch gesessen und in aller Heimlichkeit gezeichnet hatte. Und jetzt, viele Jahre danach, sollte er, Aksel Adelson, die Kunstwerke entdecken. Er hatte oft darüber nachgedacht, ob die Zeichnungen je von den Erwachsenen entdeckt worden waren, und ob der kleine Junge vielleicht einen Anschiss bekommen hatte. Das glaubte er absolut nicht. Die Erwachsenen waren liebevolle Eltern, die den Jungen auf den Schoß genommen und ihm stattdessen einen Zeichenblock gegeben hatten. Keine langen Predigten darüber, wie viel der Tisch gekostet hatte und wie unmöglich es sein würde, die Striche wieder wegzubekommen. Keine zornigen, ernsthaften Blicke oder lange Reden über den Respekt für den Wert der Dinge.

Er zog sich an, um zur Arbeit bei der Zeitung zu gehen. Die Jeans und die Lederjacke hatte er in Åges Secondhandladen gekauft, und die Jacke war eine sogenannte Bomberjacke. Sie hatte einen eigenen Geruch, der nicht sein eigener war, doch er glaubte fest daran, dass er von einem Mann mit Selbstvertrauen und Stil stammte, wie ein Typ in *Top Gun*, zum Beispiel Tom Cruise.

Meine Güte, wie der sich in der Jacke drehen konnte!

Wessel, der Redaktionsleiter, hatte anerkennend genickt und gesagt, dass die Jacke sehr stilvoll aussah, und Aksel hatte es unterlassen zu erzählen, dass sie aus dem Secondhandladen stammte. Es galt, den Eindruck zu vermitteln, dass er eine deutliche Identität hatte, dass er, ohne zu zögern, eine Jacke gewählt hatte, die sein Profil vervollständigte.

Ehe er ging, machte er die Lampe über dem Küchentisch aus, eine alte Schuhmacherlampe, die er auf dem Flohmarkt gefunden hatte. Sie hatte Menschen vor ihm geleuchtet, in einem anderen Zimmer, in einem anderen Haus, hatte die Köpfe der Familie in ihren goldenen Schein getaucht. Er dachte sich, dass sie gemütlich miteinander plauderten, herumalberten, scherzten und lachten. Keine Monster waren an die Oberfläche gekommen und hatten die Kinder zu Tode erschreckt.

In der Redaktion war es still.

Wessel kam sofort angestiefelt und sagte im Vorbeigehen, dass Frede sich wegen irgendwelchen Familienangelegenheiten freigenommen hatte.

Aksel dachte über diese „Familienangelegenheiten“ nach. Das konnte so vieles sein, etwas mit der Frau oder den Kindern. Er mochte es nicht, wenn zu Hause bei Frede etwas nicht stimmte. Der Kollege war ein fester Anker, und jetzt fürchtete Aksel, dass das kaputtgehen würde. Dass das gute Gefühl, das er für Frede empfand, sich in etwas anderes verwandeln würde. Es gefiel ihm gar nicht, wenn sich etwas vor seinen Augen veränderte.

Wessel ging zum Drucker, und sofort begann dieser zu brummen. Wessel hatte bei einigen Anlässen gesagt, dass sie ihn gern Hans nennen dürften, aber das brachten sie nicht über sich, er war Wessel und er war der Chef.

Jetzt stand er hochkonzentriert vor dem Drucker. Es war sofort zu sehen, dass er wusste, woher er kam, wer er war und wohin er auf dem Weg war. Ein ganz selbstverständliches Wissen, das ihm sicherlich seine Eltern mitgegeben hatten. In allem, was Wessel tat, lag eine Ruhe, eine grundlegende Gewissheit. Er hatte keine Angst vor unvorhergesehenen Dingen, hatte nicht das Gefühl, dass alles Mögliche passieren konnte. Er war nicht konstant auf der Hut, sondern ruhte in sich selbst und in der Situation. Wessel gehörte der Drucker. Ihm gehörte der Boden, auf dem er stand, und ihm gehörte die Zeitung. Genau das mochte Aksel, dass Wessel die völlige Kontrolle hatte, über sich selbst und über die Dinge und das Leben. Das konnte bedeuten, dass er selbst und seine Schwester Ellinor als Ausnahmen zu betrachten waren. Wenn die Bevölkerung der ganzen Welt im Schmerz lebte, wenn alle auf dem Globus in ihrem Innersten verirrte, angsterfüllte Wesen waren, wenn alle Menschen sich an einem Rand bewegten, gelähmt vor Furcht zu fallen, dann war das gesamte Projekt „Mensch" gänzlich misslungen. Wenn er sich den Glauben bewahren konnte, dass die meisten gut zurechtkamen, dass sie die ganze Nacht ohne Furcht durchschliefen, dass sie morgens aufstanden und sich auf etwas im Laufe des Tages oder in der nächsten Woche freuten, dann konnte er irgendwann in der Zukunft mit Demut und Resignation sterben.

„Maverick!", rief Wessel. „Mir ist etwas eingefallen. Übernimmst du eine Sache von Frede?"

Aksel sah vom Bildschirm auf und versuchte, sich zu erinnern, wo Frede an diesem Tag im Oktober hätte sein sollen, als ihm irgendwelche Familienangelegenheiten dazwischengekommen waren.

„Die Ausschankgenehmigung beim Friseur", erklärte Wessel. „Er wird im Gemeinderat wohl kaum damit durchkommen, aber die Idee sollte man aufgreifen, finde ich. Wollen wir uns nicht ein wenig vergnügen, hier in diesem Jammertal?"

Aksel riss die Augen auf.

Jammertal? Hatte er das wirklich gesagt? Erlebte Wessel so die Welt?

„Der Salon am Marktplatz", fügte Wessel hinzu. „*InSpiro*. Nimm den Fotoapparat und ein paar Gläser mit und geh beim Schnapsladen vorbei."

Kurz darauf stand er vor dem InSpiro-Salon mit der Tüte vom Schnapsladen in der Hand. Der Oktober zwickte ihn in die Wangen, die Menschen eilten durch die Straßen, beugten sich dem, was sie an Kälte und Dunkelheit erwarteten. Durch das Schaufenster sah er die Reihe aus Stühlen und Spiegeln, Töpfchen und Flakons. Jemand bewegte sich im Inneren, eine dunkle, elegante Gestalt, deren Bewegungen an einen Tänzer erinnerten.

Aksel öffnete die Tür und blickte hinein.

„Die Zeitung?", fragte der Friseur. „Sie haben Wein und so dabei?"

Kai Spiro trug ein schwarzes Hemd, eine schwarze, enge Jeans und einen Gürtel mit großer Schnalle in der Form einer Katze im Sprung. Der Gürtel ruhte auf seinen Hüftknochen, und wenn er ging, blitzte die Silberschnalle in dem starken Licht auf. Kai Spiro hatte etwas an sich, das Aksel asiatisch vorkam. Das Haar war wie das Haar von Ellinor gefärbt, schwarz wie Ruß mit gerade geschnittenem Pony.

„Hab leider keine Gläser dabei", sagte Aksel bedauernd.

Der Friseur verschwand im Hinterzimmer und kam mit zwei Stielgläsern wieder heraus.

„Sie wollen jetzt also Wein ausschenken?“

„Einen Versuch ist es wert“, meinte Spiro. „Die Leute sitzen oft lange auf dem Stuhl. Bei Farbe und Strähnchen dauert es schnell ein paar Stunden, manchmal länger, und der Kaffeeautomat ist nicht alles in der Welt.“

Da nickte Aksel verständnisvoll. Er legte die Kamera weg und holte seinen Block aus der Tasche.

„Sie sind also Frede Brenna“, sagte der Friseur und sah ihn mit Augen an, die ebenso schwarz wie seine Kleidung waren.

„Aksel Adelson. Mein Kollege ist heute zu Hause.“

Der Friseur stülpte ihm den Namen Aksel über und kam offensichtlich zu der Erkenntnis, dass er passte, denn er nickte anerkennend.

„Also, woher haben Sie die Idee?“, fragte Aksel.

Spiro klopfte sich an die Schläfe.

„Von hier drin.“

„Haben Sie von anderen Salons gehört, die Wein ausschenken? Im Ausland oder so? Weiter südlich in Europa?“

„Ich bin mir sicher, dass man sich in Barcelona oder in New York oder in Mailand die Haare schneiden lassen und gleichzeitig einen Amarone genießen kann, aber mir ist nichts Derartiges bekannt.“

„Haben Sie im Gemeinderat denn eine Chance?“

„Glaube nicht, dass es zu sehr viel Trunkenheit kommen wird. Das ist es nämlich, was sie fürchten. Aber eine Haarbehandlung kostet heutzutage so einiges, und die Kunden geben viel Geld aus, da haben sie doch ein Glas Wein verdient, stimmen Sie mir da nicht zu?"

Er sah Aksel auffordernd an.

„In gewisser Weise schon. Und in Bezug auf den Preis, wo soll der liegen?"

„Am liebsten hätte ich es spendiert, aber gratis Alkohol wird natürlich nicht durchgehen. Also muss es ein bisschen was kosten. Es wird in der günstigsten Kategorie liegen, wie bei einer einfachen Kneipe."

Aksel schrieb „der Kunde hat es sich verdient" und „einfache Kneipe" und blickte wieder hoch zu Spiro. Das Schwarze, Schlanke und Selbstsichere hatte etwas enorm Souveränes an sich. Die Hände mit ihren langen Fingern waren gepflegt, und am Handgelenk trug er Schmuck aus Silber und Leder.

„Wie viel Platz bekomme ich?"

„Die Nachricht? Wie groß sie wird?"

Aksel dachte kurz nach. „Das entscheidet der Chefredakteur. Wenn Sie die Ausschankgenehmigung bekommen, machen wir ein neues Interview mit großem Bild und so, vielleicht eine ganze Seite. Vorläufig sind wir etwas bescheidener."

„Also bekomme ich nur eine kleine Notiz?"

„Seite 3", sagte Aksel. „‚Worüber die Stadt spricht'."

„Stellen Sie sich zur Verfügung?", fragte Spiro. „Setzen Sie sich auf den Stuhl?"

Aksel wurde verwirrt. Er war es nicht gewohnt, dass der Interviewpartner die Regie übernahm.

Spiro drehte einen der schwarzen Stühle und machte eine einladende Geste mit der Hand.

„Sie müssen einen Umhang tragen", sagte er. „Ich öffne die Flasche, schenke ein und gebe Ihnen das Glas. Und Sie sehen mich an und lächeln begeistert, den Daumen nach oben. Außerdem muss Ihr Haar sowieso ein wenig in Ordnung gebracht werden, wie ich sehe."

Aksel wollte sagen, dass er sich erst kürzlich in einem anderen Salon die Haare hatte schneiden lassen, aber er begnügte sich mit einem Nicken. Spiro holte einen Umhang, auch der schwarz, legte ihn Aksel sorgfältig über die Schultern, stellte sich hinter den Stuhl und zog seine Finger langsam und eingehend durch Aksels Haar.

„Man kann durchaus etwas über das Haar sagen, wenn man es nur ansieht", sagte er fachkundig, „aber volles Verständnis für die Qualität des Haares bekommt man nur, wenn man die Hände benutzt. Sie brauchen hier oben etwas Unterstützung."

Aksel sah sich im Spiegel an. Und bemerkte sofort, dass das Haar, das oben eigentlich wellenförmig sein sollte, sich auf die Seite gelegt hatte. Er protestierte daher nicht, als der Friseur begann, sein Haar mit weichen, liebevollen Händen zu stylen. Zu spüren, dass jemand sich um ihn kümmerte, war seltsam schön, und er wollte sich dem gern hingeben, wollte die Fürsorge annehmen und genießen. Aber er hatte sich nie hingegeben. Er war immer auf der Hut, alle Sinne in Bereitschaft. So viel konnte passieren, wenn man in fremden Händen war.

Irgendwie fühlte Aksel sich verletzlich, wie er da auf dem Stuhl saß. Vielleicht hatte Spiro den schwarzen Gürtel in irgendetwas, im Grunde genommen sah er so aus, und das Monster in ihm konnte sehr wohl ein schwarzer Panther sein.

Ihre Augen trafen sich im Spiegel. Spiro ließ seine Hände sinken.

„Sind Sie draußen auf Hovet in die Schule gegangen?"

„Das stimmt. Woher wussten Sie das?"

„Sie sind mir irgendwie bekannt vorgekommen. Waren Sie zusammen mit Leif Østergård in der Klasse?"

Aksel erwachte abrupt aus all dem Schönen.

„Das war ich. Wir waren Freunde und Kumpel von Kindesbeinen an, bis wir ein bisschen über zwanzig waren. Sie wissen, was passiert ist?"

„Ja."

„Kannten Sie ihn auch?"

„Ich war viel bei den Treffen der Arbeiterjugend", erklärte Spiro. „Politik hat mich nie interessiert, aber es gab dort viele hübsche Jungs."

Er blinzelte Aksel im Spiegel zu.

„Und wissen Sie was?“ Spiro beugte sich näher heran, seine Lippen berührten Aksels Ohr, als er sein Geheimnis flüsternd preisgab. „Davon weiß niemand etwas. Aber Ihnen sage ich es jetzt, nachdem Sie und Leif Kumpels waren. An dem Tag, als er sich den Kopf weggeschossen hat, war er zum Haareschneiden hier.“

Die Information verunsicherte Aksel einen Augenblick, doch Spiro begann, ihm in langsamen Kreisen die Kopfhaut zu massieren.

„Er war hier bei Ihnen?“

„Er saß genau auf diesem Stuhl“, nickte Spiro. „Das war bloß ein paar Stunden vor seinem Tod, habe ich gehört. Er hatte den letzten Termin, und er verschwand etwa um sechs durch die Tür.“

„Aber“, sagte Aksel, „welchen Sinn hat das denn?“

„Sie sagen da etwas“, antwortete Spiro, „das ich mich auch frage. Er kommt hierher, um sich die Haare machen zu lassen, und ich wasche, spüle, balsamiere, schneide, föhne und style. Und dann geht er auf direktem Weg nach Hause und erschießt sich. Selbstmord ist eine merkwürdige Sache.“

„Vielleicht ist es vorherbestimmt“, murmelte Aksel.

„Sie meinen, das ist Schicksal?“

„Ob es in den Sternen steht oder in den Genen steckt, ist doch letztlich dasselbe.“

Aksel betrachtete sich selbst im Spiegel. Jetzt war es so, als würde Leffe ihn ansehen. Vielleicht hatte Leffe bei seinem letzten Friseurbesuch genauso gedacht wie er selbst, und genauso gefühlt wie er selbst: dass es schön war, wenn einem jemand durchs Haar strich und den Nacken massierte und die Wange mit einem Finger streifte. So hatte Leffe sich ein kleines Stündchen der Nähe gegönnt, ehe er nach Hause gegangen war und sich selbst ein Ende gesetzt hatte.

„Aber was hat er denn gesagt?"

„Er sprach über Politik", antwortete Spiro.

„Das war sein Steckenpferd", sagte Aksel und lächelte.

Spiro nahm eine Dose, schüttelte sie gut und sprühte sich einen großen Schaumklecks in die Hand.

„Er redete die ganze Zeit, während ich mit der Schere arbeitete."

„War er nicht bleich oder nervös oder irgendetwas in der Richtung?"

„Überhaupt nicht."

Spiro arbeitete den Schaum in Aksels Haar ein und formte es zu einer hohen Welle.

„Ich gebe Ihnen etwas mit nach Hause, das ist ein Stylingprodukt. Sie geben morgens einen pflaumengroßen Klecks ins Haar und formen es mit den Fingern. Guter Schnitt, übrigens, auch wenn er nicht von mir ist. Haha", fügte er hinzu und lachte in den Spiegel. „Wo sind Sie gewesen?"

„Bei *SchauHair*", antwortete Aksel.

Er war sich unsicher, ob Spiro einen Wettbewerber gutheißen würde.

„Guter Schnitt“, wiederholte er, „schon mal über Farbe nachgedacht?“

„Im Haar?“

„Mahagoni würde Ihnen stehen.“

Spiro betrachtete ihn erneut im Spiegel, mit einem langen, eingehenden Blick.

„Eine ziemlich merkwürdige Sache, finde ich. Dass jemand herkommt, um sich die Haare schneiden zu lassen, dasitzt und über Politik redet, wenn er nur noch ein paar Stunden zu leben hat.“

„Es ist ja nicht sicher, dass er es schon wusste, als er hier saß“, warf Aksel vorsichtig ein.

„Nicht wusste, dass er sich erschießen würde? Ein paar Stunden davor? Über derartige Dinge weiß ich nicht viel, aber Sie werden mir zustimmen, dass das ein wenig merkwürdig ist, oder?“

„In gewisser Weise“, gab Aksel zu, „aber Menschen leben, solange sie leben. Und dann sterben sie.“

Schweigen für eine Weile. Jetzt hatte Aksel das Gefühl, dass Leffe anwesend war und dass er zuhörte.

„Aber müsste man es nicht sehen können?“, fragte Spiro. „Wenn jemand am Sterben ist. Also, auch wenn der Körper gesund ist, so sollte es doch möglich sein, zu bemerken, dass die Flamme am Erlöschen ist? Dass das Leben davonrinnt und die Wangen bleich und die Augen matt werden? Oder irgendetwas in dieser Richtung?“

„Wenn man es sehen könnte, hätten wir nicht so viele Selbstmorde“, meinte Aksel. „Sie machen es uns nicht leicht.“

„Nein, das machen sie nicht“, sagte Spiro. „Ich habe ihn übrigens ein paar Mal in der *Galeere* gesehen, zusammen mit den Polen, die oben auf Hellefors arbeiten.“

„Verkehrte er mit denen?“, fragte Aksel überrascht.

„Anscheinend. Vielleicht hatte er sonst niemanden. Machte den Eindruck, als fühlte er sich wohl in deren Gesellschaft. Sprach mit ihnen sicherlich auch über Politik, eine anständige, laute Bande. Hat die gesamte Kneipe unterhalten.“

Er war mit dem Haarschneider hinten im Nacken, um die Ränder anzugleichen. Aksel erschauderte.

„Aber sein Haar“, fuhr Spiro fort, „das war nicht leicht zu bändigen. Haben Sie schon einmal Neugeborene gesehen? Solche Haare hatte Østergård. Sie standen überall ab und wollten weder nach rechts noch nach links, ich musste da immer ganz kurz schneiden. Sie haben übrigens einen ziemlich sauberen Haaransatz“, bemerkte er und strich Aksel mit einem Finger über die Stirn, und Aksel erschauderte erneut.

„Mit so einem Haaransatz bekommen Sie vieles umsonst. Also, wenn es um die Frisur geht“, fügte er hinzu und blinzelte noch einmal.

„Das wäre mir aber neu. Bisher ist mir nicht aufgefallen, dass ich etwas umsonst bekommen habe“, erwiderte Aksel.

„Jetzt hole ich die Kamera“, sagte Spiro. „Der Umhang hat an der Seite Öffnungen für die Hände. Nehmen Sie das Glas in die linke Hand und geben Sie mir mit der rechten einen Daumen nach oben. Setzen Sie ein begeistertes Lächeln auf. Sie bekommen Schnitt und Farbe umsonst, wenn der Antrag durchgeht. Können Sie mir zublinzeln? Na los, Mann!“

Aksel war fast noch nie in seinem ganzen Leben von irgendetwas begeistert gewesen, und er hatte noch nie einem Mann zugeblinzelt. Er fühlte sich unbeholfen, wie er so im Nylonumhang mit dem Glas in der Hand dasaß.

Spiro knipste vier Bilder.

„Wenn ich jetzt darüber nachdenke …“ Spiro bekam eine Falte an der Stirn.

„Da war nicht viel Augenkontakt in der Zeit, die Leffe hier saß. Ich meine, Sie und ich haben einander die ganze Zeit im Spiegel angesehen, nicht wahr? Also ist wohl etwas dran, dass er auswich. Dass er schon am Weggehen war.“

Er legte sich apart einen Finger unten ans Kinn.

„Seine Eltern feierten an dem Tag, an dem er starb, ihren doppelten achtzigsten Geburtstag“, erzählte Aksel. „Vielleicht wollte er auf diese Feier gehen, vielleicht ist er deshalb zum Haareschneiden gekommen. Aber dann ist im letzten Augenblick etwas passiert, das ihn dazu brachte, sich anders zu entscheiden. Oder vielleicht hat er gehofft, hier im Salon etwas zu finden, was ihn davon abbringen könnte.“

Spiro gestikulierte dramatisch.

„Aber was hätte ich denn tun sollen? Was hätte ich sagen sollen? Was hat er denn gebraucht?“

Aksel spürte wieder seine Finger im Nacken.

„Etwas für die Zukunft, vielleicht? Einen Hinweis, dass es eine Zukunft gibt.“

Spiro war oben am Haaransatz und zog eine unsichtbare Linie von einer Schläfe zur anderen.

„Nein, er war wohl bereits verloren“, seufzte Aksel. „Sie hätten schreien und betteln und jammern können, aber er war wohl bereits blind und taub.“

Dann fügte er hinzu, weil es ihm plötzlich einfiel:

„Ich brauche etwas für die Faktenbox. Alter und Familienstand und solche Dinge.“

„Ausbildung in Oslo, Lehrling bei *Adam & Eva*“, sagte Spiro, „vierunddreißig Jahre alt und Single. Brauchen Sie noch etwas mehr, mein Lieber?“

Aksel steckte die Dose mit Styling-Mousse in die Innentasche, hob die Hand zum Abschied und ging hinaus. Weg von der Wärme und vom Licht, von den Düften nach exklusivem Leder, glänzenden Spiegeln, teurem Parfüm für Herren und Kai Spiros einfühlsamen Fingern. Nach draußen in die Kälte. Er hatte das Gefühl, dass Leffe wieder dort drinnen saß, in dem Stuhl, den er gerade verlassen hatte, und er hatte seinen Kumpel ein weiteres Mal im Stich gelassen.

Am liebsten wäre er wieder hinein in den Salon gegangen, zurück zu dem Ort, an dem sich Leffe ein paar Stunden vor seinem Tod aufgehalten hatte. Um etwas in sich aufzunehmen, eine Art von Verständnis. Als er sich jetzt umdrehte und durch das Fenster hineinsah, fühlte er sich wie das Mädchen mit den Schwefelhölzern, in einem kurzen Aufflammen hatte er in eine Herrlichkeit geblickt, zu der er keinen Zugang hatte.

Er versetzte sich selbst auf den Hof Østergård. Stellte sich vor, dass er wieder ein Junge wäre, dass Anders und Eldbjørg seine Eltern wären und dass er in den drei Wohnzimmern spielte und in den großen Kastanienbaum auf dem Hofplatz kletterte. Dass er mit glühenden Wangen vor dem Ofen säße, eine Katze auf dem Schoß und Schlucker, den Hund, zu seinen Füßen. Es gäbe niemals Kälte oder Herablassung, nie würde Anders aus der Tiefe heraufsteigen und zu einem Monster werden. Stattdessen würde Aksel sich verwandt mit allen Dingen fühlen, mit den Menschen und dem Getreide und dem Hof. Wurzeln würde er haben, und eine Zugehörigkeit, die ihn geborgen an seinem Platz in der Welt hielt. Er hätte die Tage in der Krone des Kastanienbaums verbracht, oder aber in der roten Scheune, im duftenden Heu. In dieser paradiesischen Landschaft würde er heranwachsen, groß und klug und selbstsicher wie ein Häuptling werden. Was war es nur, das Leffe getroffen hatte, wenn ihn all diese Herrlichkeit nicht genährt hatte, ihn nicht vor dem Tod gerettet hatte.

Welche Art von Hoffnung gab es für die Menschen, wenn so viel an Gutem und Nähe nicht ausreichte?

Dann dachte er an Kai Spiro. Er war sich sicher, dass der schon als kleiner Junge den Traum gehabt hatte, Friseur zu werden. Als Kind hatte er bestimmt in der Tür zum Bad gestanden und seine Mutter betrachtet, wenn sie sich die Haare vor dem Spiegel richtete. Selbstverständlich war sie hübsch. Ihr Haar war wunderschön, lang, dunkel und lockig, ihr Körper schlank und weich, und von ihr hatte Spiro sich den Knick in der Hüfte und den aparten Finger unter dem Kinn abgeschaut.

Dass ein Mann so ganz, so vollendet sein konnte. Wie aus einem Guss, gefertigt von einem Künstler mit einer klaren Vision. Der Salon war die ganze Zeit über Spiros Ziel gewesen, Chrom und Leder und scharfe Scheren. Dieser Mann ging abends niemals mit Zweifeln im Herzen zu Bett, ob er nicht vielleicht woanders oder vielleicht jemand ganz anderes hätte sein sollen. Nein, zur Hölle, das tat er garantiert nicht.

Eine Frau kam im selben Augenblick angeschossen, steuerte auf den Eingang zu und wollte in den Salon. Aksel nickte und hielt ihr die Tür auf. Spiros enthusiastische Stimme drang hinaus zu ihm.

„Komm rein, Eva, komm rein!“

Er schlenderte durch die Straßen und zum Auto.

Sich erst die Haare schneiden lassen und sich anschließend erschießen, das zu begreifen, war unmöglich.

Er trug es bei sich im Kopf und im Körper, die Düfte und die Berührung. Die geschliffene Stimme von Kai Spiro und Leffes Augen, die ihn aus dem Spiegel heraus anstarrten.

All dies, während er im Kiwi-Supermarkt herumging und Waren aus den Regalen nahm.

Da lief er direkt in Eldbjørg Østergård hinein. Sie hatte ihn schon länger angesehen, das spürte er, ihre Augen waren fragend, während sie nach einem Wiedererkennen suchte. Und als sie es fand, wurden die Augen groß. Ihre Haare waren grau geworden, und die Augenlider waren schwer. Aksel suchte in ihrem Gesicht nach der Freundlichkeit, an die er sich aus der Kindheit erinnerte, aber er konnte sie nicht finden. Sie musste mit den Tränen über Leffes Tod herausgelaufen sein, zusammen mit der Wärme und der Nähe, die er immer gefühlt hatte, wenn er auf dem Hof war. Übrig waren ein angespanntes Gesicht und ein bitterer Mund.

„Ist das denn nicht unser Aksel?"

Auf die Frage folgte kein Lächeln. Also machte sie das Wiedererkennen in keiner Weise fröhlich, also verband sie mit ihm nichts Gutes, wie halbstarke Jungs und Lärm und Spaß. Es war eher etwas anderes, eine Art von Enttäuschung. Dass er nicht geliefert hatte, obwohl sie ihm einen Vorschuss an sanfter, mütterlicher Nachsicht gegeben hatte.

Ihr Mund war eine Spur schief, das war ihm nie aufgefallen, als er jünger war. Konnte das bedeuten, dass sie einen Schlaganfall gehabt hatte, oder hatte er diese kleine Asymmetrie, in Gedanken, einfach wegretuschiert? Ihr Haar hatte seinen Glanz verloren und war ohne Schnitt, doch ungepflegt war sie nicht. Sie war bloß nicht so hübsch, wie er sie in Erinnerung hatte.

„Es ist nicht schwierig zu erkennen, dass du der Ältere von Annar und Iris bist", sagte sie in einem Ton, der ein Verleugnen unmöglich machte, auch wenn er in finsteren Stunden gute Lust dazu hatte.

Er wollte etwas über Leffe sagen. Und dachte im selben Augenblick, dass er dessen Spitznamen nicht benutzen konnte. Andererseits konnte er den Freund unmöglich Leif nennen, denn in seiner Erinnerung hieß er Leffe. Genau wie Rolf Engebretsen einfach Nicht-Rolf hieß und Jan Sungodt Dickerchen genannt wurde, weil er pummelig war.

Er brachte kein Wort heraus, auch wenn Eldbjørg Østergård ihn nicht aus den Augen ließ, während sie nach etwas von Wert suchte, was Linderndem, auf das sie Anspruch zu haben meinte. Vielleicht etwas Neues, das sie noch nicht gewusst hatte, eine verborgene Eigenschaft des Sohnes, der sich erschossen hatte, eine Art Heldenmut, von dem sie keine Kenntnis hatte. Doch Aksel sagte nichts. Sie hatten ja alles vertuscht. Sie hatten den eigenen Sohn verleugnet.

Stattdessen blickte er verstohlen in ihren Einkaufswagen, auf Tiefkühlfisch und Erbsenpüree und Ajax.

Also machte sie für Anders das Essen wie zuvor, und sie putzte auf dem Hof wie zuvor. Und am Abend legte sie sich nieder mit tausend Fragen, auf die sie niemals eine Antwort erhalten würde.

Was war es, was wir nicht gesehen haben?

Warum bist du mit dem, was so schwierig war, nicht zu uns gekommen?

War in Wirklichkeit ich diejenige, die du töten wolltest? Wolltest du die Familie und die Verwandtschaft auslöschen, den gesamten Stammbaum fällen, den Hof in fremde Hände zwingen. Oder war es deine eigene Verzweiflung, deine eigene private Trauer, und gibt es überhaupt Worte für einen derartigen Schmerz?

So lag sie vielleicht nachts da und blies die Fragen hinaus in die Dunkelheit, schob den Sohn in einem Wutanfall weg und zog ihn wieder zu sich, schob ihn weg und zog ihn zu sich, bis sie vom Kampf erschöpft war.

In Aksels Kopf herrschte ein komplettes Durcheinander. Die Situation gebot, dass er etwas Freundliches und Nettes sagte. Plötzlich erinnerte er sich an etwas, das die Mutter gesagt hatte, als Leffe einmal zu Besuch war und sie von einem guten Buch zu ihm hochblickte.

Und der Satz kam Wort für Wort aus ihm heraus.

„‚Wärst du eine Romanfigur, würdest du dem Geschlecht derer von Østergård entstammen.' Das pflegte Mutter immer zu sagen."

Im selben Moment sah er etwas in ihren Augen. Sie hatte eine Art von Höherstufung erhalten, etwas, das sie mit nach Hause nehmen konnte. Sie war nicht bloß die Mutter von Leffe, der sich in den Kopf geschossen hat, sie war Frau Eldbjørg, aus dem Geschlecht derer von Østergård.

Er deckte den Tisch mit dem blauen und weißen Geschirr, das er im Retroshop gekauft hatte. Während er aß, dachte er an all das gute Essen, das bei den Vorbesitzern schon auf den blauen Tellern gelegen hatte. Alle hatten sich rund um den Tisch wohlgefühlt, denn die Küche war das eigentliche Herz des Hauses, und das Mittagessen war der wichtigste Treffpunkt. Hier sahen sie einander und munterten einander auf und reparierten, was am Tag an Schäden entstanden war. Wer einen Schuss vor den Bug erhalten hatte, wurde entsprechend getröstet. Vor seinem inneren Ohr hörte er das Klirren von Besteck auf Porzellan und die eine oder andere eifrige Stimme. Es gab Platz für Ironie oder auch mal eine flapsige Bemerkung. Die Erwachsenen waren vielleicht in Lachen ausgebrochen, statt diese Bemerkung als Angriff zu sehen, den es sofort mit harter Hand niederzuschlagen galt, weil dies bedeuten konnte, dass der Nachwuchs an einer ernsten Fehlentwicklung litt, die sofort korrigiert werden musste, da sich ansonsten die gesamte Familiendynastie auflösen und in Verruf geraten könnte.

Er schob den Teller von sich. Das mussten Eltern sein, die Wohlwollen in sich trugen, bei denen die Liebe allen Dingen zugrunde lag. Und vielleicht hatte Eldbjørg Østergård in Wahrheit nichts davon, sondern es war eine bloße Einbildung seinerseits gewesen. Vielleicht sah er alles, was sich außerhalb des Elternhauses befand, in einem goldenen Licht, weil sein eigener Alltag als Kind so kärglich gewesen war.

Man kann eigenen Erinnerungen nicht trauen. Man kann sich selbst nicht trauen.

So hatte er also Eldbjørg Østergård beim Einkaufen getroffen und mehrere Minuten mit ihr gesprochen, ohne sie zu bitten, Leffe einen Gruß auszurichten. Was ihr natürlich klargemacht hatte, dass er alles wusste.

Warum war sie überhaupt aufgetaucht, ganz plötzlich, wenn er sie doch sonst nie sah? Als ob das Gespräch mit Spiro im Salon sie über mystische Kanäle erreicht hatte, sie aus dem Haus gezogen und in Aksels Richtung gelenkt hatte. Und was hatten Leffes Augen ihm aus dem Spiegel heraus gesagt?

Finde sie und betrachte sie und denke nach.

Aksel legte sich am selben Abend in das große Bett und kehrte seinen Blick nach innen, um herauszufinden, ob dort drinnen etwas wuchs, das er im Auge behalten musste.

*

„Das war der Sommer, als es so heiß war", sagte Ellinor, „wir saßen nach dem Mittagessen auf der Terrasse, weil wir das Essen sacken lassen mussten, und da kam Arvid über den Rasen. Kannst du dich daran erinnern?"

„Ich erinnere mich", antwortete Aksel.

„Mutter und Vater saßen mit ihrem Kaffee da, und du und ich, wir hockten wie die Hühner auf unseren Campingstühlen, während wir an das Essen dachten, das im Körper von oben bis ganz nach unten sinken sollte, und dass es wichtig war, dass wir ruhig dasaßen, während der Prozess ablief. Mutter lehnte sich mehrere Male nach vorn, um uns zurechtzuweisen, wie es ihre Gewohnheit war.

‚Zupf nicht an der Schürfwunde herum, Ellinor! Hör auf, so dazusitzen und gegen den Tisch zu treten, Aksel, das gibt Schrammen.'

Dann sagte sie lange Zeit nichts, auch Vater nicht. Wir waren nie besonders gut darin, miteinander zu sprechen, oder?"

„Das waren wir nicht", antwortete Aksel.

„Ich faltete meine Hände im Schoß, um nicht an der Schürfwunde zu kratzen", fuhr Ellinor fort, „ich habe sie ziemlich fest gefaltet, und du hast deine Beine miteinander verschränkt, um nicht gegen das Tischbein zu treten. Man kann also sagen, dass wir uns selbst verknoteten. Es war, als säßen wir da und warteten auf etwas, wir hatten das ganze Leben lang gewartet, da war immer das Gefühl, dass etwas fehlte, und die Stille machte alles so deutlich. Und genau da, als wir so dasaßen und uns verstohlen anblickten, kam Arvid über den Rasen geschlendert, kannst du dich daran erinnern?“

„Ich erinnere mich“, nickte Aksel.

„Wir wussten zu diesem Zeitpunkt nicht, dass er Brandverletzungen hatte, denn wir hatten ihn niemals ohne Hemd gesehen. Doch jetzt kam er mit nacktem Oberkörper und in einer abgeschnittenen Nietenhose mit Fransen daher, und nach dem heißen Sommer war er überall bronzebraun. Ihm fehlte ein Vorderzahn, kann ich mich erinnern, doch er grinste dennoch, und die Mutter sprang auf und holte einen Stuhl und eine Tasse und schenkte ihm aus der Kanne mit dem geklebten Henkel ein.

Und da sahen wir seine Brandwunde.“

„Ich erinnere mich“, wiederholte Aksel.

„Arvid hatte überall eine so tiefe rotbraune Farbe, doch seine Brust war ganz weiß und beinahe seidig glänzend, wie zusammengezogen. Wir konnten uns ein Starren nicht verkneifen, aber das bemerkten Mutter und Vater nicht, denn auch sie starrten. Und Mutter nickte in Richtung seiner Brust und sagte: ‚Das da ist bestimmt eine Brandwunde, wie ich sehen kann.‘ Und Arvid grinste und entgegnete: ‚Nein, das ist eigentlich eine Verbrühung. Von einem Kessel mit kochendem Öl. Ich bin früher auf See gewesen.‘

Vater begann, Interesse zu zeigen, und Mutter hing an seinem sonnengebräunten Gesicht, und wir beide lehnten uns in unseren Stühlen nach vorn. Dann erzählte Arvid von den Jahren auf See. Er hatte als Koch gearbeitet, und einmal hatte er einen Topf mit kochendem Öl durch die enge Kombüse getragen, als er ausrutschte und nach hinten fiel, weil ein Dummkopf von einem Kombüsenjungen irgendein Teufelszeug auf der Schwelle verschüttet hatte – erinnerst du dich, dass er Teufelszeug sagte? Und kochendes Öl ergoss sich über seine Brust, und es waren viele Stunden bis zum nächsten Hafen.

‚Wir fuhren nach Antwerpen', sagte Arvid, ‚und das dauerte seine Zeit.'

Er schlürfte, wenn er vom Kaffee trank. Wir durften niemals schlürfen, aber Arvid, der tat ganz einfach, was er wollte. Und Mutter fragte, ob die gewaltige Narbe immer noch schmerzte.

‚Nein', sagte er, ‚aber sie spannt ein bisschen.'

‚Aber was hast du dann getan?', fragte Mutter.

‚Ich habe mir die Kleider vom Leib gerissen und mich auf die Pritsche gelegt', sagte Arvid, ‚und habe den Kombüsenjungen Brei kochen lassen. Als dieser kalt war, haben sie meinen gesamten Brustkorb mit dem Brei bedeckt und saubere Verbände aufgelegt.'

‚Breiumschlag', bemerkte Mutter und nickte.

Sie war plötzlich auf vertrautem Terrain. Sie wurde so eifrig, weil sie etwas über Breiumschläge wusste, aus einer Zeit, als es dich und mich nicht gab.

‚Das Teuflische an Brandverletzungen ist', erklärte Arvid, ‚dass sie sich im Laufe der Zeit entwickeln, und da sprechen wir von sehr langer Zeit. Du glaubst, dass du den Umfang der Verletzungen im Griff hast, aber da hast du dich vollkommen geirrt, du. Erst ist es rot, dann kommen die Blasen. Die Blasen wachsen und werden immer größer und breiten sich aus, und dann platzen sie eine nach der anderen. Dann löst sich die Haut vom Rest des Gewebes, und es entstehen schwere Wunden, und dann beginnt es zu laufen. Wenn du zu viel Flüssigkeit verlierst, wird es kritisch. Ich hatte wohl eine Verletzung von fünfzehn Prozent, ich habe mich bis hinunter zur Leiste verbrüht. Aber ich werde mir nicht die Hose runterziehen und es zeigen, es ist ja eine Dame anwesend.'

Er sah mich an, als er das sagte, mit einem Blick, als ob ich etwas Edles wäre oder auf dem Weg, etwas Edles zu werden. Als ob ich verschont werden müsste. Arvid war im Grunde genommen nicht hübsch, schlechte Zähne, wenig Haare und abstehende Ohren. Aber sein Lächeln! Und während wir dasaßen und uns seine Geschichte anhörten, fiel mir auf, dass ich frei atmete, als hätte ich mein ganzes Leben den Atem angehalten. Denn Arvid brachte Mutter und Vater dazu, uns loszulassen. Sie betrachteten jetzt Arvid und die Brandwunde und den fehlenden Zahn, und sie hingen an seinem Lächeln und an den Räubergeschichten von den sieben Meeren.

Er fluchte, dass die Wände wackelten, kannst du dich daran erinnern?"

„Ich erinnere mich", antwortete Aksel wieder.

„In jedem zweiten Satz stieß er Flüche und Verwünschungen aus, und das war bei uns zu Hause ja nicht erlaubt, aber jetzt herrschte Ausnahmezustand, er kam von den großen Fischgründen, einer anderen Kultur, einem anderen Leben, und die Schimpfwörter, saftig und salzig wie Meeresgischt, brachten Mutter zum Kichern wie ein Mädchen. Arvid konnte in zehn Sprachen fluchen."

„Das konnte er", bestätigte Aksel.

„*Damn to hell!*", begann Ellinor.

„*Putain de merde!*", erwiderte Aksel.

„*Que diablos!*", rief Ellinor.

„*Tu puta mierda!*", entgegnete Aksel.

„Und Vater erwachte langsam zum Leben. Ich kann mich nicht erinnern, ob er lächelte. Er hatte nicht viel an Mimik, aber er öffnete sich Arvids Erzählung, als ob er sich an etwas aus längst vergangener Zeit erinnerte.

Und Arvid erzählte von all den Ausländern an Bord, von den Portugiesen und Vietnamesen und Japanern und Leuten aus Chile und von den Philippinen. Hin und wieder gab er ausländische Wörter von sich. Es war wie auf einer Weltumsegelung, umgeben von fremden Sitten und exotischen Sprachen, Schimpfwörtern und dem Geruch nach Essen und Maschinen und Schweiß. Und die Menschen waren flegelhaft, der Alkohol war stark und der Tabak so krätzig, dass einem die Tränen in die Augen schossen.

Und wir sahen einander an, du und ich, denn plötzlich begriffen wir etwas. Wir würden niemals dorthin gelangen, wo Arvid war, wir würden uns nie so frei fühlen. Wir hatten uns selbst verknotet. Und Vater, der niemals Interesse an anderen Menschen zeigte, wagte sich mit einer Frage nach vorn.

‚Öltanker?', fragte er.

‚Containerschiff', antwortete Arvid.

Und sie sahen einander an und nickten.

Dann leerte Arvid die Kaffeetasse, erhob sich und dankte, winkte und schlenderte zurück über den Rasen. Er verschwand in seinem eigenen Haus, seinem eigenen Reich, und auf der Terrasse wurde es mucksmäuschenstill. Wir spürten, dass wir etwas Intimes über uns selbst preisgegeben hatten. Also zupfte ich frenetisch an meiner Hautabschürfung, und du fingst an, wieder gegen das Tischbein zu treten. Im Nu war alles wieder beim Alten, kannst du dich daran erinnern?"

„Ich erinnere mich", antwortete Aksel erneut.

„Den Rest des Tages hoffte ich so sehr, dass Mutter und Vater etwas über Arvid sagen würden, über seine Erzählung von dem Schiff, mit dem er gefahren war, und allem, was er erlebt hatte. Aber er wurde mit keinem Wort erwähnt. Die Eltern, von denen wir dort draußen im Sonnenschein einen Schimmer gesehen hatten, gab es nicht mehr, und wir bekamen sie nie wieder zu Gesicht. Mutter suchte ihre Zuflucht an der Küchenarbeitsplatte, als ob jemand ein Geheimnis von ihr entlarvt hätte, wie Untreue oder so etwas."

Ellinor zog die Beine unter sich, wie sie da in der Sofaecke saß, und schob sich den flauschigen Pullover über die Hände, weil sie fror.

Aksel fragte, worüber sie in der Stunde bei Rudi gesprochen hatten.

„Ich habe dir doch gesagt, dass er so gut wie gar nicht spricht."

„Ja, das hast du. Dass du diejenige bist, die sprechen soll. Doch hin und wieder kommen doch wohl irgendwelche Geräusche, oder? Von der Art, wie sie Vater von sich zu geben pflegte, wenn er angesprochen wurde?"

Da musste Ellinor lachen.

„Er hat ja einen Körper", sagte sie. „Einen zarten Körper mit kleinen Händen und Füßen, und teure italienische Schuhe und eine *Omega Speedmaster* am linken Handgelenk. Und vom Körper kommen kleine Signale, winzig kleine, aber ganz bewusste Signale, die ich sehen und deuten können soll."

„Und was macht er dann?"

„Er schüttelt den Kopf. Er nickt enorm langsam, denn sein Kopf ist ja so schwer von Wissen und Verständnis, und er wippt mit dem Fuß, und er trommelt mit den Fingern auf die Armlehne. Alles ist genau einstudiert, vollkommene Kontrolle über jeden Muskel und jeden Nerv. Manchmal, wenn er ausschweifen und etwas ziemlich Persönliches tun will, streicht er sich über den Kopf, dies sieht er wohl als Eingeständnis, glaube ich."

„Warum das denn?"

„Er hat keine Haare. Manchmal bin ich im Zweifel, inwieweit er ganz menschlich ist. Ich könnte ebenso gut mit einer Maschine sprechen, wenn ihr jemand Hände und Füße angesteckt hätte. Ich weiß nicht, was all diese Leute in der Psychiatrie finden wollen. Was hoffen sie zu gewinnen, wenn sie meine unglückliche Seele retten? Wie viel Glück, glauben sie, soll mir zuteilwerden? Wie viel Liebe, Wohlstand und Klugheit kann ich ihrer Meinung nach denn erreichen? Sie sind bloß darauf aus, sich selbst aus ihrer eigenen Dunkelheit zu retten. Und wenn ich vier Tage schaffe, ohne mich zu betäuben, klatschen sie vor Freude und Triumph in die Hände.

One giant leap for Ellinor Adelson."

„Damit sagen sie, dass du nicht allein auf der Welt bist, Ellinor, du hast Menschen an deiner Seite, die dich mögen und denen es wichtig ist, dass du am Leben bist."

„Muss ich denn mein ganzes Leben für andere leben?"

Aksel wurde so langsam gereizt.

„Also bin ich ohne Bedeutung für dich?"

Sie fuhr sich mit den Fingern durch die Haare, dass sie wie ein Irokese abstanden.

„Aber nein, du bedeutest alles! Aber ich warte bloß auf eine einzige Sache. Dass du am Handy bist und sagst, dass sie tot ist."

Sie legte ihre Stirn auf die Knie und stöhnte.

„Sie ist kein Mantel, den du einfach von dir abstreifen kannst", sagte Aksel, „sie wird in deinem Leben immer etwas bedeuten."

„Doch! Ich kann sie von mir abstreifen. Sie wird von meinem Körper abfallen wie schwere Krusten aus erstarrtem Schlamm. Dann werde ich aus dem Haus stürmen, den Utveien entlang, und weiter über den Omveien und Snarveien und Blindveien bis ganz in die Stadt hinein. Und ich werde alle küssen, die ich auf meinem Weg treffe: kleine Kinder und Alte und alle dazwischen. Und wenn sie einen Hund dabeihaben, dann werde ich auch den Hund küssen, auf die Schnauze und auf den Kopf. Und ich werde tanzen und ich werde aufsteigen wie ein Heliumballon, so fröhlich werde ich sein, wenn sie stirbt!"

Sie erhob das Glas mit kaltem Tee und hielt es vor die Lampe.

„Alles wird schön, wenn das Licht hindurchscheint."

Als Aksel am Gehen war, ging Ellinor ihm auf ihre eigenartige Weise hinterher: mit lockeren Hüften und schwingenden Armen und hohlem Rücken, denn sie wollte der Mutter nicht ähneln.

Sich in einen anderen Menschen hineinzufressen, um ihn für immer besitzen zu können, ist das grausamste Verbrechen, dachte Aksel bei sich. Schlimmer ist nur, jemandem das Leben zu nehmen.

Ellinor blieb an der angelehnten Tür stehen und sah zu ihrem Bruder hoch.

„Ich bin die, von der Hamsun schreibt", sagte sie. „Ich bin fast niemand, ich bin bloß eine. Warum soll ich die Mühe auf mich nehmen, jemand zu werden? So lange lebt das Gerücht nicht, wer ich war und was ich erreicht habe oder wo ich mich geirrt habe. Ich sehe die Notwendigkeit nicht, große Anstrengungen zu unternehmen."

Sie stand auf Zehenspitzen, legte ihm die Hand auf die Wange und streichelte ihn sanft und vorsichtig.

„Wie geht es dir, Aksel, wie läuft es denn bei dir?"

„Jaa", sagte er, den Blick zu Boden gerichtet. „Es läuft schon."

*

Aksel hatte in all den Jahren, in denen sie gemeinsam bei der Zeitung gearbeitet hatten, nie gedacht, dass im Innersten von Frede Brenna ein Monster wohnen könnte. Ein Monster, das am Grund eines Sumpfs lag und schlummerte, und das vielleicht, wenn er nicht aufpasste, zur Oberfläche hochsteigen und angreifen würde. Frede erinnerte mehr an ein Widderkaninchen, mit runden

Wangen, großen Vorderzähnen und einer Art, die Nase zu runzeln, die ganz und gar süß war.

Sie saßen in der *Galeere* und tranken Bier. Aksel hörte zu, und Frede erzählte von den Familienangelegenheiten, deretwegen er hatte freinehmen müssen.

„Ja, es ging um Mama. Sie ist tot. Sie war dreiundachtzig."

Sobald er das Wort „Mama" gesagt hatte, konnte Aksel deutlich den kleinen Jungen sehen, der in Frede wohnte.

„Ging es schnell?", rutschte es ihm heraus.

Als Antwort erhielt er einen gequälten Blick. Selbstverständlich war es kein Trost, dass es schnell ging, nicht in Fredes Welt.

„Herzinfarkt", sagte er traurig und knipste mit den Fingern, um zu zeigen, dass sie innerhalb eines Augenblicks gestorben war.

Aksel studierte den Kollegen mit analytischem Interesse. Dies musste er sich näher ansehen. Die Trauer über den Verlust der Mutter, wie sie aussah, wenn man geliebt wurde und in Liebe aufgewachsen war. Er dachte daran, was er anlässlich dieser Sache alles sagen könnte, hinten in seinem Kopf verdichteten sich die Einwände. Er könnte zum Beispiel sagen: „Weswegen jammerst du eigentlich? Ich habe überhaupt nie eine Mutter gehabt, bloß diesen Drachen, der das Haus verwaltete. Und ich war jemand, der nur gnadenhalber dort wohnte und für Kost und Logis teuer bezahlen musste. Als ich mit achtzehn endlich in eine eigene Bude zog, war ich eine bettelarme Seele, während du Liebe erhalten hast und mit einem Kapital aufgewachsen bist, von dem du den Rest deines Lebens zehren kannst. Weswegen jammerst du eigentlich?"

Doch er sagte es nicht laut.

Stattdessen studierte er Frede, wie er zusammengesunken am Tisch saß, gekrümmt über einem Bier, die dicklichen Hände am Glas. So sehe ich auch aus, dachte Aksel, ich trauere über den Verlust des Mannes, der ich nie geworden bin. Ich bin in einer engen Schale aufgewachsen, zusammengepresst wie der Teufel in der Nussschale.

Doch als Frede anfing, vom Tod der Mutter zu erzählen, der zu Hause in seinem eigenen Wohnzimmer eingetreten war, saß Aksel ruhig da und hörte zu. Und wie der Kollege die Geschehnisse in anschaulichen Ausdrücken und mit gestikulierenden Kaninchenpfoten schilderte, sah er alles im Detail vor sich, gefärbt von der Vorstellung, die er von Fredes Zuhause als etwas Warmes und Gutes hatte. Die kleinen Mädchen, die am Boden spielten, seine Frau Anita, die draußen in der Küche werkelte, und seine Mama in einem guten Sessel mit den Händen im Schoß.

Wenn Frede sprach, bekam er Falten an der Nase. Seine Haare, die braun und etwas lang waren, fielen an den Ohren nach außen und erinnerten an Kaninchenohren.

„Erst bekam sie einen ziemlich merkwürdigen Gesichtsausdruck“, sagte er, „und dann starrte sie etwas weit Entferntes an. Ihr Mund öffnete sich, sodass ich glaubte, sie wolle etwas sagen, doch sie sagte nichts. Nach einer Weile weiteten sich die Augen, der Mund öffnete sich mehr, und ich kann mich erinnern, dass ich dachte, sie würde durchdrehen oder den Verstand verlieren. Sie hatte sozusagen das Gesicht eines Idioten, wenn du verstehst, was ich meine, das war richtig erschreckend. Sie versuchte, Worte zu formen, aber kein Laut war zu hören. Anita rief etwas aus der Küche, ich erinnere mich nicht, was es war, und die Mädchen plapperten miteinander auf kindliche Weise. Und dann, nach einer Weile, kamen doch noch ein paar Worte.“

„Was hat sie gesagt?“, fragte Aksel gespannt.

„Sie sagte, es prickelt. Ich fragte: ‚Wo prickelt es denn?‘ Und sie sagte: ‚In den Fingern und den Wangen. Es prickelt überall.‘ Sie sah ziemlich verwundert aus. Dann rutschte sie im Sessel langsam zur Seite, die Zunge kam aus ihrem Mund, und ich muss gerufen haben oder so, denn die Mädchen wurden ganz still, und Anita kam hereingelaufen. Sie begriff lange vor mir, was da passierte. Binnen kurzer Zeit war Mama ganz grau.“

„Was haben deine Mädchen gesagt?“

„Frida begann zu weinen, und Anine wurde stumm vor Schreck. Danach erinnere ich mich an fast nichts mehr. Anita regelte alles, was getan werden musste, sie ist Pflegerin“, fügte er hinzu.

„Wie hieß sie? Deine Mama?“

„Margrethe.“

Frede blickte Aksel über den Tisch hin an.

„Du hast deine Mutter noch?“

Aksel nickte.

„Da muss ich dir einen guten Rat geben. Kümmere dich gut um sie, denn plötzlich ist sie weg.“

Aksel lächelte gezwungen. Wusste nicht, ob er Frede in seine emotionelle Armut einweihen sollte, oder ob das, in Anbetracht des Anlasses, vielleicht unpassend war.

„Aber hast du noch deinen Vater?“, fragte er stattdessen.

„Der hat sich aus dem Staub gemacht, als ich fünf war“, entgegnete Frede, „ich kann mich kaum an ihn erinnern. Aber du darfst nicht glauben, dass es ein Verlust war, dafür hat Mama gesorgt. Finanziell wurde es ziemlich schwierig, klar, denn sie hatte keine Arbeit.“

„Hat dein Vater nicht geholfen?“

Frede schüttelte den Kopf.

„Er verschwand nicht nur aus dem Haus, er verschwand aus dem Land. Bis heute weiß ich nicht, wo er wohnt oder ob er überhaupt noch lebt.“

Er lächelte, sodass der Spalt zwischen den Vorderzähnen sichtbar wurde.

„Aber Mama, weißt du“, fuhr er dann fort. „Sie war wirklich etwas ganz Besonderes. Wenn sie verzweifelt war, verbarg sie es gut. Sie war vor allem mit mir beschäftigt. Ich sollte nicht spüren, dass etwas fehlte. Schließlich bekam sie eine Arbeit in einem Blumenladen, und ich bekam einen Platz im Kindergarten. Nach dem Essen hatten wir immer eine Lesestunde in der Sofaecke, und da legte sie den Arm um mich und las Märchen vor, und jedes Mal, wenn es spannend oder gruslig wurde, lachte sie laut, damit ich keine Angst bekam. Aber ich hatte ja niemals Angst, wenn ich in Mamas Armbeuge saß. Und wenn ich mit Freunden draußen war und nach vielen Stunden wieder zurückkam, sah ich ihre Augen aufleuchten, weil ich wieder zu Hause war, kannst du dir das vorstellen? Sie gab mir immer das Gefühl, ein Weihnachtsgeschenk zu sein, das sich jemand seit Langem gewünscht hat. Und wenn ich mir eine Schürfwunde oder so zugezogen hatte, dann machte sie daraus ein großes Ereignis."

„Ein Ereignis?"

Frede ahmte die Stimme seiner Mutter nach: „Zeig mal. Hier sehe ich die Verletzung, ja. Das ist wirklich ernst, Frede-Mann, wenn ich die Wahrheit sagen soll. Kann sein, dass wir operieren müssen. Ein paar Hautfetzen abschälen und etwas Sand abschaben, vielleicht sogar amputieren. Aber ich werde mein Bestes geben, um das Bein zu retten."

Fredes Augen begannen zu leuchten, während er weiter die Worte seiner Mutter wiedergab.

„Doch wenn es wirklich so weit kommt, werde ich für eine gute Prothese sorgen. Und wenn jemand anfängt, dich aufzuziehen, dann hole ich sie mir zum Verhör, zwinge sie hinunter in den Keller und halte sie dort für vier Stunden fest, bis sie als klügere Kinder wieder heraufkommen. Nun sieht es zwar schlecht mit chirurgischen Instrumenten hier im Haus aus, aber ich meine mich zu erinnern, dass ich irgendwo im Keller eine alte rostige Eisensäge habe, und mit etwas zusätzlicher Kraft wird es schon gehen. Jetzt reinigen wir es erst mal mit bakterientötender Flüssigkeit. Kann schon sein, dass es etwas brennt, aber ich werde ein Stückchen Holz holen, auf das du beißen kannst."

Aksel hörte mit einem Lächeln zu, das allerdings etwas steif war. Etwas, das von Herzen kam, brachte er nicht zustande. Wie üblich fühlte er sich ausgeschlossen, Frede gehörte einer Welt an, zu der er keinen Zugang hatte.

„Prost!", sagte Frede schließlich.

In Aksels Kopf summte es so eigenartig, vor Unglauben und Neid und Bitterkeit und einer Verletzlichkeit, die er kaum zu bekennen wagte. Schließlich war er ein erwachsener Mann.

„Ich werde dir etwas von Schürfwunden erzählen", begann er. „Nur so zum Vergleich. Als Ellinor zehn war, stürzte sie vom Fahrrad. Ein etwas zu hohes Tempo und ein bisschen Kies in einer Kurve. Das ganze Knie war aufgerissen, und sie schrie wie ein abgestochenes Schwein, als sie in die Küche kam. Mutter sah sich das Knie an und sagte: ‚Schau nur, ja, du hast da eine kleine Abschürfung, wie ich sehe, aber deshalb musst du nicht so ein Geschrei machen. Im Leben wirst du schon noch schlimmere Dinge durchmachen als das da, Mädel.'"

Frede sagte nichts, deshalb fuhr er fort.

„Sie wollte nur raus aus ihrem eigenen Unbehagen, wenn du verstehst. Und bevor du sagst, dass ich zu viel in Bagatellen hineininterpretiere, kann ich erwähnen, dass sie dieselbe Taktik anwandte, als Ellinor mit siebzehn versuchte, sich das Leben zu nehmen."

Mit gespannter Miene hörte Frede ihm zu.

„Sie wollte diese Sache nur schnell hinter sich bringen", erklärte Aksel, „damit sie zur Verwandtschaft sagen konnte: ‚So etwas passiert empfindlichen Menschen halt, und jetzt ist es vorbei.'"

Fredes Augen gingen zum Fenster, zur Oktoberdunkelheit und zu den Lichtern am Marktplatz.

„Und jetzt ist deine Mutter alt. Jetzt ist sie es, die Fürsorge braucht."

„Ich kann ihr nicht etwas geben, das ich selbst niemals erhalten habe", sagte Aksel. „Soll ich ihr vergeben, weil ich sie so deutlich sehe? Soll das eine Art von Automatismus sein, dass man das, was man versteht, auch vergeben muss?"

Frede erwiderte nichts, stattdessen trank er vom Bier.

„Ich habe nie irgendein Werkzeug bekommen", fuhr Aksel fort. „Um das Leben zu bewältigen. Nicht einmal eine rostige Eisensäge."

Da kicherten sie alle beide, und die Stimmung hellte sich auf.

Aksel dachte darüber nach, was er gerade erzählt hatte, und ihm wurde bewusst, dass er zum ersten Mal jemanden in sein Leben eingeweiht hatte.

„Entschuldige", sagte er.

„Wofür?"

„Wir sollten nicht über mich sprechen."

„Völlig in Ordnung", entgegnete Frede, „ich weiß, dass ich privilegiert bin. Die Liebe hat ihren Preis, nicht wahr?"

Doch Aksel dachte an die Trauer, dass sie eigentlich ein Gewinn war. Sie öffnete die Adern und brachte alles zum Strömen: Freude, Sehnsucht und Verlust, Blut und Tränen voller Salz. Er blickte durch das Lokal, zum Bartresen, wo Isac Bier zapfte, und entdeckte plötzlich eine bekannte Gestalt. Kai Spiro, zusammen mit einem jungen Burschen. Er sah den bekannten Knick in der Hüfte.

„Aber ich möchte trotzdem gern etwas sagen", nahm Frede den Faden wieder auf. „Sieh es nicht als Kritik. Die Menschen betrachten ihre Eltern als eine Selbstverständlichkeit. Sie betrachten das Essen und das Bett als eine Selbstverständlichkeit, sie essen und schlafen und raffen an sich, ohne zu begreifen, dass es etwas gekostet hat. Geld zu verdienen und dieses Essen zu kochen und dieses Bett zu machen und diese Kleidung zu waschen, na klar hat das etwas gekostet!"

„Aber sie hat diese Dinge nicht für uns getan", wandte Aksel ein. „Sie hat es für alle anderen getan, diejenigen, die ihren Einsatz schätzen konnten, den Teil der

Anstrengung, der zu sehen war. Hätte sie es für uns getan, hätte ich das gewusst. Dann hätte ich es überall im Körper gespürt, wie man Gefühle von anderen eben spürt. Deine Mama ist tot, und du trauerst. Du bist hier der Glückliche. Erzähl mir nicht, dass ich undankbar bin, nicht ich bin es, der sich schämen muss."

Jetzt war Aksel richtig in Fahrt. Er trank vom Bier und wurde eindringlich und lehrmeisterhaft.

„Es gibt keine Verbindung zwischen uns. Die Verbindung wurde mit der Nabelschnur durchgeschnitten und wurde seither nie wieder hergestellt."

Aus dem Augenwinkel stellte er fest, dass Kai Spiro den Typ an der Angel hatte. Er war mit einer sanften Hand im Haar des Burschen, und Aksel erschauderte im selben Moment, weil er sich an die Berührung erinnerte.

Frede wurde starrsinniger.

„Essen und Kleidung und ein warmes Bett, das ist doch das Fundament im Leben aller Menschen", beharrte er. „Und wenn all diese Dinge stimmen, dann wird Zeit und Energie freigesetzt, damit das Kind den Rest selbst herausfinden kann. Für jemanden die Verantwortung zu tragen, kann ziemlich überwältigend sein, es ist unmöglich, alles richtig zu machen. Du hast ja keine Kinder."

„Ich habe die Verantwortung für Ellinor", sagte Aksel, „und diese Verantwortung ist reichlich schwer."

„In welcher Hinsicht schwer?"

Aksel stellte das Glas hart auf dem Tisch ab.

„Hast du denn gar nichts mitbekommen?"

„Entschuldige. Ist sie immer noch krank?"

„Das Leben bricht über sie herein, statt sie herauszuziehen."

„Das Leben bricht herein? Nun ja. Aber Krankheit kann ja von so vielen Dingen herrühren", meinte Frede, „das kann genetisch bedingt sein, zum Beispiel, etwas, wofür man eine Veranlagung hat."

„Und dann gibt es eine auslösende Ursache. Das Klima, in dem wir aufwachsen. Und damit meine ich Kälte."

„Na gut, na gut."

Frede sah allmählich missmutig aus.

„Und dein Vater?", versuchte er es.

„Zu ihm hatte ich nie ein Verhältnis." „Warum das denn nicht?"

„Er redete nicht", sagte Aksel. „Ich habe keine Ahnung, wer er war."

„Also war er eher der wortkarge Typ? Ich persönlich mag Menschen, die sich nicht die ganze Zeit hervorzuheben versuchen, die nicht zu allem und jedem eine Meinung haben müssen."

Aksel blickte hinaus in die Dunkelheit, auf die schwarzen Oktoberstraßen.

Schweigen ist nicht Gold, dachte er traurig.

Schweigen ist Faulheit und Geiz.

Schweigen ist Betrug und Arroganz.

Schweigen ist Macht.

„Hier ist die Sache", sagte er laut. „Unsere Eltern schickten uns in den Krieg, aber sie sorgten nicht dafür, dass wir bewaffnet waren. Es ist unmöglich, zu wachsen, wenn alle Kräfte für die Verteidigung draufgehen."

„Aber was hast du denn so sehr gebraucht, was du nicht bekommen hast?"

„Also, was soll ich sagen. Respekt, vielleicht. Ein Gefühl, etwas wert zu sein."

Frede drehte sein Bierglas zwischen den Händen.

„Derartige Dinge bekommt man ja nicht geschenkt", meinte er. „Und was man nicht zu Hause bekommt, das muss man sich draußen in der Welt selbst beschaffen."

Aksel wollte raus aus dieser Stimmung, der intimen Stunde zwischen Männern, in der sich plötzlich Platz für Vertraulichkeiten ergeben hatte. Warum war seine Zunge so mit ihm durchgegangen? Weil der Kollege etwas hatte, etwas Einladendes. Frede war warm wie ein Hefekringel im Ofen, man fühlte sich geborgen. Doch jetzt schien sein Verständnis aufgebraucht, Frede hatte keine Lust, sich Aksels Unzufriedenheit noch länger anzuhören.

Aksel hatte ein paar feine Samen von Vertraulichkeiten ausgesät, doch sie waren auf Steinboden gefallen. Es war, wie er befürchtet hatte: Sie lebten jeder in seinem eigenen Land, sprachen nicht dieselbe Sprache. Er richtete seinen Blick auf Kai Spiro, verfolgte jedes kleine Manöver, wie der Erwachsene den Jungen Schritt für Schritt eroberte, eine Hand auf der Schulter, leicht über den Nacken und den Rücken nach unten und weiter zur Hüfte mit großer Einfühlsamkeit.

Sie brachen auf, trennten sich an der Tür und gingen ihrer Wege. Frede nach Hause in die Wärme und ins Licht, wo ihn seine Frau Anita tröstete. Aksel nach Hause in den Turm und in die Stille.

Den ganzen Weg bis nach Hause nagte es an ihm.

Dass er von den Eltern erzählt hatte, einem Mann, der sich in Trauer befand. Enge Freunde waren sie auch nicht, er und Frede Brenna. Die Frustration nagte, weil Frede nicht verstanden hatte, wovon er sprach. Dieser Mann, der geborgen in einer Armbeuge aufgewachsen war, mit dem Kopf am Herz der Mutter, was wusste der schon?

Aksel ging durch die kalten Straßen, die Hände tief in den Taschen. Ihm wurde bewusst, dass es viele gab, die in Armut aufwuchsen. Die niemals das bekamen, was sie brauchten. Dass es schon immer so gewesen war, in allen Ländern und zu allen Zeiten. Und doch gelang es vielen dieser Menschen, wenn die Eltern alt wurden, Fürsorge und Respekt aufzubringen, egal ob die Alten es verdient hatten oder nicht. Also hatten sie eine Art von Disziplin in sich, mit der er und Ellinor nicht ausgestattet waren, und warum nicht?

Wir sind wohl nicht ganz wie andere, dachte er. Aber warum ist das so? Alle setzen das Bild, das sie von sich selbst haben, aus Teilchen zusammen, die sie von Freunden und Eltern erhalten, Ellinor und mir fehlen mehrere Teilchen, niemand kann sehen, was wir darstellen.

Er fror und hielt ein Taxi an, und zu Hause im Turm ließ er sich in einen alten Ohrensessel fallen, den er über eine Kleinanzeige gekauft hatte. Der Sessel hatte einem alten Professor gehört, hatte man ihm gesagt, und als Aksel jetzt darin saß, hatte er das Gefühl, das Möbelstück ließe ihn in einem ehrwürdigen Licht erscheinen. Der Sessel legte sich um ihn und hielt ihn fest, und alle klugen Gedanken und scharfsinnigen Einfälle, die der Alte gehabt hatte, verliehen ihm Selbstvertrauen. Er kannte das Fach des Professors nicht, das konnte Mathe oder Chemie oder Geschichte gewesen sein. Oder aber er hatte eine Abhandlung über das menschliche Verhalten geschrieben. Was hätte er in diesem Fall über einen Mann gedacht, der sich in Gebrauchtwarenläden herumtrieb, um sich Seele und Charakter zu kaufen?

Er las sich die Notizen vom Vortag durch, eine Sache für die Samstagsausgabe.

> Ein überwältigender süßer Geruch ist das Erste, was mich in der Obst- und Beeren-Kelterei erreicht. Gerüche, die an die Kindheit erinnern, als meine Mutter in der Küche Johannisbeeren entsaftete und ich auf einem Holzstuhl saß und zusah.

Er erinnerte sich so deutlich an das alles. Vom Boden des Topfs führte ein durchsichtiger Gummischlauch weg, den die Mutter mit einer Wäscheklammer abgeklemmt hatte. Wenn die Beeren lange genug gekocht hatten, entfernte sie die Klammer, und der dunkle, konzentrierte Saft tropfte durch ein Sieb im Inneren des Topfs durch den Schlauch nach außen und in eine saubere Flasche, die sie im Voraus gereinigt und ausgekocht hatte. Das alles war ein Wunder. Dass die Büsche draußen im Garten, mit Tausenden von roten Beeren, zu Saft in einer Flasche werden konnten, den er trinken durfte, zumindest an Samstagen.

War dies eine gute Erinnerung? Sollte er sie hin und wieder hervorholen und genau ansehen, sich an den Geruch und den Geschmack erinnern und sie bisweilen anderen laut erzählen?

Ich erinnere mich so gut daran, als ich klein war und meine Mutter Johannisbeersaft machte.

Doch es nagte an ihm. Irgendwo in der Brust stach es, als wäre da eine Rosskastanie mit Stacheln, von der Art, wie sie auf Østergård wuchsen. Eine explosive Seemine en miniature, die in immer höherem Tempo rotierte und Stückchen vom Brustbein und dem Gewebe darum mit sich riss. Innerliche Wunden wurden zu hartem Narbengewebe, das das Herz einkapselte und den Rhythmus senkte, wie der Brustkorb von Arvid mit den Brandverletzungen. Es spannte.

Aber der Geruch beim Saftmachen! Nach säuerlichen Äpfeln und Johannisbeeren und Heidelbeeren, und Mutters Körper, der an der Arbeitsplatte arbeitete, die Bewegung in den Schultern und Armen, die sich nach unten in den Körper übertrugen und den Rock zum Schwingen brachten.

Im selben Moment tauchte eine andere Erinnerung in ihm auf. Ellinor war noch klein gewesen, er selbst ging in die vierte oder fünfte Klasse. Sie saßen am Küchentisch, er und seine Schwester, und er konzentrierte sich darauf, Briefmarken aus alten Briefen auszuschneiden. Dann legte er die Marken in eine Schüssel mit Wasser, damit sie sich vom Briefumschlag lösten. Mit einer Pinzette holte er sie schließlich heraus und legte sie zum Trocknen auf die Zeitung vom Vortag. Ellinor klebte Glanzbilder in ein Buch, ihre Zungenspitze ragte aus dem Mund hervor, und die Mutter stand an der Arbeitsplatte und leierte ihre üblichen Warnungen herunter.

„Ihr dürft keinen Leim verkleckern, das macht Flecken. Ihr dürft kein Wasser verschütten, das Parkett bekommt Ränder, ihr dürft nicht, dürft nicht, dürft nicht."

Ellinor bewunderte die Glanzbilder, Kätzchen und Blumen, Engel und Prinzessinnen. Dann vergaß sie sich ganz einfach, als ob sie sich nicht erinnerte, was für eine Art von Mutter sie hatten. Sie hielt ein Glanzbild hoch und fragte mit Hoffnung in der Stimme:

„Mutti. Bin ich hübsch?"

Die Mutter drehte sich abrupt um. Mit einem merkwürdigen Ausdruck im Gesicht, als wäre ihr die Frage fremd. Etwas, worüber sie nie richtig nachgedacht hatte und worauf sie daher keine Antwort wusste. Ihr sagen, dass sie hübsch war? Womöglich würde das Mädchen das ernst nehmen, Grillen im Kopf bekommen und sämtliche Bescheidenheit verlieren, die sie ihr so mühsam antrainiert hatte. Aber irgendetwas musste das Kind ja bekommen, sie war ja auch nicht gnadenlos. Also drehte sie sich wieder zur Arbeitsplatte und schepperte laut mit Tassen und Gefäßen.

„Du bist wohl hübsch genug!"

Die Stimme war wie üblich, zurechtweisend, denn sie hatte bloß eine Tonlage. Keine Bestätigung, kein Kompliment, keine Beteuerung für ein kleines Mädchen, das davon träumte, schön zu sein.

Aksel las weiter in seinen Notizen.

Die Familie betreibt die Beeren-Kelterei seit 1936, sagt der heutige Inhaber. Aber jetzt können sich die Leute mehr leisten, sie kaufen Limonade und Cola an normalen Werktagen, statt sich wichtige Antioxidantien zu beschaffen, die der Körper benötigt. Sie gehen ins Reformhaus und kaufen Oksy-San für 350 Kronen pro Glas, das ist zum Kaputtlachen. Ich darf gar nicht daran denken, was mein Vater sagen

wird, wenn ich hier dichtmachen muss, das wird sein Tod, und ich bin derjenige, der es nicht geschafft hat, den Familienbetrieb am Leben zu erhalten.
Zitat, Martin Sunde, 45.

Aksel ging zu Bett und zog die Bettdecke hoch. Starrte in die Dunkelheit und suchte nach weiteren guten Erinnerungen. Also die Mutter beim Entsaften, aber gab es sonst noch welche? Sollte der Geruch von gekochten Beeren das einzig Gute sein? Und es war auch nicht die Erinnerung an eine gute Mutter, die Beeren waren es, die gut gewesen waren – mit ihrem aromatisch süßen Duft.

Vielleicht hatte er sich an die Episode erinnert, weil die Mutter ihn damals kurz vergessen hatte. Vergessen, dass er auf einem Stuhl saß und zusah, denn auf den Topf musste man laufend achten, und der in die Flasche strömende Saft musste kontrolliert werden. Die Flüssigkeit durfte nicht überlaufen und auf die Dielen rinnen, eine süße Schmiere, die die Mutter umgehend aufwischen musste. In diesem Moment hatte er sich frei gefühlt, erinnerte sich Aksel. Die Aufmerksamkeit der Mutter war vollständig auf das Entsaften gerichtet. Und er hatte das Ganze in aller Ruhe in sich aufnehmen können, den Duft und den Anblick des rubinroten Getränks. Als schließlich alle Flaschen gefüllt und die roten Gummikappen straff über die Flaschenhälse gezogen waren, schien es, als würde die Mutter sich wieder an ihn erinnern. Dass er lange dagesessen und sie angesehen hatte, sich Gedanken über sie gemacht hatte, die sie nicht kontrollieren konnte.

„Hast du nichts zu tun? Draußen ist schönes Wetter."

Aksels Gedanken wanderten vom Beerensaft zu Leffe und dem großen Baum auf dem Hofplatz mit Rosskastanien. Einmal, als sie beide an den Stamm gelehnt dasaßen und Süßigkeiten aßen, kam Eldbjørg zu ihnen. Sie beugte sich nach unten und fuhr ihm durchs Haar, glättete eine verfilzte Strähne auf dem Kopf und sagte: „Ja, du Aksel, du bist etwas Eigenes, du." Und er dachte wieder an seinen Kollegen Frede. All das, was mit Fredes Körper geschehen war, als er über seine Mutter sprach. Die Sanftheit, die überall in ihm deutlich wurde, der Glanz in den Augen, die Röte in den Wangen, und der Geschmack von giftig grünem Neid in Aksels eigenem Mund. Er legte sich die Hand auf die Brust. Wollte beruhigen, was da drinnen wütete. Aber es ließ sich nicht beruhigen.

*

Ellinors Leben bestand aus dem verzweifelten Versuch, Schutz zu finden. Im Schatten unter einer Baumkrone oder hinter einer Wand, wo sie den abschätzenden Blicken der anderen entging, die sie als kalte Winde erlebte. Ihr Schutzbedürfnis führte dazu, dass sie es wie die Pferde machte: Sie drehte allen den Hintern zu. Doch in der Einsamkeit verschaffte sich eine andere Stimme Gehör, die ihr ins Ohr flüsterte, dass es einen Ausweg gäbe. Dass sie überhaupt nichts schaffen musste, nicht verpflichtet war, keiner höheren Macht als sie selbst, oder gar einer niedrigeren Macht, wie Aksel, Rechenschaft ablegen musste.

Sie war selten draußen. Draußen konnte sie jemandem begegnen, sie konnte nach Dingen gefragt werden und hätte keine Antwort.

Jetzt kam sie vom Fenster her. Dort hatte sie lange gestanden und die Wildnis hinter dem Haus bewundert, eine Landschaft, in der sie ausruhen konnte, weil sie frei von Menschen war, weil die Natur dort draußen tat, was sie wollte. Gras und Büsche wuchsen in alle Richtungen wie Ellinor selbst, ohne Dünger und Unkrautvernichter, allein dank der eigenen Kräfte. Das war vielleicht nicht schön, aber es war echt.

„Was hat Rudi heute gesagt?“, erkundigte Aksel sich.

„Ach“, sagte sie, „du weißt schon. Er wippte mit dem rechten Fuß. In der Tat mehrere Male.“

„Ach, du meine Güte!“, sagte er, gekünstelt dramatisch. „Was hast du darauf geantwortet?“

„Ich biss mir auf die Lippe", gestand sie. „Fest."

„Hatte er darauf eine Antwort?"

„Er legte seinen Kopf ein wenig nach links und rückte mehrere Male seine Brille zurecht. Ich habe den Verdacht, dass in der Brille nur Fensterglas ist, er versteckt sich dahinter."

„Und nachdem das Schweigen eine Weile angedauert hatte? Wie hast du da reagiert?"

„Ich zog die Schultern hoch", räumte sie ein, „und da nickte er zustimmend, und um mich wieder in Gang zu bringen, wechselte er die Stellung auf dem Stuhl."

„Bist du denn wieder in Gang gekommen?"

„Nein. Ich habe beschlossen, eine Prüfung für ihn zu sein, das ist das Einzige, was mir Freude bereitet. Rudi kann ja schlecht sagen: ‚Du kooperierst nicht, daher will ich dich nicht als Patientin haben.' Das wäre eine Niederlage. Es könnten Gerüchte über ihn entstehen, und dieses Risiko geht er nicht ein. Außerdem bekommt er von der Kommune Unterstützung für eine bestimmte Anzahl von Patienten. Ziemlich viel Unterstützung."

„Aber Ellinor", bat Aksel, „du kannst der Sache doch eine Chance geben?"

„Das tue ich doch! Zweimal pro Woche."

„Aber du kooperierst nicht, das sagst du ja selbst."

„Jetzt machst du dasselbe wie Rudi", erwiderte sie zornig, „du gibst mir die Verantwortung."

„Ich dachte bloß, wenn der Arzt dir ein Medikament verschreibt, dann musst du es auch nehmen, sonst hilft es nicht."

„Nichts hilft", sagte sie, „außer dem Rausch."

„Aber der Rausch ist bloß eine kurzfristige Linderung."

Da rief sie aufgebracht aus der Ecke des Sofas: „Kurzfristig, sagst du? Gibt es denn eine langfristige Linderung? Wo ist sie? Gib sie mir, und zwar sofort."

„Ich mein ja bloß, dass auf lange Sicht ..."

„Wo liegt dieses Land? Was ist das für ein Ort, kannst du mir den Weg zeigen?"

Sie saß mit untergeschlagenen Beinen da. Ihre ansonsten tiefe Stimme wurde kindlich und hell.

„Erzähl mir von dem Tag, an dem ich geboren wurde", wechselte sie abrupt das Thema.

Unwillkürlich musste er lächeln. Nun waren Ellinor und er zwei Kinder mit Schwefelhölzern, die in einen Raum blickten, zu dem sie keinen Zugang hatten. „Von dem Tag, an dem du geboren wurdest, weiß ich nichts", begann er. „Aber ich weiß etwas von dem Tag, an dem du nach Hause kamst, als du über die Schwelle und in Mutters Haus getragen wurdest, denn da saß ich auf einem Küchenstuhl und wartete. Und da hatte ich lange gesessen, von dem Zeitpunkt an, als das Telefon geklingelt und Vater gesagt hatte, dass es ein Mädchen war. Dass ich eine Schwester bekommen hätte. Ich erinnere mich, dass dann ein Taxi kam, das am Tor hielt, ein großer schwarzer Wagen, und vom Rücksitz stieg Mutter aus mit einem Bündel in den Armen. Alles, was ich sah, war eine hellblaue Decke, dieselbe wie damals, als ich geboren wurde, und Mutter hatte ihren hübschesten Mantel an. Der hat so schön geschwungen, wenn sie ging, und an den Füßen trug sie braune Pumps mit hohen Absätzen, die trug sie ansonsten nie. Und durch die Art, wie sie dich hielt, und die Art, wie sie ging, die wenigen Schritte bis zur Tür, begriff ich, dass sie etwas Wertvolles trug."

Ellinor sah ihn mit dem schwarzen Auge an und seufzte.

„Sie kam herein und legte dich auf den Küchentisch, auf die alte Wachstuchdecke, falls du dich an sie erinnerst. Und sie packte dich aus, als wärst du ein Geschenk, etwas, das sie sich seit Langem gewünscht hatte, und du kamst in all dem Hellblau zum Vorschein. Dein Gesicht war feuerrot, und du hast mit deinen winzigen Händen herumgefuchtelt. Von dir kamen Laute, das weiß ich noch, ein schwaches Jammern. Wie ich so dasaß, dachte ich, dass du vielleicht überhaupt nicht überleben würdest, denn du warst so unfassbar klein. Ab und zu sah ich, wie ein Zittern deinen Körper durchlief, als ob du frieren würdest. Aber Mutter hob dich hoch und zeigte dich her, damit ich dich richtig sehen konnte.

‚Ist sie nicht wunderschön? Ist sie nicht ganz und gar süß? Ist sie nicht unsere kleine Prinzessin?'

Ich faltete die Hände und blinzelte, um ein paar Tränen zu entfernen, und sie nahm dir die Mütze ab, eine weiße

Baumwollmütze mit einer Kordel unter dem Kinn, und du hast gefiept wie ein kleines Kätzchen, und Vater brachte den geflochtenen Wäschekorb, der für dich hergerichtet worden war, mit Decke und Bettdecke und einer Spitzenkante ringsherum. Auch ich lag in diesem Korb, als ich neugeboren war. Dann wechselte sie dir die Windeln und zog dir ein blaues Strampelhöschen an, denn du hattest ja alles von mir geerbt. Danach ging sie ins Wohnzimmer und setzte sich in einen Sessel, und ich saß auf dem Sofa und sah zu, wie du zu essen bekamst. Mutter hatte einen so hingerissenen Blick, wie wenn man völlig verliebt ist. Und die ganze Zeit gab es dieselben Ermahnungen.

‚Nicht jetzt, das Baby bekommt zu essen.'

‚Sei leise, das Baby schläft.'

‚Du darfst nicht so lärmen, das Baby bekommt Angst.'

Also schlich ich auf Zehenspitzen durch die Räume und bemühte mich, keinerlei Geräusche zu machen. Ich bedrängte die Erwachsenen nicht. Ich tat anstandslos alles, worum sie mich baten, und Mutter sagte die ganze Zeit: ‚Ist sie nicht schön? Ist sie nicht etwas ganz Besonderes?'"

„Und Vater", drängte Ellinor, „was hat Vater gesagt?"

„Ich kann mich nicht erinnern, dass er etwas sagte, du weißt ja, wie er war. Aber jedes Mal, wenn jemand zu Besuch kam, da holte Mutter dich aus dem Wäschekorb, zeigte dich her und sagte: ‚Ist sie nicht das hübscheste Baby, das ihr jemals gesehen habt?' Und sie nickten und stimmten ihr zu. So vergingen die Tage und die Wochen. Sie trug dich auf Händen und hob dich hoch ins Licht, und sie sang ein paar alte Kinderlieder für dich. Zu meiner Verwunderung hatte Mutter eine feine Singstimme, die hatte ich nie zuvor gehört. Und die Leute fragten, wie du heißen sollst, und Mutter sagte, dass du nach Tante Else und Onkel Normann heißen sollst, und so wurde daraus Ellinor."

Ellinor sah ihn mit einem finsteren Blick an.

„Aber so war es nicht", flüsterte sie.

„Nein", gab Aksel zu. „So war es nicht."

„Dann erzähl mir, wie es war."

Aksel erzählte.

„Mutter stieg aus dem Taxi und trug dich ins Haus. Ihr Gesicht hatte einen merkwürdigen Ausdruck. Als hätte sie vor langer Zeit ein Tombola-Los gekauft, die Sache völlig vergessen und dann plötzlich eine Gewinnbenachrichtigung erhalten. Nun hatte sie den Gewinn abgeholt, aber sie wusste nicht, wozu er zu gebrauchen war, also dachte sie, sie würde ihn für eine Weile weglegen – in einen Schrank oder in ein Regal. Vermutlich plante sie, dich zu einem anderen Zeitpunkt wieder hervorzuholen, um zu sehen, ob du gewachsen bist und dich nun, ein paar Jahre später, vielleicht nützlich machen kannst."

„Und jetzt sind ein paar Jahre vergangen", warf Ellinor ein, „und ich bin zu nichts zu gebrauchen."

Sie verschränkte ihre Finger mit schwarzem Nagellack, dass die Gelenke knackten.

„Du kannst mein Trostpreis sein", schlug Aksel vor. „Das ist der schönste Preis. Ich hab mir nie einen riesigen Teddy mit rosa Schleife gewünscht. Die sind synthetisch und leicht brennbar, sie entzünden sich von selbst, die Flammen geben giftige Gase ab, und sie können sich in die Haut einbrennen, das hat Mutter gesagt."

„Ach!", rief Ellinor. „Stell dir vor, dass eigentlich sie synthetisch ist. Stell dir vor, dass sie sich von selbst entzündet und schmilzt und über Vaters Eichenparkett rinnt. Kannst du dir das vorstellen?"

„Ja", sagte er. „Ich sehe es deutlich vor mir."

*

Die Mutter stand gern am Fenster. Mit der Hand öffnete sie den Vorhang einen Spaltbreit, die Leute durften nicht sehen, dass sie hinausblickte. Vom Küchenfenster sah sie hinüber auf Arvids Haus, und vom Wohnzimmerfenster sah sie das Haus von Gøran und Lisbeth. Wenn Lisbeth an einem Sonntag Wäsche auf der Leine hatte, oder wenn Gøran den Rasenmäher verwendete, oder wenn es Arvid einfallen sollte, bei Trockenheit das Gießverbot zu missachten, dann merkte sie sich das, dann trug sie die Zahlen in ihre Buchhaltung ein. So konnte sie sofort zurückschlagen, falls jemand an ihrem eigenen Verhalten etwas auszusetzen hätte. Es ging darum, sich in Bezug auf die Nachbarn in Position zu bringen.

An Sonntagen zog sie rasch die Vorhänge im Schlafzimmer zurück, damit die Leute sehen konnten, dass sie auf war, dass sie nicht so eine war, die den ganzen Vormittag im Bett verbummelte.

Sie benutzte oft den Ausdruck „Die Leute könnten ja denken". Dass sie die Gedanken der anderen nicht kontrollieren konnte, plagte sie sehr, das meiste in ihrem Leben geschah „zur Sicherheit". Bei ihr war „zur Sicherheit" immer aufgeräumt, denn es könnte ja jemand kommen.

„Ach", sagte sie jetzt. „Du bist es?"

Aksel schlüpfte aus den Schuhen und ging hinter ihr hinein. Jetzt, wo er gekommen war, war sie voller Energie. Eine Energie, die am ganzen Körper sichtbar wurde, von der straffen Dauerwelle – dicht an dicht wie die Schnecken auf Buddhas Kopf – bis zu den breiten, nach außen gestellten Füßen.

Er dachte immer häufiger an Mutters Tod. Es war schier unmöglich, sich vorzustellen, dass sie verkümmern würde, durch Krebs oder etwas anderes, das Zeit brauchte. Etwas, das sie krank und blass werden ließ und sie dünn und unkenntlich machte. Wahrscheinlicher war, dass ihr Akku irgendwann keinen Strom mehr hatte und sie mitten im Satz zusammenbrechen würde, vielleicht wenn sie gerade telefonierte, sodass die Stimme tiefer und schwächer und in der Stille verschwinden würde, ehe ihr Körper innerhalb einer Sekunde zu Boden stürzen würde. Dröhnend wach und energisch in einem Augenblick und tot im nächsten, so wie Margrethe Brenna. Doch auch das fiel ihm schwer, sie als tot vor sich zu sehen, denn es steckte eine Kraft in jedem Muskel, ein Wille in jeder Bewegung und Entschlossenheit in jedem Blick.

Doch wie er davon träumte! Sie mit einer Nadel zu stechen und ihr die Luft abzulassen wie einem Wasserball. Zu hören, wie die Luft ausströmte, sodass das Gesicht einfiel und schwammig wurde und der Körper vor seinen Augen kollabierte.

In seiner Fantasie stellte er sich häufig vor, dass er zum Angriff auf sie ansetzte. Ganz ohne Vorwarnung stürzte er sich nach vorn und warf sie um. Ihr Kopf würde auf den Boden knallen, und die Angst würde in ihren Augen leuchten, weil sich ihr gehorsamer, leiser Sohn plötzlich und ohne Anlass als Monster entpuppte. Als eine Bestie, von deren Existenz sie nichts geahnt hatte, obwohl sie sie an ihrer eigenen Brust genährt hatte. Mit einem Bein auf jeder Seite ihres Körpers stehend, würde er die schlimmsten Dinge schreien, die ihm einfielen, dass Geifer und Speichel nur so spritzten.

„WAS WOLLTET IHR MIT UNS?!“

Manchmal ging er sogar noch weiter, bis hin zum Unaussprechlichen. Er hatte es so bitter nötig, ihre Furcht zu sehen, sie erahnen zu lassen, was in seinem Innersten wohnte – dieses Etwas, das im Sumpf lebte und so lange gegoren hatte. Bloß ein einziges Mal, sodass sie es niemals wieder vergaß und sie für immer und ewig mit flüsternder Stimme und niedergeschlagenem Blick herumschleichen musste.

Sobald seine Fantasterei vorbei war, konnte sein Blick auf die rot geschrubbten Hände fallen, die im Schoß der Schürze ruhten. Er sah die Kraft in ihnen, wie sie sich öffneten und schlossen wie harte Klammern. Er sah das Angespannte an ihrem Mund und wusste sogleich, dass sie kämpfen würde wie ein Tier, wenn er angriff. Denn auch tief unten in ihr wohnte etwas, sie waren nun einmal solch eine Familie.

„Bei Gøran und Lisbeth ist eingebrochen worden", sagte sie und nickte in Richtung Wohnzimmerfenster, in dem der braun gebeizte Eingangsbereich der Nachbarn sichtbar war. „Sie haben ein bisschen was mitgehen lassen. Schmuck und Silber und solche Sachen, ein paar technische Geräte und ich weiß nicht, was."

Aksel sah sie aufmerksam an, während sie sprach. Ihr hatte sich eine Angst eingepflanzt, dass die Diebe auch bei ihr auftauchen könnten, vielleicht nachts, wenn sie schlief.

„Die sind wohl aus Polen oder Rumänien", fuhr sie fort, „die werden sicher geschnappt. Die werden ja immer geschnappt."

Sie sah ihn an, um eine Bestätigung für Letzteres zu bekommen, doch er gab sie ihr nicht. *Lass sie nur glauben, dass sie herumschleichen und nach dem nächsten Opfer Ausschau halten.*

„Wie sind sie reingekommen?", fragte er neugierig.

„Wohl durch ein Fenster auf der Rückseite. Mit einem Brecheisen. Altes Holz, weich wie Butter, überhaupt nicht instand gehalten, Annar wäre niemals so dumm gewesen."

Aksel versetzte ihr einen leichten Stich, denn er wollte, dass es brannte: „Kann schon sein, dass sie geschnappt werden. Das Problem ist nur, dass laufend neue auftauchen, sie kommen in Scharen über die Grenze."

Ihre Angst flammte erneut auf, und sie wechselte das Thema.

„Niemand hat mir etwas gesagt. Dass Ellinor wieder krankgeschrieben ist."

Sie sprach nach unten in ihren Schoß, ihre Kinder hatten sie ausgeschlossen.

„Mit wem hast du gesprochen?", fragte er leichthin.

„Die, mit der sie zusammenarbeitet. Rote Haare. Ich traf sie beim Einkaufen."

„Greta", sagte er.

„Ja, Greta. Fremde Leute wissen mehr von Ellinor als ich. Die Leute könnten ja denken, dass wir überhaupt nicht miteinander reden."

Das tun wir ja auch nicht, dachte Aksel.

Er hatte Lust, hinzuzufügen: „Sie ist meine kleine Schwester, und ich passe auf sie auf." Aber diese Freude wollte er ihr nicht machen. Dass sie am Telefon zu Signe oder Gudrun oder Else sagen konnte: „Meine Kinder sind wirklich sehr eng miteinander verbunden. So etwas kommt natürlich nicht von allein, dafür haben wir gearbeitet, Annar und ich."

„Merkwürdig, dass sie ihre Arbeit behalten darf, wenn sie so oft krank ist", verkündete sie jetzt. „Aber es gibt wohl nicht sehr viele, die diesen Job überhaupt machen wollen, also halten sie wohl an den Leuten fest, die sie haben. Ich erzähle den Leuten nicht genau, was sie arbeitet, um es mal so auszudrücken. Ich erwähne bloß ungefähr, was sie tut."

Sie ging hinaus in die Küche, um Kaffee aufzusetzen. Dabei fummelte sie demonstrativ mit der Kaffeemaschine herum, wie er hören konnte, denn die Teile passten nicht mehr zusammen. Plastikfilter und Glaskanne und Tassen klapperten und klirrten.

Ich werfe dir nicht vor, wer du bist, dachte Aksel, oder was du und Vater über bestimmte Dinge dachten. Wofür ihr gestanden oder woran ihr geglaubt habt, dass ihr euch gefunden und gespürt habt, dass ihr zusammengehört. Welche Sympathien oder Antipathien ihr gehabt habt, nichts könnte mir mehr am Arsch vorbeigehen. Aber ihr habt Kinder bekommen. Und die kamen ohne Gebrauchsanweisung, oder? Solange wir klein waren, ging es gut, ihr habt von oben herab mit uns gesprochen und uns überwacht und uns Instruktionen erteilt, was richtig und was falsch war. Doch dann begannen wir, euch anzusehen.

Wir stellten Fragen und brachten euch in Verlegenheit. Noch heute kommst du mit der Situation nicht klar. Wenn ich hier bin, hältst du mich mit irgendwelchen Aufgaben auf Trab, während du vor dich hin maulst, weil Ellinor nicht jeden Freitag kommt und bei dir putzt, so wie du es dir sicher vorgestellt hast.

Die Kaffeemaschine in der Küche gluckerte, es klang ein wenig wie Vater, als er in den letzten Zügen gelegen hatte. Sie ging zum Wohnzimmerfenster, wo sie einen Tisch voller Pflanzen hatte. Mit behutsamen Fingern und einem wachsamen Blick, den er selten sah, nahm sie sich eine Pflanze nach der anderen vor, während sie über deren Zustand sprach.

„Wie ich sehe, ist diese Begonie nicht ganz in Topform, aber jetzt ist Ruhezeit, also lasse ich sie in Frieden. Vielleicht erholt sie sich, wenn ich sie an das andere Fenster stelle, dort ist mehr Licht."

Sie zupfte ein paar verwelkte Blätter ab und eine Blüte, die an den Rändern etwas braun geworden war.

„Und der Hibiskus, mit dem plage ich mich wirklich ab, ich frage mich, ob ich ihm ein bisschen Nahrung geben kann, auch wenn es Winter ist. Ich wechsle auch die Erde, vielleicht wechsle ich sie zu oft."

Während sie sprach, sah sie ihn nicht an. Sie ging weiter zur Orchidee und zu den Topfrosen, die ganze Zeit voll konzentriert auf das Wohl und Wehe der Pflanzen. Das Gefühl und die Sorge kamen aus ihrem Innersten.

Sie verwendete liebevolle Ausdrücke, wie „dieses kleine Pusselchen" oder „dieser Arme hier". Hätte sie nicht auf dieselbe Weise denken können, wenn es um Ellinor ging? Dass Ellinor vielleicht mehr Nahrung brauchte oder an einem anderen Ort mit mehr Licht hätte aufwachsen sollen?

Sie drehte sich wieder zu ihm, die Zärtlichkeit war weggeblasen.

„Du kannst den alten Overall von Vater anziehen, der hängt im Gang. Du musst das Öl und das Scheibenwischerwasser für mich kontrollieren, und die Reifen, ob sie genug Luft haben. Du musst auch tanken und in die Waschanlage fahren. Nimm die billigste Wäsche, kein Polieren oder so. Kannst du es auslegen? Nimm die Quittung mit, dann kann ich den genauen Betrag sehen."

Er verzichtete auf den Overall des Vaters. Ging nach draußen und setzte sich in den Golf der Mutter. Schob den Sitz zurück, fuhr rückwärts auf die Straße und passierte das Küchenfenster, an dem sie stand und ihm mit den Augen folgte.

Ein Audi war vor ihm in der Schlange an der Waschanlage, sein Besitzer stand mit verschränkten Armen an das Auto gelehnt. Aksel stieg aus, klappte die Seitenspiegel ein, schraubte die Antenne ab und warf sie auf den Rücksitz. Er spürte den prüfenden Blick des anderen. Der Mann machte den Eindruck, als würde er an etwas denken, das lange zurücklag, und dieses Etwas machte ihn nachdenklich. Sein Blick schien einen Sprung zu machen und ein Ereignis zu überprüfen, das Aksel nicht sehen konnte.

„Ist das denn nicht Adelson? Aksel Adelson?"

Aksel begnügte sich mit einem Nicken.

„Du erinnerst dich wohl nicht an mich, aber ich war beim Begräbnis deines Vaters."

„Ach?"

„Torgny. Klingelt's da vielleicht?"

„Nein", sagte Aksel.

„Ich wollte mich damals nicht zu erkennen geben, ihr wart ja in Trauer und so. Die Jahre vergehen", fügte er hinzu.

„Ja, das stimmt", erwiderte Aksel höflich bemessen.

„Ich habe bei ABK gearbeitet, ich war ein Kollege von Annar."

„Verstehe."

Torgny kam so langsam in Fahrt.

„Ich denke oft an Annar. Ein sehr respektabler Mann. Und ein bescheidener Kerl."

Bescheiden?, dachte Aksel, vielleicht aus deinem Blickwinkel. Doch er nickte gehorsam, wie es seine Gewohnheit war.

„Das Eigenartige ist", fuhr Torgny fort, „dass Leute, die so in sich gekehrt und schweigsam sind, dennoch etwas hinterlassen, das Gewicht hat, wenn sie gehen. Er war nicht gerade ein Mann, der sich hinter Geschwätz versteckte."

„Das war er nicht", räumte Aksel ein.

Er hatte begonnen, an den Scheibenwischern am Auto der Mutter herumzumachen.

„Ich muss sagen, dass du und deine Schwester beim Begräbnis Eindruck gemacht habt", nahm Torgny den Faden wieder auf.

„Wirklich?", fragte Aksel verblüfft.

„Ihr hattet so etwas Feierliches an euch, wenn ich es so sagen darf. Nahmt den Verlust ohne eine Träne an, das hat etwas von Würde."

Weswegen sollten wir weinen?, dachte Aksel im Stillen. Eigentlich waren wir ziemlich vergnügt, Ellinor und ich.

„Dein Vater", fuhr Torgny fort, „war derjenige, der sich um mich kümmerte, als ich neu bei ABK war. Du weißt, wie es ist, einen neuen Job anzutreten? Ich war erst dreiundzwanzig, und ich hatte Todesangst beim Gedanken an all das Neue, das ich schaffen musste. Die Leute waren nett, daran lag es nicht, aber dein Vater war noch mehr."

Aksel wartete darauf, was der Vater gewesen war.

„Er war auf eine Weise durch und durch fürsorglich", sagte Torgny. „Gab mir das sichere Gefühl, dass es erlaubt war, Fehler zu machen. Es war erlaubt, etwas auszuprobieren, und es war erlaubt, unsicher zu sein. Seine Präsenz gab mir Sicherheit."

„Verstehe."

„Aber", machte Torgny weiter. „Man muss sagen, dass Annar ein ernsthafter Mann war. Lächeln oder Lachen waren nicht so sein Ding."

„Das stimmt auf jeden Fall", sagte Aksel.

Er fuhr mit den Fingern über die Scheibenwischerblätter, um etwas Schmutz zu entfernen, und ließ sie mit einem Knall wieder auf die Scheibe schnalzen.

„Doch wenn mal der seltene Fall eintrat, dass er etwas sagte, dann war das etwas absolut Notwendiges, verstehst du?"

„Klar", nickte Aksel.

Er wurde umgehend rot, die Scham schoss ihm heiß ins Gesicht, weil er sich indirekt einen Vater herbeilog, den er nie gehabt hatte, und das gegenüber einem Wildfremden.

Was hatte das alles zu bedeuten, dachte er. Hatte der Vater außerhalb der eigenen vier Wände eine gewisse Freiheit verspürt? War sein Arbeitsplatz bei ABK ein Raum gewesen, wo er Nähe und Wärme spenden konnte? Und wenn es so war, warum hatte er es zu Hause bei seinen eigenen Kindern nicht gekonnt? Hatten Ellinor und er den Vater auf irgendeine Weise eingeschränkt? Hatten sie ein Klima erschaffen, das es Annar Adelson unmöglich machte, er selbst zu sein?

„Und Iris?", fragte Torgny.

Aksel machte eine nickende Kopfbewegung zum Golf der Mutter.

„Sie hat mich abkommandiert, ihr Auto zu waschen.“

„Verstehe, verstehe.“

Torgny ging am Audi auf und ab, blickte hinüber zur Straße und zum Verkehr.

„Das ist wohl das Mindeste, was wir für unsere Eltern tun können, wenn sie alt werden“, sagte er. „Nach allem, was sie an Fürsorge und Aufwand betrieben haben.“

Aksel verspürte das starke Bedürfnis, das Bild des Mannes vom Ehepaar Adelson zu korrigieren.

„Ich erinnere mich gut an Iris“, erzählte Torgny, „denn es kam vor, dass sie in Annars Büro auftauchte. Großartige Frau“, fügte er hinzu. „Diese Generation hat etwas, sie jammern nicht wegen Kleinigkeiten. Richte ihr einen Gruß aus“, sagte er dann, „einen schönen Gruß von Torgny, ich bin mir sicher, dass sie sich an mich erinnert.“

Ach so, dachte Aksel, du willst, dass man sich an dich erinnert. Ja, wer will das nicht.

„Die Waschanlage ist jetzt frei“, sagte Torgny, „du kannst reinfahren.“

Somit war Aksel an der Reihe. Er fuhr hinein, stellte den Motor ab, legte den Kopf an die Nackenstütze und schloss die Augen. Er saß gern in der Waschanlage, für gewöhnlich spielte er, dass die Maschine ein Unwetter war. Ein plötzlich hereinbrechender gewaltiger Sturm, der das Auto zum Schaukeln brachte. Ein Gewitter, das tobend und dröhnend über ihn hinwegfegte und seine

Seele sauber wusch. Das Dreck und Staub aus dem Gehirn blies, sodass böse Gedanken wie Schmutzwasser abliefen und sein eingekapseltes Herz gespült wurde.

Und während der Sturm wütete, während die Bürsten bedrohlich über die Windschutzscheibe rollten und das Auto sich wütend von einer Seite zur anderen warf, dachte er an das Spiel, das er und seine Schwester gespielt hatten, als sie Kinder waren: *Todesdrache, reumütiger Hund.* In ihrer Fantasie hatten sie die Mutter allerlei Unglücken ausgesetzt. Er hatte vorgeschlagen, sie in ein Säurebad zu werfen und zuzusehen, während es zischte und blubberte, bis sich ihr Körper auflöste und im Ablauf verschwand. Alles würde davonrinnen und verschwinden, die lila Brille und die braunen Zähne. Ellinor und er hatten sich kaputtgelacht beim Gedanken an diese saure Rache.

Einmal hatte seine Schwester vorgeschlagen, sie zu den Schweinen auf dem Hof Hellefors zu werfen, denn von Schweinen sagte man, dass sie alles fraßen, sogar die Knochen. Und während sie spielten und fantasierten, hatte Aksel durch Grunzen und Schmatzen ein hungriges Schwein nachgemacht, und Ellinor hatte so schrecklich gelacht, dass sie sich den Bauch halten musste.

Oder einmal, als sie mit dem Vater einen Anhänger voller Abfall zur Müllkippe gebracht hatten. Da hatten sie eine Vorrichtung entdeckt, die die Fantasie wirklich in Schwung setzte. Eine Müllpresse. Ein unheimlich dröhnendes Ding, das Haufen von Kartons und anderen Dingen rasch zu flachen Platten verwandeln konnte. Sie hatten Mutter nach einer Runde durch die Presse vor sich gesehen, und Ellinor hatte vorgeschlagen, dass sie sie vielleicht als Türvorleger benutzen und sich jedes Mal, wenn sie ins Haus gingen, an ihr den Dreck von den Schuhen abstreifen konnten.

Das Unwetter umtoste ihn, und er träumte sich weg. Nach neun Minuten öffnete sich das Tor, und Aksel fuhr hinaus. Er hielt vor dem Eingang der Waschanlage, ging hinein und kaufte Scheibenwischerwasser, Öl sowie zwei Glühbirnen. Tauschte die Birnen in beiden Frontscheinwerfern aus, tankte und fuhr zurück zum Haus der Mutter. Gab ihr die Quittung für das, was er ausgelegt hatte.

„Was kostet denn eintausendzweihundert Kronen?"

Sie deutete auf den Betrag.

„Glühbirnen", erklärte er.

„Was?"

„Das eine Frontlicht war durchgebrannt, also habe ich beide ausgetauscht."

„Es hätte wohl gereicht, nur die eine auszutauschen, die durchgebrannt war?"

„Ich tausche immer beide aus", sagte er. „Wenn die eine durchbrennt, dann brennt die andere in kürzester Zeit auch durch. Das weiß doch jeder", fügte er hinzu, um ein wenig in ihrer Unwissenheit in Bezug auf die Autowartung herumzustochern.

„Ja, ja. Gut, dass wir das erledigt haben“, e
„ich hätte ja eine Strafe bekommen können. Ha
Bekannten dort gesehen?“, erkundigte sie sic
nungsfroh. Vielleicht hatte jemand Aksels Ges
und sich an sie erinnert. Und ihm ein paar Worte mitgegeben, etwas Nettes, eine Bestätigung, dass sie jemand war.

„Nein“, sagte er, „keine Menschenseele.“

Er schaltete den Fernseher an, sie schenkte Kaffee ein. Verschob die Tassen ein paar Zentimeter nach rechts, ihre eigene und danach seine. Setzte sich und ruckelte mit dem Stuhl.

„Und wie lange wird sie krankgeschrieben sein?“

Sie meinte Ellinor.

„Weiß nicht“, antwortete er ehrlich und zuckte mit den Schultern.

„Aber du sprichst doch mit ihr.“

„Ja.“

„Es ist ja nicht so, dass man eine Krankmeldung gleich für ein ganzes Jahr bekommt“, beharrte sie. „Wird sie denn erneuert werden? Das ist es, was ich frage.“

„Herrgott noch mal, woher soll ich denn das wissen!“

Er war kurz davor, die Fassung zu verlieren, das passierte so gut wie nie.

„Ich bin auch nicht ihr Arzt“, setzte er mürrisch hinzu.

„Jetzt beruhig dich doch wieder“, entgegnete sie. „Ich will ja bloß wissen, wie ernst es ist.“

„Es ist ernst“, erklärte er.

Das stopfte ihr für mehrere Sekunden den Mund. In ihrem Gesicht zeigte sich ein Zug von Schmerz, denn sie konnte nicht begreifen, was sie falsch gemacht, womit sie das hier verdient hatte.

„Aber sie ist doch wohl in Behandlung“, meinte sie schließlich etwas kleinlauter. „Die Behandlung hilft wohl? Ellinor sieht alles so schwarz, das hat sie schon immer getan. Man muss das Leben doch positiv sehen, wir können uns doch nicht wegen der kleinsten Kleinigkeit gehen lassen.“

Aksel legte die Hände auf die Armlehnen des Stuhls. Er hätte natürlich sagen können, dass der dunkle Fleck in Ellinors Auge größer geworden war und bald ihre gesamte Iris bedecken würde. Und dass die Leute jedes Mal, wenn sie ihnen in die Augen sah, vor Angst zusammenzucken würden, denn das schwarze Auge war das böse Auge.

In den Nachrichten wurde von Unruhen in Afghanistan berichtet. Er dachte eine Weile über den Ausdruck „Unruhen“ nach, der in Wirklichkeit bedeutete, dass sie einander töteten, dass sie schossen und sprengten, Kinder wie Erwachsene. Ein Reporter sprach von Schwankungen an der Börse, der Ausdruck „Korrektur“ wurde mehrmals verwendet.

„Das letzte Mal, dass Ellinor hier war“, sagte die Mutter, „das muss jetzt ein Jahr her sein. Da saß sie auf dem Stuhl, auf dem du jetzt sitzt, und schnitt mir Grimassen.“

Aksel schüttelte entmutigt den Kopf.

„Sie schneidet keine Grimassen, sie hat Tics. Das hat mit ihrer Krankheit zu tun."

Die Mutter verstand das Wort „Tics" nicht und sah weg. Dann wechselte sie abrupt das Thema, wie sie es immer tat, wenn sie das Gefühl hatte, außen vor zu sein.

„Sverre hat sich einen Leistenbruch zugezogen. Kann nichts heben oder sich bücken oder so."

Er verließ sie abends gegen acht Uhr. Sie streckte ihr Hinterteil weg und die Wange vor und sagte: „Herzlichen Dank, gut, dass das mit dem Auto jetzt geregelt ist, neue Glühbirnen und alles, herzlichen Dank." Sie steckte ihm ein paar Scheine in die Hand, und er gab ihr ein verschämtes Murmeln zur Antwort. Ihr Lächeln war vollkommen echt, denn für dieses Mal war nun alles vorbei. Der Sohn hatte sie nicht kritisiert oder ihr schreckliche Neuigkeiten überbracht, abgesehen davon, dass Ellinor krank war, und das war keine Neuigkeit.

Sie folgte ihm durch den Gang und hinaus auf die Treppe.

„Ich geh wie eine Kuh", meinte sie und lachte, „denn wenn ich stürze, dann breche ich mir alle Knochen im Körper."

„Jetzt übertreib mal nicht so", sagte er.

Er dachte wieder an Torgny und all das, was er gesagt hatte.

Also hatte der Vater in all den Jahren einen Mantel der Freundlichkeit und Fürsorge angezogen, wenn er zur Arbeit ging. Und sobald er zu Hause war, hatte er ihn wieder abgelegt.

An diesem Tag hatte Ellinor ihr Wolfskostüm an – einen Fellanzug mit Reißverschluss vom Bauch bis nach oben. Das hatte sie sich irgendwann mal an Fasching gekauft. Die Kapuze hatte spitze Ohren, die Bauchpartie und die Pfoten waren heller, und am Hintern baumelte ein langer Schwanz, mit dem sie sich gern über die Wange strich. Sie sah aus wie ein kleines Wölfchen. Kampfbereit und doch wie jemand, den man an sich drücken und beschützen möchte.

Wenn Aksel sie ansah, ahmte sie den Gang des Raubtiers nach, mit gesenktem Kopf und angehobenen Schultern, während sie mit ihren Krallen nach ihm ausholte und Zähne fletschte, die gelb und spitz waren.

Irgendetwas war mit Ellinor, an diesem Abend im Oktober, irgendetwas war anders. Er sah es in ihren Augen und in dem verschmitzten Lächeln. Vielleicht hatte sie gutes Cannabis aufgetrieben, etwas, das sie wirklich in neue Höhen hob, aber sie bewegte sich schnell und hatte einen flinken Schritt, und ihre Augen waren klar wie Wasser.

Auf seine defensive und zuverlässige Weise fragte er sie, ob es ein guter Tag sei.

Ellinor lachte laut und heiser.

„Ja, ich hatte einen netten Tag, Aksel, einen der besten seit Langem!“

„Sehr schön", entgegnete er vorsichtig. Denn er wusste, dass diese Phase nicht anhalten würde, das tat sie nie. Aber das Wolfskostüm war ein gutes Zeichen, das zog Ellinor nur an, wenn sie sich obenauf fühlte. Oder vom Teufel besessen. In schlechten Zeiten zog sie sich gar nicht um, sondern lief in Schlafanzughose und Pullover herum, oder sie blieb im Bett liegen, die Bettdecke über den Kopf gezogen.

Jetzt lehnte sie sich gegen die Küchenarbeitsplatte, zog den Schwanz hervor und strich sich damit über die Wange.

„Ich hatte heute eine Stunde bei Rudi. Die beste Stunde bisher."

„Sehr schön!", sagte er wieder, leicht optimistisch. „Beginnt es sich zu lösen?"

Darauf folgte ein raues Lachen, die Wolfsohren flatterten.

„Dass es sich gelöst hat? Das kann man wohl sagen."

„Also hat Rudi angefangen, ein Gespräch zu führen, willst du das damit sagen?"

„Also …" Sie zögerte. „Gespräch und Gespräch. Es war wohl eher ein Hilferuf. Oder eine Bitte um Gnade."

Aksel spürte eine beginnende Nervosität.

Sie kam zum Sofa, auf dem er saß, ließ ein paar Mal den Schwanz schwingen, zog sich die Kapuze vom Kopf und nahm ihren Platz in der Ecke ein.

„‚Heute werden wir über den Tod sprechen', habe ich gesagt, ‚über den Tod wird viel zu wenig gesprochen.'

Da hat Rudi ernst genickt, um zu zeigen, dass er das gern tun würde. ‚Es mag anderen missfallen oder auch nicht, aber Tatsache ist, dass manche von uns sich dorthin sehnen. Wir ertragen die Belichtung nicht, die das Leben ist, wir sehnen uns zurück in die Dunkelkammer in die Zeit vor dem Entwickeln.'"

„Was hatte Rudi dazu zu sagen?"

„Er hat mit den Fingern auf der linken Armlehne rumgetrommelt. Rudi hat so kleine Hände, fast wie ein Kind, und seine Nägel sind weiß wie Perlmutt, ich glaube nicht, dass er mit ihnen gräbt, dass er im Dreck wühlt, wenn du verstehst, was ich meine. Aber ich habe ihn gefragt, ob er Angst hätte zu sterben."

„Was hat er geantwortet?"

„Er hat wie zu einem Kind gelächelt, nachsichtig und abweisend zugleich. Der Therapeut darf von sich nichts preisgeben, das steht in den Vorschriften. Ich habe dieses Lächeln überhaupt nicht gemocht und habe es ihm auch nicht abgenommen.

‚Du bist feige', habe ich ihm gesagt, ‚du traust dich nicht zu antworten.'

‚Der Tod ist nichts, woran ich sehr viel denke', hat er behauptet.

‚Aber du bist alt', meinte ich, ‚der Tod kommt stetig näher.'

‚Weißt du etwa mehr als ich?', versuchte er, die Sache mit einem Lächeln abzutun. Aber allmählich kam mehr

Bewegung in seinen kleinen Körper, es war deutlich, dass er die Kontrolle zu verlieren begann, und das war er vielleicht nicht gewohnt.

‚Hast du Angst, oder hast du keine Angst?', habe ich gefragt. ‚Ja oder nein. Wenn der Tod zum Beispiel hier und jetzt ankäme, mit seiner Sense und allem, was würdest du dann fühlen?'

‚Nun, in diesem Fall wäre ich zunächst einmal höchst verwundert', meinte er, während er seinen italienischen Schuh auf und ab wippen ließ.

Dann habe ich mich hinunter zum Boden gebeugt, so etwa …"

Sie lehnte sich auf dem Sofa nach vorn und schnappte sich ihre Handtasche, die unter dem Tisch stand, und sprang blitzschnell auf. Hielt die Beretta mit beiden Händen in einer perfekten Schusshaltung, so wie im Fernsehen. Stand vor Aksel konzentriert, mit einem zusammengekniffenen Auge und gekräuselten Lippen – in vollem Kontakt mit dem Tier in sich.

„Und ich habe Rudi angesehen und gefragt: ‚Wie verwundert bist du genau jetzt?'"

„Aber Ellinor", stammelte Aksel.

„Ich hatte die Beretta zur Stunde mitgenommen", setzte sie hinzu.

„Hast du sie nicht alle?"

„Ich habe auf einen Punkt mitten zwischen seinen Augen gezielt, und was sich dann abspielte, war es wert, den ganzen Mist in meinem Leben zu ertragen – Krankheit, Hunger, all das. Zuerst ist er weiß wie Papier geworden, und dann grau wie Asche. Dann hat er zu schwitzen begonnen. Und dann hat er eine Bewegung mit der Hand gemacht, in einem Versuch, mich wegzuschieben. Aber er hat mich nicht erreicht, denn zwischen uns bestand ja ein Abstand, nicht wahr? Da ist ein Abstand. Dann habe ich den Hahn gespannt."

„Du hast den Hahn gespannt?"

Aksel erbleichte.

„Und genau da meldete er sich zu Wort, mit einer Stimme, die aus der Tiefe seiner Seele kam, glaube ich, denn in ihr lag etwas trübes Primitives."

„Aber was hat er gesagt?"

„Er rief: ‚Nein, Ellinor, nein!' Dann habe ich abgedrückt. Es war ein scharfes Klicken zu hören, du weißt schon, und ich behaupte mal, dass er genau in dieser Sekunde starb. Der Psychiater Johannes Rudi starb vor Schreck. Ich habe mich ruhig verhalten und die Beretta zurück in die Tasche gelegt. Und gesagt: ‚Ich mag es nicht, dass du lügst, Rudi, du kannst mir nicht helfen, wenn du unehrlich bist.'"

Aksel stöhnte.

„Herrgott noch mal, Ellinor. Herrgott!"

Da lächelte sie wieder. Ihr gutes Lächeln, das zeigte, dass sie die Situation genoss.

„Ich habe Rudi erklärt, dass die Waffe verplombt ist. Und da sagte er mit dieser ernsten Stimme, die Vater immer gebrauchte, wenn er meinte, dass wir zurechtgewiesen werden mussten: ‚Ich glaube nicht, dass du und ich nach dem hier noch zusammenarbeiten können.‘“

Ellinor lachte erneut, das Lachen war grob.

„‚Wir haben ja auch nie zusammengearbeitet‘, habe ich gesagt und bin dann einfach gegangen. Habe die Tür zugeknallt und bin wieder heim in den Utveien gefahren.“

Da musste auch Aksel lachen, laut und herzlich und entmutigt. Doch obwohl er sich um seine therapeutenlose Schwester Sorgen machte, dachte er, dass all das Flegelhafte an ihr auch ein Zeichen von Gesundheit war.

Ellinor zog sich wieder die Kapuze über und formte die Ohren.

„Ich frage mich, ob Rudi jetzt vielleicht ein posttraumatisches Stress-Syndrom entwickeln wird“, meinte sie. „Jedes Mal, wenn ein Patient zur Tür hereinkommt, erinnert er sich daran, was passiert ist. Und dann denkt er an die Möglichkeit, dass der oder die Betreffende vielleicht eine Schusswaffe in der Innentasche hat. Nach und nach gelingt es ihm nicht mehr, sich zu konzentrieren, und die Furcht nimmt vollkommen überhand. Er muss sich krankschreiben lassen, und nach einem Jahr braucht er Sozialhilfe. Und alle werden sich fragen: Was ist denn eigentlich mit Dr. Rudi passiert? Tja, das könnte ich ihnen natürlich sagen: Eine seiner Patientinnen zog eine Waffe.“

Sie schwieg, bis ihr etwas anderes einfiel.

„Die Dunkelkammer“, sagte sie.

„Was ist mit ihr?“

„Du und ich, wir wurden niemals wirklich entwickelt. Wir sind Negative.“

Darüber grübelte Aksel lange nach, als er zu Hause im Turm war. Umschlossen vom Sessel des Professors und eingehüllt in Buchgelehrsamkeit. Ellinor hatte Johannes Rudi mit einem Schuss in die Stirn getötet. Wie eine Hinrichtung, sorgfältig geplant und mit eiskalter Ruhe ausgeführt. Sie hatte zwar nur so getan, aber das hatte ihr Freude bereitet, ein berauschendes, euphorisches Gefühl, als sie abdrückte. Die Angst, die sie in seinen Augen gesehen hatte, die Hand, die eine verzweifelte Geste in den Raum machte, und die entsetzte, piepsende Stimme, die um Gnade bat, hatten ihre Augen zum Strahlen gebracht. Sie war voll von Lachen und Begeisterung und Energie, weil sie ihn getötet hatte. Weil sein Herz stillgestanden hatte, als sie abdrückte, weil sie ihn ein für alle Mal entlarvt und ihm überdeutlich gezeigt hatte, warum alles so vollkommen unmöglich war. Sich aus etwas herauszureden, als ob die Wörter Eiter waren, der aus einer entzündeten Wunde lief, und wenn diese leer wäre, würde die Wunde sich schließen, und eine kleidsame, seidige Narbe würde zurückbleiben als Ehrung, eine Medaille aus dem Krieg.

Ich weiß etwas über den Schmerz.

Ich weiß etwas über die Menschen.

Es steckte in Ellinor, abhängig von allem zu werden, was ihr guttat. Konnte sie auch davon abhängig werden? Das eine Auge zusammenkneifen, zielen und abdrücken und die Wahrheit erzwingen? Und was war eigentlich die Wahrheit über die Menschen, dass sie Angst hatten? Er erinnerte sich an die neckenden Worte der Schwester, als sie mit der Beretta in der Hand dasaß und feststellte, dass ihr großer Bruder Aksel besorgt war.

„Wollen wir ins Zentrum fahren und ein paar Parkwächter abknallen?"

Also spielte Ellinor ein Spiel. Aber ihr Gehirn verstand nicht, dass sie spielte, es ließ die Hormone fließen, als ob alles wirklich war, machte sie an, machte sie high und lebendig, und bald würde sie nach mehr dürsten. Vielleicht brauchte sie das Gefühl von Zorn nicht, um abzudrücken, um auf jemanden zu zielen und die Reaktion zu sehen, zuerst die Verwunderung, dann der Schrecken und die Angst. Vielleicht war es nur der Gedanke an das Töten an sich, der dieses Licht in ihr entzündete, dem mageren, durchsichtigen Körper Wärme spendete, etwas Gewaltiges und Erlösendes, beinahe Sexuelles. Im Gegensatz zum Lärm in den Straßen, dem scharfen Licht, dem Gedränge von Menschen, die auf dem Bürgersteig vorbeigehen, während sie dich mit toten Augen ansehen. So leicht war es also, dieses verdorbene Mädchen zu erfreuen, dachte Aksel. Eine verplombte Pistole und ein zu Tode erschrockener Mann, schon hatte sie alle Macht.

Auch am nächsten Morgen dachte er noch an diese Dinge, als er sich in sein Auto setzte, einen Volvo V40, den er von einem pensionierten Herzchirurgen gekauft hatte. Immer wenn der Motor lief, sah er vor seinem geistigen Auge den Mann, den bedeutenden Chirurgen auf dem Weg ins Krankenhaus. Während er fuhr, ging er die Operationen des Tages durch, einen Bypass, einen Herzschrittmacher oder eine neue Klappe. Offener Thorax und blutleeres Herz, ein Assistent, der ihm den Schweiß von der Stirn tupfte, Vivaldi aus der Musikanlage. Er stellte sich vor, dass der Chirurg bequem zurückgelehnt im Autositz saß. Er hatte natürlich einen Piepser, doch wenn er zu piepsen begann, führte das zu keiner nennenswerten Erhöhung seines Herzrhythmus. Der Chirurg war ein Mann mit niedrigem Ruhepuls, wie Aksel selbst – etwas, das er mit den großen Athleten gemeinsam hatte. Doch Aksel betrieb keinen Sport, und der niedrige Puls konnte auch ein Krankheitszeichen sein, aber er hatte es nie näher untersuchen lassen wollen. Oder, um es auf die Spitze zu treiben: Serienmörder hatten auch einen niedrigen Ruhepuls, und deshalb töteten und quälten sie auch Menschen, um sich auf diese Weise einen Anstieg zu verschaffen, das hatte Ellinor erzählt.

Wessel schickte ihn zu einem Auftrag, wohl irgendetwas mit einem Elch, und Aksel fuhr elf Kilometer ins Landesinnere. Die Abstände zwischen den Häusern nahmen zu, es waren nicht viele Leute entlang der Straße zu sehen. Der Hof von Grunde Fagerås war kleiner als Hellefors. Im Stall standen zwanzig Kühe.

Er griff sich zum Gruß an die Mütze, als Aksel auf den Hofplatz fuhr. Grunde war weit über sechzig und hatte das kerngesunde Aussehen von Leuten, die im Freien arbeiten. Und von den schweren Arbeiten auf dem Hof hatte er auch sichtbare Muskeln. Aksel sah sich nach dem Elch um.

„Der Veterinär hat Leute organisiert und ihn weggefahren“, sagte Grunde. „Das Tier hatte irgendeine Krankheit, und da wollte ich den Kadaver nicht länger als notwendig herumliegen haben. Kommen Sie, wir gehen in den Stall. Ich sage Ihnen, das war so eigenartig.“

Aksel trottete dem Bauern hinterher, über den Hofplatz und hinunter zum Stall, dessen Tür offen stand. Der Geruch nach Vieh und die Wärme, die die Tiere ausdünsteten, erreichten ihn, sobald sie hineingingen.

„Die Tür hier steht hin und wieder offen, damit sie etwas Tageslicht bekommen“, erklärte Grunde. „Es passiert, dass Katzen hineingehen, und manchmal der Hund, aber heute war es etwas Größeres.“

Aksel machte sich Notizen.

„Ich ging bloß ein paar Schritte, und da habe ich gesehen, dass etwas Riesiges ganz hinten im Mittelgang stand.“

„Aha?“

„Es war also ein Elch", sagte Grunde Fagerås. „Eine große Elchkuh. Und als sie mich hörte, hob sie den Kopf und sah mich an, und ich habe noch nie so einen Blick gesehen."

„Was für einen Blick?", fragte Aksel.

„Die allertiefste Verzweiflung. Abgesehen davon hat sie sich überhaupt nicht bewegt, sie stand wie festgewurzelt da. Und nachdem sie mir diesen bettelnden Blick zugeworfen hatte, senkte sie wieder ihren Kopf, es war sicher schwer, ihn oben zu halten. Zuerst dachte ich, dass sie hineingegangen war, um Fressen und Wärme zu finden. Es war schrecklich kalt in der Nacht, aber ich musste sie ja irgendwie wieder rausbekommen."

„Sie stand also einfach nur da? Im Mittelgang?"

„Sie stand einfach nur da. Und die Kühe kauten auf Heuresten herum. Es war sogar eine friedliche Szene, wenn ich das so sagen darf. Erst hab ich mich zurückgezogen, damit sie aus eigener Kraft herausgehen konnte. Das hätte sie ja gemacht, wenn sie bekommen hätte, worauf sie aus war, und vielleicht wieder in den Wald wollte. Ich wartete eine ganze Weile, aber sie stand da wie zuvor.

Zur Sicherheit habe ich meine Büchse geholt", sagte Grunde, „denn mir wurde klar, dass hier etwas nicht stimmte. Dann bin ich wieder zum Stall gegangen und habe hineingeblickt, und sie stand immer noch da. Ich rief mehrere Male nach ihr, so, wie wenn ich die Kühe locke, aber sie stand einfach nur da."

„Da hat sie wohl die Büchse gesehen?“

„Das hat sie wohl“, antwortete Grunde. „Ich stand hier in der Türöffnung und rief und lockte, wie ich nur konnte, und hätte mich jemand gehört, hätten sie geglaubt, ich hätte mir ein paar Schnäpse genehmigt. Die Leuchtstoffröhren an der Decke machen nicht viel Licht, wie Sie sehen, es war also dunkel auf dem Gang. Es gab mit anderen Worten etliche Dinge, die ich nicht sehen konnte. Doch als ich lange und ausgiebig gelockt hatte, kam sie tatsächlich in Richtung Ausgang. Ich habe so etwas noch nie gesehen, diese Augen waren ohne Boden. Ich dachte, dass sie vielleicht irgendwo ein Kalb hatte, und dass sie dafür Hilfe braucht, aber ich habe kein Kalb gesehen. Ich habe etwas ganz anderes gesehen.“

„Was haben Sie gesehen?“, fragte Aksel.

„Etwas, das an ihr herunterhing. Wenn sie sich in Bewegung setzte, bewegte es sich. Man hätte glauben können, dass ihr jemand einen alten Mantel übergeworfen hatte, der flatterte, wenn sie ging. Dann kam sie endlich hinaus ins Licht.“

„Und was war dann?“

Grunde zog sich die Mütze vom Kopf, seufzte tief und setzte sie sich wieder auf.

„Das ist das Allerschlimmste, was ich je gesehen habe.“

„Was war es denn, das an ihr herunterhing?“

„Ihre Haut. Sie hatte sich gelöst. In schweren, haarigen Krusten.“

Er deutete auf eine Stelle außerhalb des Stalls.

„Sie ging nicht weiter als bis dort. Da stellte sie sich hin und ließ mich keine Sekunde aus den Augen. Das war ziemlich verrückt. Große Teile des Fells hatten sich gelöst, und darunter hatte sie offene Wunden, am Rücken und Nacken und an den Flanken bis hinunter zu den Beinen. Und die Wunden waren entzündet und nässten und trieften. Auch um die Augen hatte sie irgendein Teufelszeug, eine Art Infektion oder so. Ich war fürchterlich entsetzt, als ich all dieses Elend sah. Tiere leiden schweigend, wissen Sie, die jammern nicht wie wir Menschen."

„Was haben Sie dann getan?"

Grunde zog sich die Mütze erneut herunter, kratzte sich am Kopf und setzte sie wieder auf.

„Ich dachte bei mir, dieser Elch, der muss getötet werden, und zwar schnell. Herrgott, Mann, ich bin jeden Herbst auf der Jagd, und ich hatte damit noch nie Probleme, aber dies hier war etwas ganz anderes. Hätte nie geglaubt, dass ein Elch einen Menschen auf diese Weise ansehen könnte. Sie hat mich darum gebeten, zu schießen."

„Verstehe", sagte Aksel. Er ließ die Bilder, die Grunde in seinen Kopf pflanzte, auf sich wirken.

„Aber ich wollte, dass sie noch etwas Gutes bekommt, ehe sie diese Welt verlässt. Also habe ich aus der Scheune etwas Heu geholt, frisches Wasser in einen Zinkeimer gefüllt und alles zu ihr getragen. Dann zog ich mich leise zurück, damit sie ihre Ruhe hatte. Für das Heu interessierte sie sich überhaupt nicht, aber sie beugte sich nach unten und schlürfte das kalte Wasser in sich hinein, sie trank lange und ausgiebig, und dann hob sie den Kopf und sah mich wieder an, mit ihrem dunklen Blick, der sagte: ‚Worauf wartest du? Ich bin bereit.‘

Dann legte ich die Büchse an und zielte, und sie rührte sich nicht einen Zentimeter, kein Zittern. Und dann habe ich sie durch das Zielfernrohr angesehen. Alles, was ich an Entschlossenheit besaß, die ich für die Jagd normalerweise mitbringe, war ganz einfach weg. Denn auch ich wartete auf etwas. Vielleicht, dass sie sich plötzlich umdrehen und in den Wald flitzen und zwischen den Bäumen verschwinden würde, oder dass jemand kommen und mich unterbrechen würde. Ich begann, ganz schrecklich zu schlottern. Dann drückte ich ab, und sie sackte wie in Zeitlupe zusammen. Gewaltsame Zuckungen durchliefen den Körper, und ich ging hin, um sie mir genauer anzusehen. Es waren Würmer und anderes Teufelszeug in den Wunden, es musste eine schreckliche Krankheit sein, die sie sich zugezogen hatte, und ich hatte Angst um meine Kühe. Also habe ich einen Veterinär angerufen. Und während ich wartete, schoss ich ihr eine weitere Kugel in die Stirn. In diesem Moment geschah etwas ganz Merkwürdiges“, sagte Grunde. „Mir wurde so richtig schwer ums Herz. Kann mich nicht erinnern, wann ich das letzte Mal so traurig war, nicht einmal, als meine Mutter starb. Ich hatte das Gefühl, nur einen kurzen Augenblick, dass jemand Größeres, jemand außerhalb von uns, herabsah auf das, was geschah."

Er blickte hinauf in den Himmel.

Aksel vergaß, sich Notizen zu machen. Grunde nickte in Richtung Wohnhaus, drehte sich um und begann zu gehen.

„Ich habe ein paar Bilder gemacht."

Ein kleiner Junge kam dazu, als die Männer in die Küche gingen. Blondes Haar und schüchtern, vielleicht drei, vier Jahre alt. Er stellte sich neben Grunde, drückte sich an ihn wie eine verschmuste Katze und blickte Aksel mit großen, himmelblauen Augen an.

Grunde strich ihm über das Haar.

„Mein Lieblingsjunge", sagte er stolz. „Mein Enkel. Er wird einmal den Hof erben, nicht wahr, Håkon?"

Håkon nickte.

Aksel spürte, wie vertraut die beiden waren. Der Junge eng am Großvater, fast ein Teil seines Körpers. Grundes Pranke lag auf dem Kinderkopf wie ein schützender Helm.

„Ja, es ist so, dass Håkon den Schuss gehört hat, als er abgefeuert wurde, also kam er angelaufen, um zu sehen, was passiert war."

Grunde sah den Jungen milde an.

„Also habe ich ihm erzählt, dass das arme Tier krank und zum Hof gekommen war, um mich um Hilfe zu bitten, nicht wahr, Håkon? Da sind wir uns einig?"

Håkon nickte erneut.

„Und da hast du gefragt, wie der Elch hieß, denn du willst, dass alles, was lebt, einen Namen hat, wie die Katze und der Hund, und ich habe dann gesagt, ‚das kannst du bestimmen'."

„Maud", sagte der Junge.

„Maud", wiederholte Grunde und nickte. „Er hat eine Tante in England", ergänzte er.

Der Junge drückte sich enger an seinen Großvater. War neben ihm, danach war er vorne, den Kopf an Grundes Bauch gedrückt, dann wand er sich und schlüpfte unter Grundes Arm, verschwand für einen Augenblick hinter dessen Rücken und kam wieder zum Vorschein, wie nach einem Tanz voller Hingabe. Und Grunde ging ganz in dieser Hingabe auf, während der Junge von der Stärke des Großvaters zehrte.

Aksel dachte, dass er gerade Zeuge einer Liebeserklärung geworden war. Jetzt war der kleine Junge bereit, sich dem Tag und allem, was dieser bringen mochte, zu stellen.

Grunde legte sein Mobiltelefon auf den Tisch. Als Aksel das große Tier sah, dem die Haut in schweren, fauligen Krusten herabhing, wurde auch er von den Augen ergriffen, die unfassbar groß und dunkel waren. Am Körper gab es kaum eine Stelle, die nicht von diesen fürchterlichen, bloßen haarlosen Flecken, offenen Wunden und Parasiten angegriffen war. Der Elch war auch stark abgemagert, er musste schon seit langer Zeit keine Nahrung mehr zu sich genommen haben.

„Roch es?", fragte er.

„Verfaultes Fleisch", sagte Grunde.

Aksel betrachtete lange eines der Bilder.

„Das da ist direkt vor dem Schuss", erklärte Grunde. „Genau da versuchte sie, mir etwas zu sagen. Es gibt nicht viel, woran ich hier in der Welt glaube, nur an das, was ich mit meinen eigenen Augen sehen kann. Aber in ihrem Blick war etwas, das dafür gesorgt hat, dass ich mich mit ihr verwandt fühlte, und dann hatte ich das Gefühl, dass sie etwas Wichtiges wusste."

„Wie beispielsweise?", wollte Aksel wissen.

Grunde genierte sich ein wenig.

„Die Wahrheit, für die es keine Worte gibt. Woher wir kommen und wohin wir gehen und solche Dinge. Klar können Tiere nicht sprechen. Daher eignen sie sich eine Form von Weisheit an, die wir Menschen nicht haben, weil wir es ja nicht schaffen, unsere Klappe zu halten. Die läuft und dröhnt einfach vor sich hin. Und so entgeht uns eine Menge wichtiger Informationen. Und ich habe im Laufe meines Lebens schon einige Tiere geschossen, aber ich habe noch nie ein Tier getroffen, das um eine Kugel bittet."

Er sah Aksel an. Die kräftigen Pranken ruhten auf dem Tisch.

„Ein Leben zu nehmen, ist eine gewaltige Sache", sagte er.

Aksel scrollte weiter durch die Bilder und sah sie sich eines nach dem anderen genau an.

„Also kann ich sie Maud nennen?"

„Das kannst du", entgegnete Grunde. „Alles, was lebt, muss einen Namen haben."

„Und jetzt wird sie obduziert, oder?"

„Sie wurde direkt zur Veterinärhochschule gefahren, und ich bekomme dann Bescheid. Ob ich in Bezug auf die Kühe etwas unternehmen muss."

Aksel wurde auf den Hofplatz begleitet, und sie wechselten ein paar Worte zum Abschied.

„Du bist wohl nicht der Junge von Annar und Iris, oder?"

Aksel musste zugeben, dass er das war.

„Hatte mir schon gedacht, eine Ähnlichkeit zu erkennen. Respektable Leute, die beiden, ordentlich in jeglicher Hinsicht. Deine Mutter war ein paar Mal hier, um Gemüse zu kaufen. Salat und Rosenkohl. Wir verkaufen kistenweise. Und da hatte sie das kleine Mädchen dabei, daran erinnere ich mich, deine Schwester."

„Verstehe", sagte Aksel.

„Süße, kleine Maus", meinte Grunde.

„Maus?"

„So nannten wir damals die hübschen Mädel, als ich jung war", erklärte Grunde, „aber vielleicht darf man solche Dinge nicht mehr über Damen sagen. Alles ist so streng geworden."

Aksel nahm die Erzählung mit nach Hause. Trug sie vorsichtig wie einen Säugling, schaukelte sie den ganzen Weg bis zur Wohnung im zehnten Stock im Arm. Hielt sie eng an die Brust, wollte, dass sie blieb, in ihm sang, bis alles niedergeschrieben war.

Er setzte sich vor den PC, sein Gesicht war tief konzentriert im Licht des Bildschirms.

Ach, wie er sich sehnte! Danach, was er eben gesehen hatte. Ein Leben zu nehmen, ist eine gewaltige Sache, auch wenn man es aus Barmherzigkeit tut. Er strengte sich an, alles Schritt für Schritt wieder hervorzuholen, so wie es sich auf dem Hof von Grunde abgespielt hatte. Die Gerüche von den kauenden Kühen. Das dunkle Licht im Mittelgang des Stalls, wo Maud mit hängendem Kopf auf vier gestreckten Beinen gestanden hatte. Auf dieselbe Weise, wie Grunde nach seiner Barmherzigkeitstötung traurig geworden war, wurde Aksel traurig beim Gedanken daran, was er alles nie bekommen hatte. Die kräftige Pranke des Bauern auf dem Kopf des blonden Jungen, die Verbindung zwischen ihnen, stark und solide. Und auch wenn Aksel in seltenen Stunden, zusammen mit anderen Erwachsenen oder mit einem Mädchen, etwas Wärme und Nähe in Form einer Berührung oder eines freundlichen Wortes erhalten hatte, wurde er immer unsicher und verschämt. Schaffte es nie, es in sich aufzunehmen. Er konnte sich dem einfach nicht öffnen, nicht bevor er wieder allein war und davon Abstand gewann. Da zog er die Erinnerung daran heraus und befühlte sie in aller Heimlichkeit, wie etwas, das er gestohlen hatte. Als die Nacht kam, ging er hinaus, um die Sterne zu betrachten. Auf die Rückseite des Turms, einen Abhang hinunter auf ein Stück Ödland, in ein Gehölz und auf eine Anhöhe hinauf. Venus war am Westhimmel sichtbar, ein starkes, glänzendes Licht. Er starrte den leuchtenden Planeten lange an, starrte, bis das Nachtsehen einsetzte, starrte an diesem Punkt vorbei und weiter, bis er vor Kälte gefühllos war, zwingend, bittend, ermahnend, mit allem, was er an Intensität hatte, während er darauf wartete, dass das Fantastische passieren würde, dass die Venus endlich den kleinen Mann auf der Anhöhe erblickte. Und er starrte weiter, bis sie zu pulsieren begann, bis sie bloß für ihn leuchtete, und weiter, bis sie ihn hinaus ins All zog. Das Gefühl nahm an Intensität zu und wurde zur Gewissheit, dass alles mit allem zusammenhängt, und da konnte er wieder nach Hause gehen und beruhigt schlafen.

*

Es spannte nicht mehr bloß auf der Innenseite, es spannte auf der Außenseite. November, der elfte, die Kälte setzte ein, die Tage wurden kürzer, kälter und beklemmender, und die Dunkelheit brachte Aksel dazu, in sein Innerstes zu starren. Ein Versuch, etwas zu finden, wovon oder wofür man leben konnte, oder die Konturen eines Zwecks zu finden. Und er fand Ellinor, sie war eine tägliche Sorge. Ob sie aus dem Bett aufgestanden war, ob sie etwas gegessen hatte, ob noch Leben in ihr war. Ob sie irgendwo lag und verblutete, oder vielleicht am Grunde eines Tümpels.

Aksel hatte zur Mutter gesagt, dass er um zehn käme, und es war zehn nach, als er vor dem Haus vorfuhr.

„Ach!“, sagte sie. „Du bist es?“

Als ob er aus freien Stücken gekommen war, weil er Lust dazu hatte.

Er setzte den Fuß auf die erste Treppenstufe, als ihn ein Gedanke wie ein Blitz traf. Wenn der Tag käme, dass der Tod selbst seinen Fuß auf die Treppe zum Haus der Mutter setzte, würde sie auf genau dieselbe Weise reagieren.

„Ach!“, würde sie sagen. „Du bist es?“ Dann würde sie noch ein paar Phrasen über das Unvermeidliche hinzufügen. „Jammern macht ja gar keinen Sinn“, würde sie sagen, „ich habe ja schon immer gewusst, dass du früher oder später kommen würdest. Sei vorsichtig mit der Sense, damit sie keine Kratzer im Parkett macht. Und putz dir die Füße ab. Der handgeknüpfte chinesische Teppich ist schwer sauber zu bekommen, komm einfach rein!“

Aksel folgte ihr hinein.

Sie kommentierte schnell die Geschichte vom Elch, die sie gelesen hatte, aber sie fügte einen Satz hinzu, den er sich merkte.

„Kranke Tiere müssen getötet werden. Sie können andere Tiere anstecken. Ich muss das wissen, ich bin ja auf einem Hof aufgewachsen."

Eine Bemerkung kam ihm über die Lippen, ehe er sie zurückhalten konnte.

„Vielleicht sollten wir dasselbe mit Ellinor machen, sie kann andere ja anstecken."

Die Mutter sah zunächst verwirrt aus. Sie suchte überall in ihrem Inneren, aber sie fand keine Art zu antworten. Sie hörte den Sarkasmus in der Stimme, sie verstand die Bedeutung der Wörter und begriff, dass sie schon eine ganze Weile dort gelegen hatten. Er hatte genug für eine Salve gesammelt, und die traf schwer.

„Wir können nicht für alles und alle etwas empfinden, bloß das meine ich, das kostet so viel Zeit. Da wird nichts getan, das muss ich doch wohl sagen dürfen."

„Ich habe es mit einem Lächeln gesagt", erwiderte er, „das hast du mitbekommen, oder?"

Da ging sie in die Küche, drehte den Wasserhahn auf und schepperte gewaltig mit Tassen und Tellern, und von dem Stuhl aus, auf dem er saß, sah er den alten Körper, eine wütende, trampelnde Gestalt.

Dann kam sie wieder herein.

„Also", kam es schließlich. „Dann ist wohl alles meine Schuld, das ist es wohl, was du sagst, dass es meine Schuld ist!"

Aksel sah sie an.

„Ist es deine Schuld?"

Als sie nichts sagte, fuhr er fort.

„Es ist wohl vernünftig anzunehmen, dass Kindheit und Elternhaus eine Rolle spielen, wenn es um Gesundheit geht, stimmst du mir da nicht zu?"

Sie wand sich wie das Opfer unter der Peitsche. Der Sohn, der stets gehorsame und wohlerzogene, hatte ein ungeschriebenes Gesetz gebrochen, ein Gesetz, das sie selbst aufgestellt und durch winzig kleine Fakten und warnende Blicke angekündigt hatte. *Sie war ein alter Mensch, sollte sie nicht mit unversehrter Lebenslüge sterben dürfen, dass alles in Ordnung war? Hatte Aksel, der hochgeschossene Junge, der keine eigenen Kinder hat, der einen Dreck davon wusste, wie anstrengend es war, wie völlig unmöglich es war, in allen Situationen genau das Richtige zu tun, sollte er sich anmaßen, ihren Einsatz als Mutter zu bewerten?*

Alles, was die Mütter an Tränen vergossen haben.

Aksel erhob sich abrupt. Der Stuhl glitt nach hinten, und er ging zum Kaminofen und schnappte sich den Brennholzkessel. Ging trampelnd nach draußen, machte den Brennholzkessel voll und trug ihn wieder hinein, knallte ihn hin und hoffte, dass das Parkett Kratzer bekommen würde. Er hasste die Flickenteppiche, die er draußen auf dem Hofplatz ausschütteln sollte. Er hasste die Hoflampe, die eine neue Birne brauchte, er hasste den gewebten Läufer im Gang, den er zum Lüften über den Zaun hängen sollte. Er schlug auf den chinesischen Teppich ein und stellte sich vor, dass es die Mutter war, die über dem Zaun hing, das breite Hinterteil in perfekter Höhe, und er drosch mit dem Teppichklopfer mit allem, was er an Kräften hatte, darauf los, und mit jedem Schlag wurde er hitziger und wütender.

Du sollst Vater und Mutter ehren.

Drei harte Schläge mit dem Teppichklopfer.

Aber diese Ehre haben sie nicht verdient.

Vier harte Schläge mit dem Teppichklopfer.

Warum komme ich überhaupt noch in dieses Haus, wenn es mich so anwidert?

Sechs harte Schläge, acht und zehn.

Er ging wieder hinein. Legte den Teppich und den Läufer wieder hin, tauschte die Batterie der Fernbedienung für den Fernseher aus, überprüfte, ob die Rauchmelder aktiv waren, war oben im ersten Stock und überprüfte sie auch dort, und ging wieder ins Wohnzimmer. Die Mutter saß schweigend da und betrachtete ihn, ein ärmliches, eingeschüchtertes Menschlein, eine alte missverstandene Seele. Es passierte nicht oft, dass sie stumm blieb, doch jetzt hatte sie seit Langem nichts gesagt. Dann wagte sie sich dennoch hervor, mit etwas, das sicher war.

„Und dieser Kollege von dir, geht es ihm denn gut?“, fragte sie mit verletzter Stimme.

Aksel hob die Augenbrauen. Und stieß ihr erneut den Speer hinein.

„Er hat gerade seine Mutter zu Grabe getragen und ein Kreuz daraufgestellt. Herzinfarkt, sie starb innerhalb eines Augenblicks. Ich verschwinde jetzt. Ich habe da ein paar Gefühlsduseleien, mit denen ich mich beschäftigen muss."

Er verließ sie so, mit diesen beißenden Worten, und sah, dass sie ihre Hände im Schoß knetete und den Mund auf diese abscheuliche Weise anspannte. Eine Mischung aus Verletztheit und Wut. Alles begann Sprünge zu bekommen, zuerst feine Risse, in der Glasur, bald würden ganze Stücke abfallen. Seine Worte waren wie Sand in der Maschinerie, die die Mutter war, mit hämmernden Kolben und rostigen Zahnrädern, jetzt blieb sie stehen.

Er ging zum Auto. War hart und zornig in jeder Bewegung, schlug die Autotür laut zu, zog kräftig am Sicherheitsgurt und ließ ihn hart einrasten. Dann startete er den Wagen, legte den Rückwärtsgang ein und gab kräftig Gas. Raste mit dem Auto davon, bis er außerhalb des Blickfelds der Mutter war. Er spürte etwas Warmes und Süßes, wie Honig im Mund, das gute Gefühl, böse zu sein, zu zielen, zu schießen und zu treffen.

Wessel schickte ihn los, ein paar Winterbilder zu machen, etwas Kaltes und Schönes und Stimmungsvolles. Es war diesig, das Licht war metallisch wie Zinn.

Aksel holte die Kamera und schlich nach draußen, blinzelte zum Himmel hoch, wo eine gefrorene Sonne es nicht schaffte, durchzudringen, doch er sah ihren ungefähren Punkt wie ein gleißendes, weißes Licht.

Er entschied sich für die alte Badestelle am Fluss, wo er selbst und seine Freunde, Leffe, Dickerchen und Nicht-Rolf, als Kinder immer die Sommertage verbracht hatten. Er schlenderte über die Ebene, die hinunter zum Ufer führte. Das steife, hoch stehende Gras knirschte unter seinen Sohlen, ansonsten herrschte Stille. Doch es dauerte nicht sehr lange, bis er spürte, dass ihm jemand folgte. Er mochte es nicht, abgelenkt zu werden, also beschloss er, es zu ignorieren. Der Auftrag lautete, etwas Schönes zu finden, und er wollte nicht, dass andere dies zerstörten. Doch sie kamen näher. Fraßen sich wie ein dunkler Schatten über die Ebene.

Es war die Familie und die Verwandtschaft, die hinter ihm her waren. Die, die Ellinor das „Bauernheer" nannte, denn Bauern waren sie allesamt, sowohl mütterlicherseits als auch väterlicherseits. Und obwohl sie sich ihm von hinten näherten, konnte er sie deutlich vor sich sehen. Alle trugen etwas auf der Schulter, einen Spaten und eine Hacke, einen Vorschlaghammer und eine Brechstange. Hohe Stiefel mit harten Sohlen knallten auf den gefrorenen Boden. Auch sie hatten einen Auftrag, Entschlossenheit und Eifer steckten in den Schritten, die hinter ihm angetrampelt kamen. Aksel wusste, wenn er sie herankommen ließe, dann würden sie sofort anfangen zu rufen und lästige Fragen zu stellen.

Sie würden fragen, was er denn täte.

Ob er vielleicht zu fein für seine eigene Verwandtschaft wäre.

Ob er wirklich glaubte, entkommen zu können, oder dass Ellinor entkommen könnte, die Familienähnlichkeit wäre überdeutlich. Das weiche Kinn und die breiten Füße, es war, als sähe man Annar. War ihm das nicht bewusst? Doch, das war ihm schmerzlich bewusst, also ging er schneller, während er nach etwas Schönem suchte, das den Frost auf eine neue und überraschende Weise zeigte, wie das vom Reif weiße Schilf am Flussufer und die dünnen Eisschollen dazwischen. Ein paar Zweige mit glänzendem Eis zeichneten sich in einem hübschen Muster gegen den Himmel ab. Er ignorierte die Schar der Verwandten, die stetig näher rückten, hob die Kamera und knipste ein paar Bilder.

„Verdammt, wie scheu er ist, der Junge von Annar und Iris. Fühlt sich draußen in der Natur am wohlsten, verbirgt sich hinter einer Linse. Weicht zurück, sobald wir kommen, unmöglich zu begreifen, was er so macht, verleugnet uns mehr als dreimal vor dem Hahnenschrei, weiß wohl kaum, wie wir alle heißen, Neffen und Nichten, Tanten und Onkel, Cousins und Cousinen."

Das Bauernheer tuschelte, rückte näher und schwang die Hacken und Spaten.

Aksel spürte sie im Rücken. Sie standen wie eine Mauer hinter ihm und schnitten ihm den Rückweg ab. Also drehte er sich um und betrachtete sie trotzdem, die Frauen in der vordersten Reihe, und die Männer weiter hinten, und all die Geschwisterkinder, stoisch wie chinesische Terrakotta-Krieger.

„Hallo Aksel!", johlte Tante Signe. „Ist wirklich lange her, seit wir dich zuletzt gesehen haben. Wir haben dich bei Ulriks Begräbnis vermisst. Ellinor war ja auch nicht da, daher haben wir uns um euch beide Sorgen gemacht, ob alles in Ordnung ist?"

„Ich habe Ulrik nicht gekannt", verteidigte er sich. „Habe Ulrik dreißig Jahre lang nicht gesehen. Ich hatte bei seinem Begräbnis nichts zu suchen."

„Aber er gehört doch zur Verwandtschaft", rief Tante Gudrun. „Man geht gewöhnlich zum Begräbnis, wenn jemand aus der Verwandtschaft stirbt."

„Warum das denn?", fragte er absichtlich ahnungslos.

„Weil man es gewöhnlich so macht!", wiederholte Gudrun.

„Ich will nicht gewöhnlich sein", rief er.

„Wir finden aber, dass es schön ist, dich hin und wieder zu sehen, und zu hören, wie es so geht", rief sie. „Journalist und so. Wir haben das vom Elch gelesen. Und all das andere, worüber du schreibst."

„Ich habe nichts, worüber ich reden kann", sagte er mürrisch, „und das ist der Grund, warum ich schreibe. Ihr sagt doch so oder so nie etwas Wichtiges. Bloß dass der oder die gestorben ist, und dieser oder jener geheiratet hat, und diese oder jene Kinder bekommen haben, oder geschieden worden sind, oder Krebs oder eine Lohnerhöhung bekommen haben. Ich kann für Leute, die ich nicht kenne, nichts empfinden. Das schaffe ich nicht!"

„Du kennst uns nicht, weil du dich weigerst, mit uns zu sprechen", rief Onkel Sverre aus der hintersten Reihe. Er schwang seine Hacke und setzte ein grimmiges Gesicht auf. „Wenn du uns kennenlernst, wird das Zusammensein besser, und wir können über wichtige Dinge sprechen, wenn wirklich alles so verdammt wichtig sein muss!"

„Das glaube ich ganz und gar nicht", erwiderte Aksel. „Ich brauche nichts von euch. Ich habe nie etwas von euch bekommen, und ich habe nichts zu geben. Wenn ich ehrlich sein soll, habe ich euch auch nie gemocht. Ihr tretet überall nach mir, verlangt Dinge und stellt Forderungen, als ob ich euch etwas schulde. Als ob ich eine Verpflichtung habe."

„Ja, du hast eine Verpflichtung", johlten sie im Chor. „Wenn du die Verpflichtung nicht anerkennst, dann bist du kein ordentlicher Mensch, dann bist du ein Geizkragen."

„Ja, ich bin geizig", sagte er. „Ich kann nichts geben, was ich niemals erhalten habe."

Da schwieg das Bauernheer lange und ausgiebig. Sie sahen einander an, tuschelten wie alte Weiber und griffen erneut an.

„Aber wir sind ordentliche Leute“, hörte er aus der hintersten Reihe. „Wir meinen es nur gut mit dir. Wir wollen bloß dafür sorgen, dass du dich als Teil dieser Familie fühlst. Zugehörigkeit ist eine wichtige Sache.“

„Ich möchte bloß in Frieden gelassen werden“, sagte er müde, „und das will Ellinor auch.“

Das Heer machte einen Schritt vorwärts, die Stiefelabsätze knallten wie bei der königlichen Garde.

„Dann glauben wir aber, dass mit euch etwas nicht stimmt“, riefen sie drohend. „Wenn ihr nicht die Regeln für üblichen Anstand befolgt.“

„Mit uns stimmt absolut etwas nicht“, bestätigte er, „aus Ellinor ist kein ordentlicher Mensch geworden, und aus mir auch nicht. Um ehrlich zu sein, hättet ihr mich mehr interessiert, wenn wir nicht verwandt wären. Dann hätte ich euch deutlich sehen können. Dann wäre ich nicht von mir selbst gestört worden, meiner eigenen Erscheinung, die ich überall in euren Gesichtern und Körpern sehe. Alles, was ich bin, quillt aus jeder eurer Poren hervor. Während ihr alles aus mir heraussaugt, von dem ich geglaubt habe, dass es nur mir allein gehört. Denn ihr habt bestimmt, dass es nicht meines ist, dass es in der Familie liegt.“

„Was quengelst du denn herum?“, schrie Tante Ruth. „Was hast du denn nicht bekommen?“

„Bedeutung. Das Gefühl, dass ich etwas wert bin.“

„Dass man für etwas keine Worte findet, bedeutet nicht, dass es nicht da ist“, sagte Signe.

„Also soll ich einfach vermuten, dass es da ist?“

„So leben alle Menschen.“

„Nein, zum Teufel, das tun sie nicht.“

Sie tuschelten wieder miteinander.

„Du musst Ellinor von uns grüßen!“, riefen sie. „Geht es ihr gut?“

Aksel antwortete nicht darauf. Die Wahrheit, nämlich dass es Ellinor eigentlich ziemlich schlecht ging, wollte er nicht sagen. Wenn er es laut sagte, würden sie die Hände über dem Kopf zusammenschlagen und rufen: „Oh nein, oh nein, ist das wirklich wahr? Wir wussten nicht, dass es so schlimm steht, wir erfahren ja nie etwas. Iris sagt immer, dass es euch beiden gut geht. Lügt sie denn?“

„Ja, sie lügt“, würde er sagen, „dass es nur so aus ihr rausläuft.“ Stattdessen antwortete er: „Wozu soll es gut sein, dass ihr eine Menge über Ellinor wisst? Das führt bloß dazu, dass ihr es Leuten weitererzählt, die wir nicht kennen.“

„Aber wir wollen euch so gern etwas bedeuten“, erklärte Tante Signe. „Wir wollen, dass ihr die Wärme von Verwandtschaft und Familie spüren könnt.“

„Ich kann keine Wärme spüren“, entgegnete er. „Die dringt nicht bis zu uns durch.“

Jetzt waren die Verwandten tief beleidigt. Weil es ihnen nicht gelang, etwas aus ihm herauszukitzeln, etwas

Hübsches, was sie bei der nächsten Konfirmation oder Hochzeit oder Beerdigung auftischen konnten.

Also kehrten sie ihm den Rücken zu und begannen, sich wieder zurückzuziehen.

Aksel rief ihnen ein letztes Mal hinterher.

„Ich will bloß etwas anderes sein. Etwas Neues."

„Und etwas Besseres, vielleicht?"

„Bloß etwas anderes", wiederholte er, „etwas, das niemand von euch vor mir gewesen ist."

„Ach du meine Güte! Hört ihr das, Kinder? Aksel will etwas Neues sein. Er strebt nach Einzigartigkeit! Haben wir dich daran gehindert, oder was?"

„Das habt ihr. Jedes Mal, wenn ich einen Schritt vorwärts gemacht habe, zieht ihr mich zwei Schritte zurück und sagt: ‚Du bist genau wie Annar und Gunnar und Sverre, das haben wir alles schon gesehen.'"

Cousin Arnfinn rief mit seiner hellen Stimme:

„Seid ihr zu fein für uns? Habt ihr Angst, dass wir nach Stall riechen?

Oder hast du ein schlechtes Gewissen wegen etwas, traust du dich deshalb nicht, mit uns zu sprechen? Hast du Angst, entlarvt zu werden?"

„Wir fühlen uns ganz und gar nicht fein", rief Aksel. „Ellinor auch nicht. Wir haben uns nie fein gefühlt!"

Er hielt sich die Hände vor das Gesicht und war kurz davor, in Tränen auszubrechen.

„Aber was soll aus dir werden, Aksel? Wenn du keiner von uns bist, dann verlangen wir eine Erklärung. Es geht um unsere Ehre und unsere Macht, und um den Ruf der Familie."

Tante Else war durch die Stille zu hören.

„An unserem Stammbaum hängen ein paar merkwürdige Früchte und schaukeln im Wind. Ich sage nichts mehr!"

Sie trampelten wieder zurück über die gefrorene Ebene. Das Gemurmel war wie Blasen unter Wasser, es stieg und sank, und sie schwangen ihre Hacken und Spaten und Vorschlaghämmer, während sie das alte Lied aus *Schneewittchen und die sieben Zwerge* sangen.

„Heiho, heiho.

Wir hacken und wir plagen uns den lieben langen Tag.

Wir graben, hacken pausenlos, so geht es Schlag auf Schlag."

Währenddessen wurden sie Richtung Horizont immer kleiner und sahen letztlich wie kleine, gebeugte Zwerge aus.

Aksel stand wieder wie gelähmt da. Und verfluchte sich selbst und seinen ererbten Geiz. Er hielt ihren Anblick nicht aus, aber trotzdem sehnte er sich danach, zu der großen Gruppe zu gehören. Er brachte es nicht fertig, sich zu öffnen, wagte es nicht, sich ohne seinen Panzer zu zeigen. Sie irritierten ihn, und er war neidisch auf sie und konnte es nicht ausstehen, dass es sie überhaupt gab, sie drangen in ihn ein wie ein Virus und machten ihn krank und elend.

Er schlenderte lange am Flussufer entlang und trat in den gefrorenen Boden auf der Jagd nach etwas Schönem. Bis er plötzlich etwas Kleines unter dem Eis entdeckte. Er ging in die Hocke, um es sich näher anzusehen. Es war eine kleine rote Figur mit ausgestreckten Armen, und es sah aus, als riefe sie um Hilfe. Sie könnte ein schönes Bild für die Sehnsucht des Menschen nach Wärme und Befreiung aus dem Eis abgeben. Er rieb mit der Hand über das Eis, um die weiße Reifschicht zu entfernen, damit die kleine Figur deutlich wurde. Es war ein Fruchtgummi-Mann. Ein wenig so, als sähe man Ellinor. Als sähe man alle Menschen, gefangen im Frost. Kräfte, die um keinen Preis entfesselt werden durften. Wie hätte das denn ausgesehen, was hätte Iris gesagt, es muss doch eine Art Ordnung geben. Einzelne Dinge müssen zurückgehalten werden, wie starke Gefühle, Freiheitsdrang, Verzweiflung, Wut, behaltet es für euch!

Er knipste viele Bilder. Er war ein ziemlich guter Fotograf. Manche würden den Fruchtgummi-Mann sehen, andere würden den eingesperrten Menschen sehen. Denn es gibt keine Einigkeit zwischen den Menschen, dachte Aksel. Unmöglich, sich irgendeiner Sache sicher zu sein, unmöglich, sich mit eigenen Erklärungen abzufinden, wenn es so viele gab.

The blood of the covenant is thicker than the water of the womb.

„Ach“, sagte sie. „Du bist es?“

Das Lächeln saß, der Hahn war schussbereit gespannt.

Sie begann, vom Weihnachtsabend zu sprechen und wie sie ihn verbringen sollten.

„Wir brauchen ja Essen“, begann sie, „es macht ja wohl nichts, wenn wir bloß zu zweit sind. Wenn es so ist, dass Ellinor krank ist.“

„*Wenn es so ist?*“

Er war unerwartet scharf.

Wer hatte bestimmt, dass er Jahr für Jahr hier sitzen und lügen musste, während er in seiner Fantasie Nadeln in seine eigene Mutter stach. Er hatte, in irgendeiner Weise, einst zu diesem alten Menschen gehört, jetzt wollte sie zu ihm gehören. Und woher kam diese Angst, die in ihm zu brodeln begann, sobald er den Gedanken dachte, fernzubleiben, nicht mehr zu kommen? Anrufe nicht anzunehmen, sich einfach von der Gewissheit zu ernähren, dass sie litt, dass sie in rastlosen Kreisen umherging, während sie langsam zu der Erkenntnis kam, dass sie sich geirrt hatte?

Wer hatte bestimmt. Wie genau waren sie verbunden, und woraus bestanden diese Bindungen, wenn es nicht um Liebe und Wohlwollen ging?

Aksel hatte Lust, ihr eine Lüge aufzutischen. Eine, die schmerzte. Die Eiseskälte durch sie hindurchfegen ließ und ein Vorbote der schweren Einsamkeit war, die bevorstand, wenn die Glocken das Weihnachtsfest einläuteten.

„Ich bin aber bei Frede Brenna eingeladen", sagte er.

Die Worte fielen so leicht, so nebenher, etwas, das nur ihn selbst betraf.

Sie sah ihn mit großen Augen an.

„Am Weihnachtsabend? Also hast du zugesagt? Ist seine Frau nicht aus dem Westen? Dann gibt es wohl Hammeleintopf."

„Hammeleintopf ist gut", antwortete er und schnalzte mit der Zunge.

„Aber Weihnachten ist nun mal zuallererst ein Familienfest", meinte sie.

„Wer sagt das?"

„Ich bitte dich, das ist etwas, das alle wissen."

„Heutzutage gibt es alle Arten von Beisammensein", erklärte er, „heutzutage kann man selbst wählen."

„Aber willst du am Weihnachtsabend wirklich bei einer fremden Familie sitzen? Mit Kleinkindern und so? Und Gequengel und Gehetze?"

„Es sind keine Fremden", erwiderte er.

Sie blickte hinunter auf die Hände in ihrem Schoß. Sie sah, dass der Sohn ablegte, dass er dabei war, in ein Land auf der anderen Seite zu verschwinden, zu dem sie keinen Zugang hatte.

„Blut ist dicker als Wasser", sagte sie mit einem schiefen Lächeln.

Sie dachte gewiss, dass diese alte Redewendung zur Verpflichtung gegenüber der Familie von Nutzen sein würde. Dass es fast schon ein geschriebenes Gesetz, ein Befehl war, dass er sie an Weihnachten zum Essen einladen und am Abend wieder nach Hause fahren, sie am Arm nehmen und sie ins Haus bringen musste. Und ihren Mantel aufhängen und für das Beisammensein danken und ihr aus dem Auto zuwinken musste. Aber er brachte es nicht einmal fertig, sie zu berühren oder ihr gar nahe zu sein.

„Das stimmt nicht", sagte er.

„Was stimmt nicht?"

„Blut ist natürlich dicker als Wasser, aber es geht nicht um das Blut der Familie."

Sie sah ihn zweifelnd an. Das Sprichwort war wie in Stein gemeißelt, was meinte er eigentlich?

Er deklamierte das ursprüngliche Sprichwort in Gänze, mit übertriebener Deutlichkeit.

The blood of the covenant is thicker than the water of the womb.

Sie sah ihn an, ohne zu verstehen.

„Soll ich es dir übersetzen?"

„Du brauchst mich nicht zu behandeln, als ob ich dumm wäre, auch wenn ich kein Englisch kann", sagte sie beleidigt.

„Diejenigen, mit denen wir zusammen kämpfen und bluten, sind wichtiger als diejenigen, mit denen wir verwandt sind. Wie Kameraden auf dem Schlachtfeld oder der Pakt zwischen Freunden. Die Genetik kommt an zweiter Stelle. Und bekommt wohl nur Bedeutung, wenn man überhaupt keine ordentlichen Freunde hat, oder wenn es um einen finanziellen Vorteil in Form eines Erbes geht, oder sie dient als Schutz, wenn man von außen angegriffen wird. Oder als eine Erklärung für eigene Unzulänglichkeiten. Begreifst du, wovon ich spreche?"

Sie war nach wie vor verwirrt. Er redete so schnell und so viel, dass sie es nicht verstand. Aber ein paar Geräusche kamen dennoch von ihr, denn es musste Rotz durch die Nase hochgezogen, Spucke geschluckt und der Belag im Hals weggeräuspert werden. Der Sohn hatte begonnen, eine andere Sprache zu sprechen. Den Zusammenhang verstand sie nicht, pflückte aber einzelne Worte heraus, wie „Vorteil" und „Unzulänglichkeit".

Dann war die Redewendung vom Blut doch zu nichts zu gebrauchen, und sie wurde traurig und still. Es waren vielleicht nicht die Worte an sich, sondern weil sie ahnte, dass das Leben, so wie sie es kannte, vorüber war. Die

Autorität, die sie immer gehabt hatte, zerfloss. Der Sohn, den sie zu kennen glaubte, der defensive, gehorsame, war ein anderer geworden.

„Es ist bloß so, dass die Leute fragen", jammerte sie. „Signe und die, und Gjertrud und Sverre. Sie fragen, wo ich Weihnachten verbringen werde."

„Also die fragen, ja? Kann ich mir vorstellen. Bedeutet es denn so viel, was andere meinen?", fragte er. „Die Leute haben zu allem eine Meinung. Sie reden über uns und flüstern und tuscheln und ziehen Schlussfolgerungen, wer wir sind und was wir tun. Und sie lügen und munkeln und verbreiten es weiter. Lass sie nur weitermachen."

Sie öffnete den Tabak, grub die Finger hinein und zupfte sich ein Rizla-Papier heraus.

„Es ist doch normal, dass man sich die Meinung der Leute zu Herzen nimmt", verteidigte sie sich.

„Ich habe noch nicht zugesagt", sagte er leichthin. „Frede und denen."

„Du hast nicht zugesagt? Aber dann ist es ja offen."

„Ich treffe Frede heute Abend in der *Galeere.*"

Die rot geschrubbten Hände in ihrem Schoß irritierten ihn grenzenlos. Dass sie keinen Geruch hatte, keinen Glanz, keine Form von Strahlung aussandte, etwas, das er auffangen, beantworten und zurücksenden konnte. Sie saß da und druckste mit straffen Lippen herum. Ohne ein Wort zu äußern, zwang sie sich ihm auf, mit einer solchen Kraft, dass er sie überall spürte.

„Ich werde auch nicht gerade jünger", sagte sie verletzt. „Vielleicht ist es das letzte Weihnachten."

„Ja, vielleicht", erwiderte er.

Er fragte, wobei sie Hilfe benötigte. Aber jetzt war für sie alles zum Stillstand gekommen.

„Nein, nichts, das eilt", sagte sie kleinlaut. „Wir können doch einfach so zusammen sein. Du musst nicht jedes Mal, wenn du hier bist, nützlich sein."

Er legte die Hände auf die Armlehnen und wollte sich sofort aus dem Staub machen. „Dann werde ich mal abhauen", entschied er.

„Du fährst doch wohl nicht Auto, wenn du in die Kneipe gehst?", fragte sie ängstlich. „Die Leute werden es sofort erfahren, wenn du mit Alkohol erwischt wirst."

„Werden sie das?", fragte er. „Das wäre fürchterlich, wenn die Leute etwas erfahren. Ich nehme den Bus ins Zentrum und fahre mit dem Taxi wieder nach Hause. Brauchst du noch mehr Versicherungen?"

„Ihr seid immer so empfindlich", platzte es aus ihr heraus. „Ich kann kaum mehr etwas sagen, ohne dass ihr gleich beleidigt seid. Sitzt da mit leidendem Blick, man möchte glauben, ich hätte euch geschlagen."

Sie sah traurig aus. Vielleicht hatte sie sich doch noch ein paar Gedanken gemacht, und Schuld auf sich genommen, sie hatte eine Mimik, die weder das eine noch das andere war, das Gesicht war gleichzeitig straff und gummiartig.

„Wenn die Kinder auf Abwege geraten, sind die Eltern die Leidtragenden“, sagte sie.

„Ich bin nicht auf Abwegen“, erwiderte er.

„Erinnerst du dich an Arne Treholt?“, fragte sie mit einem Mal. „Ich habe so sehr an Arne Treholt gedacht.“

„Treholt?“

Er runzelte die Stirn.

„Alle haben von seiner armen Frau gesprochen und wie schrecklich es für sie war, dass er wegen Spionage verurteilt worden war, aber ich dachte hauptsächlich an den Vater. All das, was der alte Torstein an Scham und Erniedrigung durchmachen musste.“

Aksel lächelte erschöpft.

„Hast du Angst, dass ich zu spionieren beginne?“

Sie verlor den Faden dessen, was sie erzählen wollte. Sie konnte sich nicht erinnern, wie sie auf Spionage gekommen war, also machte sie in einer anderen Richtung weiter.

„Und der Älteste von John und Bergit hat bei der Arbeit Geld unterschlagen und musste vier Jahre absitzen“, sagte sie. „Bergit war danach nie mehr dieselbe.“

Nun sah sie wirklich betrübt aus. Und sie schwieg viel länger als gewöhnlich. Dann schien ihr plötzlich etwas einzufallen, denn sie erhob sich und ging in die Küche, öffnete eine Schublade, wühlte ein bisschen herum und kam mit einer blauen Schachtel wieder zurück.

„Nachdem wir am Weihnachtsabend nicht zusammen sein werden, kannst du das hier ja gleich bekommen, das ist von Annar. Er hat es vor vielen Jahren als Konfirmationsgeschenk von einem Großonkel bekommen, der viel auf Reisen war. In Asien und so."

Aksel betrachtete die Schachtel. Sie war himmelblau mit zierlichen Goldbuchstaben auf dem Deckel.

„Siehst du, dass da AA steht?", sagte sie voller Eifer. „Das könntest ja auch du sein. Auch wenn du Aksel Normann Adelson heißt, aber das weiß ja eh fast niemand. Und du verwendest doch nie deinen ganzen Namen, oder etwa doch?"

„Bloß, wenn es bitterer Ernst ist", sagte er. „Wenn die Polizei kommt, um mich wegen Spionage festzunehmen, oder so."

Die Schachtel wog nicht viel. Im Deckel unter den Goldbuchstaben eingeprägt stand das Wort Nakimi. Er dachte, dass es vielleicht Manschettenknöpfe waren, oder etwas anderes, was niemals benutzt werden würde.

„Ich habe es nicht eingepackt, aber das macht wohl nichts. Er ist handgemacht", sagte sie. „Aus Japan. Ebonit."

„Ebonit?"

Er öffnete die Schachtel. Auf einem Bett aus weißer Seide lag ein Füllfederhalter mit Goldspitze und Blumendekor. Eine kleine Karte war beigelegt. Nakimi. *Cherry Blossom*.

„Denn du kannst ja schreiben", sagte sie. „Annar wollte ihn nie verwenden, er fand ihn so affektiert."

Aksel starrte den Füller hingerissen an. Er hatte noch nie etwas von Nakimi gehört, aber es war nicht schwer zu erkennen, dass er exklusiv war.

„Meine Güte!“, rutschte es ihm heraus. „Nicht schlecht!“

Mehr brachte er nicht heraus. Aber es kam spontan und war daher echt, dachte er. Er nahm den Füller aus der Schachtel und hielt ihn in der Hand. Er war schwarz, der Schlitz und die Kirschblüten waren gelb.

„Nicht schlecht“, wiederholte er und nickte.

Sie lächelte schief.

„Er hätte ja eingepackt sein sollen“, sagte sie, „Weihnachtspapier und ein Geschenkanhänger und bunte Bänder und so. Aber nachdem wir am Weihnachtsabend nicht zusammen sein werden …“

Sie ließ die Worte in der Luft hängen.

Ihm fiel nichts ein, was er sagen konnte. Bloß Nichtigkeiten zum Abschied, von der Art, die nichts zu bedeuten hatte. Er wollte raus aus dem Haus, um zu atmen. Sich ins Auto setzen, wegfahren und sie hinter sich lassen.

„Ja, ja“, sagte sie, „wir sprechen uns wohl noch. Richte Ellinor einen schönen Gruß aus. Es ist ja noch nicht richtig Weihnachten, vielleicht wird sie gesundgeschrieben, wir finden wohl eine Lösung.“

Also hatte sie doch noch die Hoffnung auf ein althergebrachtes Weihnachten mit der Familie. Wenn sie es bloß häufig genug sagte, würde sie bekommen, was sie wollte, und Aksel dachte: Vielleicht stirbst du vor Weihnachten, wenn ich den Gedanken häufig genug denke, bekomme ich, was ich will.

Sobald er in der Kurve verschwunden war und sie das Auto nicht mehr sehen konnte, hielt er an. Er zog das Handy heraus, googelte das Wort Nakimi und las über den handgemachten, japanischen Füllfederhalter. Er las lange und ausgiebig. Und ihm wurde klar, dass der Füller etwas Seltenes und Einzigartiges war, was nicht viele besaßen. Und er hatte nicht einmal gedankt, hatte nicht gesagt: „Vielen Dank, Mama, vielen herzlichen Dank! Der ist ja ausgesprochen schön."

Denn es war angebracht, zu danken, insbesondere, wenn das Geschenk so exklusiv war wie dieses. Es wurde von ihm erwartet. Es gehörte zum üblichen Anstand, und er hatte Anstand. Doch er hatte die Worte nicht herausgebracht, sie waren ihm überhaupt noch nie über die Zunge gekommen, und sie kannten wohl auch nicht den Weg. Die Worte würden zu einer Unordnung in seiner Bilanz führen und zu einer erheblichen Schwächung der Verteidigung, die er während eines ganzen Lebens so mühsam aufgebaut hatte. Wie ermüdend dieses Zählwerk doch war, das tickte und jedes Mal lief, wenn sie zusammen waren. Jedes Mal, wenn sie etwas sagte, zählte er hinzu oder zog ab, und sie tat dasselbe, während sie beide fieberhaft im Kopf rechneten, ob sie im Plus oder Minus waren.

Nakimi Cherry Blossom. Sie hatte auf einen Augenblick wie diesen gewartet, und sobald sie in all ihrem Schrecken begriffen hatte, dass sie am Weihnachtsabend allein bleiben würde, während die Kirchenglocken das Weihnachtsfest einläuteten, hatte sie den Füller hervorgeholt, um ihn ins Minus zu bringen. Vermutlich machte es *Pling*, wie in einer alten Registrierkasse, als sie ihm das Geschenk überreichte.

Wie erschöpfend es war, alle Dinge aufzurechnen, da blieben kaum noch Kräfte zum Leben. Er fuhr weiter in Richtung Zentrum und blieb am Tor zum Bethaus stehen, weil er dort einen Abfalleimer entdeckte. Er zog den Füller heraus und bewunderte ihn lange, steckte ihn in die Tasche und warf die Schachtel mit den Initialen des Vaters in den grünen Eimer.

Minus elf, an diesem beißenden Abend im Dezember.

Aksel trug eine lange Daunenjacke mit vielen Taschen, die signalisierte, dass er ein Raubein war, ein Abenteurer, der mit den Elementen vertraut ist, ein Mann, der so manche Winternacht draußen verbracht hat und der keine wilden Tiere fürchtet. Hatte er vielleicht sogar schon einen Wolf getötet und ihn sich um den Hals gelegt?

Er mühte sich eine Weile mit den Haaren ab. Sie sollten oben hochstehen, und er brauchte viel Schaum, bis es ihm gelang. Dann ging er die fünf Minuten zur Bushaltestelle. Die Kälte kroch in seinen Körper, durch die Nase und die Augen, die glänzend wurden. Nach zwanzig Minuten war der Bus im Zentrum. Aksel überquerte den gepflasterten Markt und entdeckte Frede Brenna, der beim Eingang wartete.

„Canada Goose", sagte er. „Diese Jacken sind ja ziemlich teuer."

„Zehntausend im Laden", erklärte Aksel. „Elfhundert bei der Fundsachenauktion der Polizei."

Dann gingen sie rein in die Wärme und setzten sich an einem Fenstertisch. Jemand lachte hinten im Lokal, ein warmes, einladendes Lachen unter fröhlichen Männern.

„Die Polen von Hellefors", sagte Frede. „Sie haben wohl ihren Lohn bekommen oder so."

Aksel sah ihn freundlich fragend an.

„Erzähl doch vom Begräbnis, erzähl, wie es lief." Frede sammelte sich und legte los.

„Wir sind zeitig zur Kirche gefahren. Und ich habe die Mädchen gefragt, ob sie die Großmutter vielleicht im Sarg sehen wollten, und das wollten sie tatsächlich. Ein bisschen Neugier und ein bisschen Schrecken vermutlich, aber der Tod soll doch auch nichts Geheimnisvolles sein. Frida, die Mutigere von den beiden, hat sogar vorsichtig ihre Hand ausgestreckt und Mama an der Wange getätschelt. Sie war natürlich kalt wie Eis, und Frida erschreckte sich so sehr, dass sie kurz nach Luft schnappte. Ich habe dann erklärt, dass sie lange in einem Kühlraum gelegen hatte, und das mit dem Kühlraum war für sie viel schlimmer als die Tatsache, dass sie in die Erde sollte, glaube ich, also habe ich schnell hinterhergeschoben, dass es unten in der Erde warm ist, und das stimmt ja auch fast, zumindest wenn man tief genug nach unten kommt."

Aksel war ein höflicher Zuhörer und nahm jedes einzelne Wort in sich auf.

„Der Tod hat etwas", sagte Frede, „ich hatte irgendwie Angst, als sie den Deckel abnahmen. Aber als ich sie dort sah, war es einfach in Ordnung."

„Was heißt in Ordnung?", wollte Aksel wissen.

„Wir werden ja geholt", sagte Frede, „von etwas, das größer als wir selbst ist. Und da fühle ich mich klein, und ich mag es, mich klein zu fühlen. Ein bisschen so, wie wenn man am Meer steht oder unter den Sternen."

Eine neue Welle des Lachens rauschte im selben Moment durch das Lokal, gefolgt von klirrenden Gläsern und trampelnden Füßen. Wie fröhlich sie da drinnen waren, die Polen, so vertraut, so eingelebt, so obenauf und im Einklang, so reich an den wichtigen Dingen, dachte Aksel.

„Wie oft gehst du eigentlich zu ihrem Grab?", fragte er.

„Jeden Tag."

„Jeden Tag?"

„Ich stelle mir vor, dass sie es spürt, wenn ich nicht komme."

„Aber du kannst doch nicht den Rest deines Lebens jeden Tag zu ihrem Grab gehen?", entfuhr es Aksel. „Früher oder später musst du wohl damit aufhören."

„Muss ich das?"

Frede schüttelte den Kopf. Das etwas zu lange Haar fiel ihm über die Ohren.

„Und was ist mit dir? Gehst du zum Grab deines Vaters?"

„Nie", sagte Aksel.

„Nie?"

„Er hat mir nichts bedeutet. Er war bloß ein Schatten, der in den Ecken herumschlich und uns überwachte. Du gehst doch wohl auch nicht zum Grab fremder Menschen?"

Frede hielt mit beiden Händen sein Bierglas.

„Aber wirst du zum Grab deiner Mutter gehen?"

Da erstrahlte Aksel in einem breiten Lächeln.

„Jeden Tag", sagte er. „Ich werde dorthin gehen, um zu tanzen."

„Aha", murmelte Frede, „das ist ziemlich schlimm."

Aksel blickte in sein Bier, ein paar Muskeln verspannten sich im Kiefer.

„Ich habe nie um viel gebeten", sagte er. „Aber wenn man ein kleiner Junge ist, und vielleicht lange draußen gewesen ist, bei jedem Wetter, und nass und kalt und hungrig ist, dann hofft man so sehr, dass die Mutter sich freut, wenn man wieder heimkommt, oder etwa nicht? Aber es passte sozusagen nie, dass wir kamen. Dass wir da waren, dass wir nach Dingen fragten und Dinge brauchten oder uns Dinge wünschten."

Frede schwieg lange Zeit. Er ließ seinen Blick durch das Lokal schweifen und blieb am Bartresen hängen, wo Isac Bier zapfte.

„Die Blonde da drüben ist nett."
„Was?"
Aksel folgte seinem Blick.
„Die mit dem Pferdeschwanz, die mit Isac flirtet. Probier es doch mit ihr und gründe eine Familie. Also deine Mutter hat viele Fehler gemacht, und dein Vater hat überhaupt nichts gemacht, dann legst du dir eine Frau und Kinder zu und machst es besser als sie."
„Dafür ist kein Platz", sagte Aksel rasch.
„In deiner Wohnung?"
„Dafür ist kein Platz in meinem Leben, ich muss mich um Ellinor kümmern."
„Aber doch wohl nicht die ganze Zeit?"
Aksel klopfte sich mit einem Fingerknöchel gegen den Schädel.
„Ein Raum hier drinnen ist immer von Ellinor besetzt. Ich höre sie Tag und Nacht, sie nimmt viel Platz ein."
„Was tut sie denn da drinnen?"
„Sie lärmt."
Aksel nahm einen Riesenschluck von seinem Bier.
„Ich laufe immer herum und warte auf einen Anruf, von der Polizei oder vom Krankenhaus, dass ich sofort kommen muss, weil Ellinor sich etwas ganz Verrücktes hat einfallen lassen."
„Verstehe", sagte Frede ernst. „Aber es ist doch nicht ganz gerecht, dass sie dein ganzes Leben in Beschlag nimmt? Wenn du nicht all das mit deiner Schwester

gehabt hättest, dann hättest du schon längst deine eigene Familie, nicht wahr?"

„Ich weiß nicht, wie man das anstellt", antwortete Aksel verschämt.

Frede lachte.

„So viele Möglichkeiten gibt es da nicht. Sieh dir die mit den blonden Haaren doch einmal an, sie hat sich zweimal umgedreht und zu dir rübergeschaut."

„Auf keinen Fall."

„Doch, das hat sie."

Aksel betrachtete die Blonde.

„Aber du möchtest nicht in die Ehefalle?", fragte Frede.

Aksel nahm einen Pfefferstreuer und klopfte damit auf die Tischplatte. Er konnte es nicht ausstehen, an all das zu denken, was ohne Mutter und Ellinor möglich gewesen wäre. Über die Zukunft hatte er sich kaum irgendwelche Gedanken gemacht. Wozu auch? Vor jedem Schritt musste er Vermutungen anstellen, der Ausgang war unvorhersehbar. Unmöglich, Pläne zu machen oder sich etwas zu wünschen, der nächste Tag hatte bestimmt wieder eine andere Farbe, und er stürzte in fremden Federn hinterher. Aber mit seiner Schwester gab es dennoch etwas Schönes, eine Art Kameradschaft, die zwischen ihnen erwachsen war. Die beiden hatten sich von Gequengel und Gelärme, den Erwartungen der Gesellschaft und den Meinungen anderer zurückgezogen und in einer Pannenbucht zueinandergefunden.

Frede lehnte sich vor.

„Aber Essen und Bekleidung und solche Dinge, waren die bei euch in Ordnung?"

„Nahrhafte Kost", sagte Aksel. „Jedes Essen von Grund auf gemacht. Vitamine und saubere Kleidung und strahlend geputzte Fenster."

„Aber das sind doch die wichtigsten Dinge", meinte Frede, „und wenn die wichtigen Dinge stimmen …"

„Ja, was ist dann?"

Aksel klopfte wieder mit dem Pfefferstreuer.

„Dann hat man den besten Ausgangspunkt, um sich selbst zu finden."

„Wenn es dir so schwerfällt, es zu begreifen …"

Aksel wurde strenger.

„Dann stell dir mal Folgendes vor: Du hast dein ganzes Leben in Farbe gelebt, ich sehe es in deinen Augen, und ich höre es an deiner Stimme. Ellinor und ich wuchsen in Schwarz-Weiß auf. Das ist eine eigene Form der Armut. Du bist es, der die Mütter als eine Selbstverständlichkeit ansieht, Frede."

„Ja, ist sie denn zornig, oder was?"

„Zornig?" Aksel räusperte sich entmutigt. „Zorn ist eine ehrenhafte Sache, etwas Ehrliches und Wahres. Etwas, wozu man Stellung beziehen und worauf man reagieren kann. Aber sie sendet nichts aus. Denk an einen Menschen, den du kennst. Sobald du an ihn denkst, taucht etwas auf, ein Bild, eine Farbe oder ein Gefühl.

Eine Art von Strahlung, nicht wahr? Aber sie sendet keine Strahlung aus."

Aksel sah zum Fenster hinaus auf den dunklen Marktplatz.

„Manchmal denke ich, wenn ich nicht bei ihr bin, dann gibt es sie nicht", sagte er. „Sie schaltet sich ein, wenn ich an ihrer Tür stehe, und schaltet sich wieder aus, wenn ich gehe. Ich bin mir nicht sicher, ob in ihrem Kopf überhaupt etwas vor sich geht. Arme und Beine tun, was sie tun sollen, aber sie sind wie auf Autopilot geschaltet."

„Vielleicht hat ein Alien aus dem All ihren Körper übernommen", sagte Frede.

„Das ist gar nicht so verrückt gedacht", meinte Aksel.

„Aber was ist am Weihnachtsabend? Lädst du sie ein?"

„Wenn sie so lange lebt", wandte Aksel mit einem schmalen Lächeln ein. „Vielleicht stürzt sie eine Treppe hinunter und bricht sich den Hals."

„Ja", sagte Frede, „vielleicht stürzt sie eine Treppe hinunter, das soll ja schon passiert sein. Adelson, du bist eigentlich ziemlich böse."

Sie prosteten sich zu und tranken.

Eine neue Welle des Lachens strömte durch das Lokal, noch herzlicher und noch lauter. Das Geräusch drang in Aksels Gehörgänge wie eine unangenehme Erinnerung an alles, was er nicht hatte. Er mochte es, in der *Galeere* zu sein, in der Wärme von anderen Menschen zu sitzen, zwischen Stimmengewirr und dem Schaben von Stühlen und Anstoßen mit Gläsern. Aber er mochte es nicht, wenn Leute auf diese Weise lachten, so hemmungslos wild und lärmend. Es war, als ob sie sich in ihn hineinpressten, sich in seinen Kopf zwängten und dort drinnen weiter dröhnten und lachten, ohne dass er es stoppen konnte.

Endlich aus sich selbst und dem eigenen tristen Dasein auszubrechen, das musste die größte Form von Freiheit sein, dachte er. Vielleicht hatte der Verrückte aus der Finnmark auf diese Weise gedacht, als er das Messer hob und es seiner Frau hineinrammte.

„Hasst du sie?", fragte Frede.

„Hass ist rein und stark", sagte Aksel dramatisch, „ich glaube nicht, dass meine Gedanken rein und stark sind."

„Also sind sie schmutzig und schwach?"

„Das Problem ist eher, dass ich nicht weiß, was ich überhaupt fühlen soll, denn es ist so viel auf einmal. Mit jedem Augenblick, den ich in ihrem Haus verbringe, löse ich mich ein wenig auf, und Ellinor trifft sie gar nicht."

Frede wollte das Gesagte mit einem Lächeln abmildern. Die Vorderzähne waren bemerkenswert weiß, vielleicht aus Kunststoff oder Porzellan.

„Wir nehmen noch eine Runde, oder?"

Aksel ging zum Bartresen, um zwei Bier zu holen. Von dort, wo er stand, blickte er zu den vier Polen, die in einem Kreis aus Licht eng zusammensaßen. Sie waren umgeben von einer Aura aus Glück und Freude. Aksel überlegte: Was wäre, wenn ich jetzt zu ihnen ginge und mich an den Tisch setzte, würde ich dann augenblicklich von all dieser Wärme umschlossen werden? Würde ich auf dieselbe Weise beleuchtet werden, ist die Zugehörigkeit etwas, die ich betreten und wieder verlassen kann? Oder ist sie etwas, das man sich mit der Zeit erarbeiten muss und das nur existiert, wenn wir zusammen sind? Oder sind die Wärme und das Licht vielleicht etwas, das ich mit nach Hause in den Turm nehmen kann, wie eine Glut in einer Glutkammer?

Plötzlich kam einer der Polen an die Bar. Ein kompakter und muskulöser Mann mit Armen wie schwere Keulen, die Haare zu einer struppigen Bürste geschnitten. Aksel war vor ihm in der Schlange, er fummelte die Visakarte aus der Brieftasche und wollte bestellen, als ihm der Pole zuvorkam.

„*Vodka-shots and beer for the boys!*“

Er machte sich am Tresen breit. Vier Finger in die Luft, ein Nicken hinüber zum Tisch und einen Blick auf Aksel, der sagte: „Ist die Welt nicht ein ganz fantastischer Ort?“

Aksel hatte den starken Drang, sich aufzuspielen, und das war auch sein gutes Recht, also wählte er das Erstbeste, was ihm einfiel.

„Jetzt mal ganz ruhig.“

Der Pole verstand wohl kaum ein Wort, aber als ein intelligenter und hart arbeitender Mann fiel es ihm nicht schwer, die Energie in Aksels Befehl zu erkennen. Und er war in großzügiger Laune. Er wollte die gute Stimmung bewahren, in der er sich den ganzen Abend befunden hatte, also lehnte er sich vor und verwuschelte Aksel lange und ausgiebig das Haar, bis es wie ein trockenes Büschel zusammenfiel.

„*My man!*“, johlte er. „*Happy New Year!*“

Aksel stand steif da und sah zu, während Isac Bier zapfte und Wodka eingoss. Der Pole bezahlte und hob das Tablett hoch, vier große und vier kleine Gläser, ehe er eine Drehung machte, um wieder zurückzugehen. Dabei streifte er Aksel jedoch, sodass ein Halbliterglas umfiel und sich auf Aksels Stiefel ergoss.

„Jetzt entspann dich mal!“

„*Sorry, man, sorry! Happy New Year!*“

Der Mann hatte sogar das Selbstvertrauen, sich noch einmal vor Aksel zu drängen, er verlangte einen neuen halben Liter und ging vergnügt zurück zu den anderen.

Aksel bekam seine zwei Gläser. Jetzt wurde da drin gemeinsam gesungen, polnische Trinklieder.

„Verdammt, Mann“, sagte Frede, „was war denn das?“

Aksel stellte das Bier auf den Tisch.

„Frechheit“, zischte er.

„Ob die wohl morgen aus dem Bett kommen?“

„Das bezweifle ich.“

Er griff wieder nach dem Pfefferstreuer und klopfte mit ihm ein paar Mal hart auf den Tisch.

„Aber was hat er denn gesagt?“

„*Happy New Year.*“

„Ist das nicht ein bisschen früh?“

„Manche Menschen setzen die Zukunft als Selbstverständlichkeit voraus. Sie leben nur im Hier und Jetzt, wie kleine Kinder.“

Gegen Mitternacht brachen sie auf. Aksel zog die Outdoorjacke an und schob den Stuhl an seinen Platz. Die Kälte ließ ihre Wangen brennen, sobald sie nach draußen kamen.

Mit hochgezogenen Schultern und abgewandten Blicken standen sie da und redeten ein wenig. Etwas musste zum Abschied gesagt werden, um den Abend abzurunden und ihm einen Namen zu geben.

„Ich bekomme noch den letzten Bus“, sagte Frede.

„Ich glaub, ich nehm ein Taxi“, erwiderte Aksel.

„Nichts währt ewig“, meinte Frede, „auch nicht deine Mutter.“

Aksel stampfte mit den Füßen auf das Pflaster.

„Man kann sich nie sicher sein, wenn es um Wesen aus dem All geht“, antwortete er, „die können mehrere Generationen lang durchhalten.“

Frede lachte kurz auf. Das Abrunden war gelungen. Dann boxte er Aksel gegen die Brust und sagte in einem belehrenden Tonfall:

„Das meiste im Leben müssen wir selbst regeln.“

Dann schlenderte er über den Marktplatz davon, die Hände tief in den Taschen vergraben. Aksel blieb stehen und sah ihm nach, bis er in der Dunkelheit verschwunden war. Frede Brenna war ein stämmiger Mann, mit kurzen Armen und Beinen. Er ging mit nach innen gedrehten Füßen, nach vorn gebeugt und mit raschen Schritten, wie eine alte Frau, wenn sie spät dran ist.

„Du verwöhnter Welpe", murmelte er vor sich hin. „Du selbstzufriedener kleiner Nager."

Er stülpte sich die Kapuze über und zog sich den Wolfspelz rund um das Gesicht zurecht, duckte sich und begann, in die entgegengesetzte Richtung zu gehen.

*

Wie lang ist die Nacht. Manchmal eine kurzzeitige Verdunkelung, andere Male eine lange Reise, in weite Ferne oder in große Tiefe. In fremde Räume mit fremden Menschen, flimmernden, verdrehten Gesichtern, die vorbeiziehen, und eigenartigen Geräuschen.

Aksel lag eine Weile da und lauschte, während sein Gehirn mit dem Geräusch beschäftigt war. Ein Summen, das kam und ging, vielleicht etwas beim Nachbarn, oder ein Gerät, das sich draußen in der Küche ein- und ausschaltete.

Er fuchtelte mit der Hand herum, stieß das Handy auf den Boden, schimpfte und fluchte und beugte sich über die Bettkante nach unten. Das war Wessel, der ihn anrief. Aksel entschied sich dafür, ihn zu ignorieren. Der

Chefredakteur würde es in ein paar Minuten ohnehin wieder versuchen, und er brauchte noch einen Moment.

Er blickte auf seine Armbanduhr. Eine alte, mechanische Uhr mit dem Bild des Kosmonauten Juri Gagarin und der Raumkapsel Wostok, was „Osten" bedeutet, und die einer Wespe mit goldfarbenem Körper, Fühlern und Beinen ähnelte. Darunter standen in Rot die Buchstaben CCCP. Die Uhr war aus einem Online-Shop in der Ukraine: Soviet Watch.

Aksel gefiel es sehr, dass man die Uhr aufziehen musste. Jeden Morgen drehte er sieben, acht Mal an dem kleinen Rädchen. Er spielte hin und wieder mit dem Gedanken, den Tag und all seine Tätigkeiten auszulassen, indem er sie nicht aufzog. Dann würde die Zeit stehen bleiben, und er könnte selbst bestimmen, wann er wieder in Schwung kommen wollte. Vorläufig wollte er nicht in Schwung kommen. Er lag unbeweglich im Bett, flach auf dem Rücken, die Arme an den Seiten. Und dachte an Ellinor. Er hoffte, dass sie schlief. Wenn sie schlief, hatte sie Frieden.

Schließlich schwang er die Füße auf den Boden. Saß mit hängendem Kopf auf der Bettkante und fühlte sich ein wenig wie der Elch Maud. *Gib mir einfach eine Kugel.*

Wessel rief zum zweiten Mal an. Tempo und Intensität lagen in der Stimme, ein gebieterischer Ton, dem sich Aksel beugen musste.

„Bist du wach? Hab es mehrmals bei Frede versucht, aber er geht nicht ran."

„Wir waren gestern in der *Galeere*."

„Auf Hellefors ist etwas passiert. Komm in die Puschen."

„Es ist was passiert? Was denn?"

„Weiß auch nicht mehr", sagte Wessel, „aber dort oben ist ziemlich was los. Polizei und Rettungswagen vermutlich, viel Blaulicht. Du kennst doch Hellefors, oder?"

„Brennt es?", fragte Aksel. Er hatte sich endlich in eine aufrechte Position gebracht.

„Glaube nicht, dass es brennt, nein, aber es wurde ein Leichenwagen auf dem Weg dorthin gesehen."

„Ist Hellefors tot? Wobei … Wenn jemand gestorben ist, dann doch eher seine Mutter. Die ist weit über neunzig."

Er griff nach dem Hemd, das auf einem Stuhl lag.

„Es ist aber doch wohl nicht seine Frau, oder? Anne Marie? Und warum Polizei?"

Aber Wessel konnte nicht mehr berichten. Aksel zog sich an, brachte seine sowjetische Armbanduhr in Schwung, griff sich die Outdoor-Jacke vom Haken, stieg in die Winterstiefel, die Bierspritzer aufwiesen, und schnappte sich auf dem Weg hinaus die Kamera. Aksel kannte Hellefors, seit er ein Junge war. Er war dort oben im Heu herumgesprungen, und Ellinor hatte mit den Kätzchen gespielt und Ferkel in ihrem Puppenwagen herumgefahren. Nicht-Rolf und Dickerchen waren dort oft zum Kirschenklauen gewesen. Waren in die hohen Bäume bis ganz nach oben geklettert, während der Landwirt selbst, der schon über siebzig war, am Fenster stand und grinste.

Die Mutter war dort gewesen und hatte Eier gekauft, und der Vater hatte Birkenholz für den Kaminofen von Jøtul geholt.

Er ging hinaus in die Kälte und startete den Volvo, drehte die Heizung voll auf, stieg wieder aus und kratzte Eis von der Scheibe. Während er durch die Landgemeinde fuhr, dachte er an Hellefors, so wie er ihn in Erinnerung hatte. Ein kleiner und breiter Mann mit schweren Pranken und eisengrauem Haar. Und seine Frau Anne Marie mit blonden Locken. Die Söhne waren schon längst erwachsen und ausgezogen.

Auf dem Asphalt lag ein dünner Film aus Eis, und die Reifen hatten kaum Grip. Auf halbem Weg kam er ins Rutschen, korrigierte es aber schnell wieder. Er war ein defensiver Fahrer, alles in allem sogar unerträglich defensiv. Der Fuß auf dem Gaspedal war ein einfühlsamer Fuß.

Er parkte am Ende einer langen Reihe von Autos. Auf dem Hofplatz sah er Leute und blinkende Lichter, und es waren Stimmen zu hören. Aksel hatte nicht die Angewohnheit, sich seinen Weg zu bahnen oder durch Menschenmengen zu drängen, aber man kannte ihn hier oben, und das machte ihn mutig.

Kalte Morgendämmerung, die eine eigene bedrohliche Stille innehatte, trotz all der Menschen. Hellefors selbst saß auf einer der Stufen der breiten Treppe vor dem Wohnhaus, den Kopf in den Händen. Seine Schultern bebten. Ein Polizist stand über ihn gebeugt und sprach mit gedämpfter Stimme.

Aksel blieb in einiger Entfernung stehen und betrachtete sie. Wartete auf einen passenden Zeitpunkt, um die letzten Schritte vorwärtsgehen zu können. Schließlich wagte er sich näher. Einer der Beamten erblickte ihn und machte eine abweisende Bewegung, also blieb er erneut stehen. Der stattliche Landwirt hob seinen Kopf und sah in Aksels Richtung. Die Augen leuchteten irgendwie verängstigt, als hätten sie etwas erblickt, das nicht wahr sein konnte. Der Mund stand offen, und Dampfwolken stiegen daraus in die Kälte hervor.

„Verschwinden Sie“, sagte der Beamte. „Verschwinden Sie!“

Aksel blieb ruhig stehen. Dann nahm er doch seinen Mut zusammen, fasste sich ein Herz und rief durch die Menschenmenge.

„Thorbjørn! Ist mit Anne Marie alles in Ordnung?“

Der Landwirt erwachte quasi. Er sah sich um und erblickte Aksel, mitten in einem Haufen von Journalisten.

„Anne Marie? Die sitzt in der Küche.“

Aksel sah zu den Küchenfenstern. Dort drinnen war er gewesen und hatte Erdbeeren gegessen und mit den Katzen gespielt.

„Ist das denn nicht der Aksel? Aksel Adelson?“, fragte der Bauer.

Aksel blickte abwartend den Beamten an, der nickte, dass es in Ordnung wäre, also wagte er sich näher heran.

„Was ist los?", fragte er.

„Meine Jungs", sagte Hellefors mit tränenerstickter Stimme.

„Deine Jungs?"

„Sie sind heute nicht aufgewacht."

„Deine Söhne?"

„Meine Landarbeiter aus Polen. Sie sind hier, um das Austragshaus neu zu verputzen. Und dann sollten sie das Wohnhaus hier noch um einen Anbau erweitern."

Er machte eine nickende Bewegung nach hinten zu dem weißen Gebäude. Aksel erblickte ein Gerüst, das er zuvor nicht bemerkt hatte.

„Aber warum sind sie nicht aufgewacht?"

Hellefors hatte fast keine Stimme mehr.

„Sie wurden vergiftet!", stöhnte er.

„Wovon redest du?"

Jetzt war Aksel so nahe, dass er Thorbjørn eine Hand auf die Schulter legen konnte.

„Wie denn vergiftet?"

„Kohlenmonoxid", sagte Hellefors. „Ich hatte in ihrer Baracke einen alten Gasofen aufgestellt. In letzter Zeit war es so schweinekalt, und ich wollte nicht, dass sie frieren müssen. Es muss ein Leck oder so gegeben haben, ich weiß es nicht, der Ofen ist ziemlich alt. Ich hätte einen neuen kaufen sollen, die kosten ja auch nicht die Welt, diese Öfen. Vielleicht war der Schlauch porös, oder die Dichtungen, Gummi geht bei starker Kälte ja kaputt.

Oder etwas am Regler stimmte nicht. Sie werden das untersuchen."

Er atmete schwer und keuchend.

„Bevor sie kamen, hätte ich das alles überprüfen müssen, die Schläuche und das Ventil und alles. Aber das habe ich nie gemacht. Sie sind nicht aufgewacht. Keiner von ihnen ist aufgewacht."

Aksel sah sich auf dem Hofplatz um. Die Dunkelheit lichtete sich langsam wie ein Schleier, darunter wuchs der Tag heran, von unten nach oben. Rot-weißes Flatterband war am hinteren Ende des Wirtschaftsgebäudes angebracht, wo die Mannschaftsbaracke lag.

„Sie fangen immer um halb sieben an", sagte Hellefors. „Als es nach sieben war und sie noch nicht aufgetaucht waren, ging ich runter, um sie zu wecken. Ich habe an die Tür geklopft und so, aber keine Antwort bekommen."

Er schüttelte seinen graumelierten Kopf.

„Dann bin ich rein und hab sie alle vier in den Kojen liegen sehen. Und irgendetwas stimmte da ganz und gar nicht, das habe ich einfach gespürt. Iwo lag ganz unten. Es war, als würde ich ein totes Tier anfassen. Ein kalter Körper. Ich begreife es nicht! Sie wussten alles über Gas und solche Dinge, ich weiß, dass sie sehr gründlich waren. Nur ich bin es, der geschlampt hat!", stöhnte er. „Es gab auch keinen Gasmelder. Keine Ahnung, was ich mir dabei gedacht habe. Ich wollte nur für eine Heizung sorgen und dass sie nicht frieren müssen. Ich hab es nur gut gemeint."

Aksel stand schweigend in der Dezemberkälte, während das erste Licht die Gesichter grau und allmählich weiß färbte. Vorerst hatten die Menschen etwas Weiches an sich, aber bald würde das Licht schärfer werden, und alles würde furchtbar hart werden.

„Man wird mich anzeigen", stöhnte Hellefors, „das alles ist meine Verantwortung, man wird mich anzeigen. Ich habe die Einquartierung organisiert, also muss ich auch dafür sorgen, dass alles in Ordnung ist. Und dieses Gas, weißt du, das riecht ja, nicht wahr. Nach verfaultem Kohl. So, dass sie es merken, falls etwas undicht ist. Warum haben sie diesen Geruch nicht bemerkt?"

Aksel stand dicht bei dem Bauern. Er beugte sich nach unten und sprach eindringlich und so laut, dass die Polizisten es hörten. Er wollte, dass sie es hörten, denn er wusste etwas Wichtiges über die polnischen Arbeiter. Etwas, das dokumentiert werden konnte und mit dem er Hellefors retten konnte.

„Thorbjørn, hör mir zu. Die waren vollkommen betrunken."

Seine Stimme drang klar und deutlich durch das Gemurmel. Hellefors blickte auf, und zwei Polizisten kamen raschen Schritts näher.

„Was hast du gesagt?"

„Sie waren betrunken", wiederholte Aksel. „Sie waren in der *Galeere*, ich habe sie alle vier gesehen."

„Du hast sie dort gesehen? Dann waren sie also betrunken, ja. Ich habe an diese Möglichkeit auch schon gedacht, dass sie betrunken waren. Ziemlich betrunken, sagst du?“

„Sternhagelvoll. Ich war mit einem Kollegen von der Zeitung dort. Sie hatten einen Tisch ganz hinten im Lokal, und den ganzen Abend über ging es hoch her.“

Hellefors hörte gespannt zu. Und etwas Kleines, vielleicht ein Funken Hoffnung, wurde in seinen Augen entzündet.

„Sie gingen aus, um zu feiern“, sagte er, „Iwo ist Papa geworden.“

„Also haben sie eine Geburt gefeiert?“

„Der Kleine kam zwei Monate zu früh, um auf ihn anzustoßen. Dann waren sie also betrunken, ja? Da bemerkten sie das Leck nicht, nein, da fielen sie wohl bloß in ihre Kojen und schliefen bleischwer und atmeten die ganze Nacht über Kohlenmonoxid ein. Dann waren sie also betrunken, ja? Das erklärt ja alles, dann merkten sie nicht, dass es stank.“

„Wann haben sie die Kneipe verlassen?“, fragte der Polizeibeamte.

„Keine Ahnung“, antwortete Aksel.

„Sie wissen es nicht?“

„Sie saßen immer noch da, als Frede und ich gingen. Da war es etwa Mitternacht. Sie können Isac fragen, der kann alles beantworten. Sie sind ziemlich aufgefallen.“

„Da können sie mit dem Gas gepfuscht haben, ja", warf Hellefors ein.

Seine Stimme war nun zum Leben erwacht. Er blickte hoch zu dem Beamten, der sich auf einem Block Notizen machte.

„Aber derartige Dinge finden Sie doch wohl heraus?"

„Das finden wir heraus", sagte der Beamte, „darauf kommen wir zurück."

Aksel stellte Hellefors keine weiteren Fragen. Stattdessen nahm er alles in sich auf, das, was er später den Lesern vermitteln sollte. Die Stimmung, die Kälte und die Morgendämmerung, die Augen von Hellefors, sein steter Blick nach hinten zur Eingangstür und zum Küchenfenster, wo seine Frau Anne Marie saß und bittere Tränen weinte: „Das wird unser Untergang, jetzt liegt alles in Schutt und Asche, unser Hof und unser Ruf und alles."

Blau blinkende Lichter, das Knirschen der Stiefel auf dem gefrorenen Boden, Funkstimmen aus einem Auto. Und dennoch eigenartig still.

Aksel schrieb sich kein Wort auf, aber seine Augen sahen. Vier tote Arbeiter kurz vor Weihnachten. Die Frauen warteten zu Hause in Polen, mit kleinen und großen Kindern und einem neugeborenen kleinen Jungen. Schlimmer kann es nicht sein.

„Happy New Year."

Er schlenderte auf dem Hofplatz herum und blickte schräg hinüber zur Mannschaftsbaracke, an der einige

Techniker mit grellen Taschenlampen ein und aus gingen. Der flackernde Schein war in den beiden Fenstern zu sehen.

Thorbjørn Hellefors brachte sich endlich in eine aufrechte Position. Er wurde gebeten, einige Papiere zu holen. Alles, was er an Personalien von den vier Toten hatte, mit Telefonnummern und Adressen, damit die Todesnachricht Frauen, Freundinnen und Müttern überbracht werden konnte, die vielleicht noch schliefen. Die bald erwachen und sehen würden, wie die Welt stehen blieb.

Der Tod kann so vieles sein, dachte Aksel. Doch was die Männer erlitten hatten, war vermutlich der gute Tod. Betrunken und glücklich waren sie gewesen, bevor sie für immer einschliefen.

Er wählte die Nummer von Wessel. Ging ein wenig weg, sprach gedämpft und blickte sich hin und wieder um.

„Zum Teufel", sagte Wessel. „Alle vier?"

„Alle vier. Ich fahre jetzt nach Hause, sie wollen uns von hier weghaben."

Aksel wusste, dass die Polen über viele Jahre zu Hellefors gekommen waren. Der Hof war ihre zweite Heimat und ihre wichtigste Einnahmequelle. Sie konnten schreinern, streichen und betonieren, sie konnten Steine verlegen und Kohl ernten. Sie waren genügsame, hart arbeitende Männer. Er machte sich ernsthafte Gedanken darüber, was aus Thorbjørn und Anne Marie werden sollte.

Natürlich war die Tragödie auf Hellefors ein grausames Ereignis, zerstörerisch für viele Menschen. In ihrem Kielwasser würden Menschen verzweifeln, fluchen und weinen. Manch einer würde seinen Glauben an Gott verlieren, andere würden zugrunde gehen.

Dennoch war es eine Freude, darüber zu schreiben. Aksel schrieb von der Morgendämmerung und der Kälte, von warmen Körpern, die rastlos umhergingen und Dampfwolken ausatmeten, Augen, die vor Trauer tränten, blinkende blaue Lichter, ernsthafte Frauen und Männer, die in sich selbst nach Professionalität suchten.

Er richtete das Licht in sein Inneres, ließ es in den analytischen Raum scheinen, sodass andere Räume im Dunkeln verblieben – die Gefühle und die Schrecken und Thorbjørns Entsetzen.

Er schrieb, während sein Geist sich auf Wanderschaft begab: hinaus aus der Wohnung und in die Landschaft hinein, in Richtung der Szene, die er beschreiben sollte, distanziert und einfühlsam.

Der Landwirt Hellefors, in jeglicher Hinsicht solide. Mit einem starken Körper und zäh vom jahrelangen Rackern. Jetzt saß er auf der Treppe und weinte wie ein Kind. Die Furcht, dass es seine Schuld war, steckte ihm wie Kälte im Mark. Sie würden ihn vor Gericht bringen und ihn wegen eines unverschuldeten Unfalls verurteilen, sie würden es fahrlässige Tötung nennen, sie würden auf Arbeitgeberhaftung pochen, und der Hof würde ohne

Arbeitskraft bleiben. Bald würde alles verfallen, Gebäude und Land, landwirtschaftliche Geräte und Maschinen, und die Tiere würden verwahrlosen.

Aksel schrieb. Wenn er schrieb, vergaß er alles andere. Es war schon längst Tag, die Nachricht über die Tragödie war draußen auf allen Kanälen. Aber er ging davon aus, dass er mehr hatte als andere. Schließlich hatte er Erinnerungen aus einer anderen Zeit. Außerdem würde er dafür sorgen, dass es Momentaufnahmen von Thorbjørn und Anne Marie als hart arbeitende und rechtschaffene Leute mit Anstand und Moral gab. Das könnte den beiden helfen, wenn die Leute erfuhren, dass sie immer für andere gesorgt hatten – für die eigenen Kinder, die Kinder anderer und für die ausländischen Arbeiter. Dass sie das Unglück, das sie getroffen hatte, nicht verdient hatten.

Er schrieb davon, wie unmöglich es ist, Mensch zu sein. Ein kleiner Fehler bloß, ein Glas zu viel. Und vom berauschenden Glück, wenn man zum ersten Mal Papa wird.

Im Fernsehen wurden Bilder der vier Toten gezeigt. Die Bilder waren nicht ganz neu, denn die Männer sahen etwas jünger aus. Männer, voller Stärke und Entschlossenheit, Männer, die im Leben etwas erreichen wollten. Die hart für die Familie daheim arbeiteten, für Frau, Kinder und die alten Eltern, und vielleicht auch für schlechter gestellte Nachbarn. Die Polizei würde in der Baracke vielleicht ein paar Flaschen mit Birnenbrause finden und sich wundern – genau wie er sich in der Tankstelle darüber gewundert hatte, dass erwachsene Männer diese grüne Brause mochten. Ein süßes Detail, das der Darstellung der Männer Realität verlieh.

Und was würde mit dem Hof geschehen? Was war mit Weihnachten, und den Jahren, die noch kommen sollten? Auch die guten Jahre vor dem Unfall würden matt und ohne Glanz erscheinen und würden in der Erinnerung der Leute immer als etwas Dunkles auftauchen. Gute Erinnerungen waren keine guten Erinnerungen mehr, sie waren bloß ein Schritt auf dem Weg ins Verderben. Ein Moment der Unachtsamkeit an einem Tag voller Aufgaben: Maschinen, die instand gesetzt, geschmiert und gewartet werden mussten, elektrisches Gerät, das funktionieren musste, Lohnbescheinigungen, die geschrieben werden, Rechnungen, die bezahlt werden, Tiere, die gefüttert werden mussten.

Alles hatte seine Ordnung auf dem Hof Hellefors.

Aber nun nicht mehr. Nun fiel es auseinander, wie bei einem Fass, dem man die Metallreifen abnimmt. Anne Marie saß am Küchentisch und weinte, und wenn sich die Katze in ihre Arme wagte, würde sie sie aufbrausend verscheuchen, denn sie war nicht mehr von Bedeutung.

Aksel sah eine Titelseite mit dem Bild des Hofs vor sich. Porträts der vier Arbeiter, und die Überschrift in Großbuchstaben:

LETZE NACHT AUF HELLEFORS!

„Du bist so gut in Tragödien", pflegte Wessel zu sagen. Das war im Grunde zutreffend, dachte Aksel. Warm strömende Freude oder rauschendes Glück kannte er kaum. Doch über den Schmerz wusste er viel.

Manchmal, wie aus heiterem Himmel, wurde Aksel das Seltsame an seiner Schwester Ellinor bewusst. Etwas, das andere nie zu Gesicht bekamen, weil es im Privaten ablief. Umgekehrt hatte er diesen Zustand von Verwirrung, der Ellinor bisweilen überkam, auch nie bei anderen beobachtet. Geriet sie in diesen Zustand, schien alles neu und alles zum ersten Mal zu geschehen. Weshalb Ellinor sich vor jeder Aufgabe und jeder Situation erst einmal orientieren musste, um Lösungen zu finden. Sie hatte keinen Autopiloten.

Jetzt hatte sie mit ihrer mageren, marmorierten Hand den Wasserhahn an der Spüle aufgedreht. Sie wollte das Geschirr spülen, ein Glas und noch eines, einen Teller und noch einen, ehe sie alles in den Geschirrspüler von Bosch steckte. Natürlich hatte sie die Maschine schon seit mehreren Jahren, tausend Mal hatte sie Gläser und Porzellan in die Drahtkörbe gestapelt. Aus den Gläsern hatte sie jahrelang getrunken, sie erkannte sie wohl wieder, doch sie musste immer erst überlegen, vor jeder Operation.

Dieses Glas von Ikea, etwas Rotwein am Boden. Das halte ich wohl am besten eine Weile unter den Wasserstrahl, und dann stelle ich es in die Maschine, wohl in das Fach oben rechts. Dies ist das erste Glas, also stelle ich es ganz hinten hin. Diese Tasse mit Kaffeeresten am Boden, die muss ich lange spülen, ehe ich sie in die Reihe neben den Gläsern stelle, den Henkel zwischen die Drähte, damit sie stabil steht.

Die vielen strategischen Überlegungen beeinflussten ihre Bewegungen, die abgehackt wirkten, als wäre sie ein Roboter. Denken, entscheiden, Hand heben, greifen, platzieren und erneut denken.

Sie war fünfunddreißig. Aber manchmal nur eine trotzige Dreijährige oder eine Fünfjährige, oder plötzlich besonders erwachsen und dreiundfünfzig, man konnte die Zahlen vertauschen, wie sie gerade passten.

Aksel hatte sie angerufen und ihr von der Tragödie auf Hellefors erzählt.

„Das passiert laufend", sagte Ellinor, „in Hütten und in Wohnwagen und überall, dass Leute einfach einschlafen. Liegen in einer Box und werden vergast, genauso wie in den Lagern während des Krieges. Denk einmal daran, Aksel! Thorbjørn wird von den polnischen Witwen verklagt werden. Sie werden Millionen verlangen, denn sie glauben, dass alle Norweger steinreich sind, aber das stimmt ja nicht ganz. Ich zum Beispiel bin nicht reich, du auch nicht."

Daran hatte Aksel nicht gedacht. Dass es zu einer Schadensersatzforderung kommen könnte. Aber er hatte an eine mögliche Anklage wegen Fahrlässigkeit gedacht. Die alte Mannschaftsbaracke würde vom Dach bis zu den

Fußleisten auseinandergenommen werden, jede noch so kleine Ritze würde kontrolliert werden. Thorbjørn würde nachts wach daliegen und um irgendeine Form von offensichtlicher Nachlässigkeit seitens der Männer beten. Denn so etwas konnte für einen gewieften Verteidiger vor Gericht Gold wert sein. Wenn die Männer beispielsweise vollkommen betrunken gewesen waren. Schwankend und mit schwimmenden Augen waren sie irgendwann in der Nacht in die Baracke gestolpert, ohne zu sehen, wohin sie gingen, und ohne Verstand, außer sich vor Freude über Iwos Erstgeborenen. *Happy New Year!*

Aber die Schuld musste zugewiesen werden. Es gab immer ein menschliches Versagen, auf das man sich berufen konnte. Berichte mussten geschrieben und für die Nachwelt archiviert werden.

Der Fall auf dem Hof Hellefors. Der Landwirt verurteilt. Die gesamte Schadensersatzforderung belief sich auf schwindelerregende Summen. Der Hof musste vermutlich per Zwangsauktion verkauft werden.

So oder so ähnlich, dachte Aksel.

Er half Ellinor beim Aufräumen. Das tat sie selten aus eigener Initiative. Sie stolperte herum zwischen Pizzaschachteln, leeren Flaschen und Haufen von Kleidung – schmutzige und saubere wild durcheinander. Sie hatte Rotwein in einer Kaffeetasse auf dem Bücherregal stehen und kleine wiederverschließbare Kunststoffbeutel mit etwas Grauem und Trockenem darin auf dem Nachtkästchen liegen. Aksel trug ein paar Mülltüten hinaus und warf sie in den grünen Behälter.

Als er zurückkam, hatte sie den Wasserkessel aufgesetzt. Stand da und wartete darauf, dass das Wasser unruhig werden würde, auf die Art, wie sie selbst unruhig war, eine Bewegung an der Oberfläche als Vorankündigung von etwas Größerem, das man Siedepunkt nannte. Jener Punkt, an dem Ellinor ihr Leben lebte. Sie hielt die Henkel an jeder Seite, im Kessel begann es zu summen.

„Mutter hat angerufen", sagte sie plötzlich. „Direkt nach dir."

„Sie hat angerufen? Das tut sie doch nie. Was hat sie denn gesagt?"

Ellinor zeigte ihre gelben Zähne.

„Sie sagte, dass du Vater und Mutter ehren sollst. Dann wird es dir gut gehen. Und du wirst lange im Land leben. Oder so ähnlich."

„Hat sie das wirklich gesagt?"

„Nein, aber das stand zwischen den Zeilen. Sie wollte wohl etwas vorweisen können, falls die Leute nach mir fragen. ‚Aber ja, ich habe mit Ellinor erst heute gesprochen. Sie hat sich richtig frisch angehört, hatte ich den Eindruck.'"

„Aber worüber habt ihr gesprochen?"

„Hellefors", sagte Ellinor. „Sie hatte viel zu sagen zu allem. Zum Beispiel, dass die Leute so nachlässig in puncto Sicherheit und Instandhaltung sind. ‚Sie lassen es einfach laufen. Annar dagegen war in solchen Dingen äußerst genau. Wir hatten ja einen alten Kocher, den wir benutzten, wenn wir zelten waren', sagte sie, ‚kannst du dich an den erinnern? Nein, du warst damals ja noch ganz klein. Aber dein Vater überprüfte den Schlauch und das Ventil jeden Abend, ehe wir uns in die Schlafsäcke legten. Manchmal hielt er sich sogar die Propangasflasche ans Ohr, um zu überprüfen, ob es ein Leck gab und in ihr rauschte, denn ansonsten hätten wir alle vier einschlafen können und wären nie wieder aufgewacht. Instandhaltung!', meinte sie abschließend. ‚So einfach ist das!'"

„Also hat sie dich angerufen?", fragte Aksel.

„Jetzt konnte sie ja die Tragödie vorschieben", sagte Ellinor, „dass vier Männer gestorben waren. Und sie und ich kamen in dieser Erzählung ja nicht vor, daher war es sicher."

Sie nahm Tee und Zucker aus dem Schrank und stellte sie auf den Tisch. Machte sich dann so locker im Hüftgelenk, wie es ihr möglich war, wenn sie über den Boden ging, wackelte mit dem Hintern und schaukelte mit dem Oberkörper, denn sie durfte ihrer Mutter nicht ähneln.

„Sie hört sich sehr stark an, wenn sie am Telefon spricht", sagte Ellinor. „Ich glaube nicht, dass sie jederzeit sterben kann. Also warte ich auf eine Schwächung. Dass das Blut in ihr langsamer fließt und dass der Druck fällt. Dass die Stimme versagt, dass die Hände ihre Kraft verlieren, aber derartige Zeichen sehe ich nicht."

„Aber sie sind vorhanden“, widersprach Aksel ihr. „Sie versucht bloß zu vertuschen, dass sie verwelkt, indem sie den Ton lauter macht.“

Ellinor gab Zucker in ihren Tee.

„Wenn die Menschen draußen auf der Straße sind, oder wenn sie mit anderen zusammen sind, haben sie eine Version von sich selbst, die sie vor sich herschieben“, sagte sie, „hast du darüber schon einmal nachgedacht? Man darf nicht man selbst sein, denn sobald ein anderer da ist, ändert man sich.“

Aksel fragte sie, ob sie den kleinen Stunt bei Rudi bereute. Da wurde sie schlagartig munter.

„Hör mal“, verkündete sie und klopfte sich an die Schläfe. „Hier drinnen verlaufen Gehirnwindungen wie Grubengänge, echt schwer mit Mist belastet. Ein kleiner, glatzköpfiger Mann hat nicht genug Kraft, um die Wagen auf neue Gleise zu schieben, sie sind zu schwer, und sie sind zu lange dieselbe Strecke gefahren. Nein, ich bereue gar nichts.“

Sie sah ihn ernst an.

„Wenn du draußen auf der Straße bist, wer geht dann vor dir her, sag mir das.“

„Der Sohn von Annar und Iris, der geht vor mir her“, antwortete er. „Aber manchmal spüre ich, dass dieser Sohn nicht mehr so bereit ist, weiter der Leidtragende zu sein. Da ist ein anderer, ein kleiner Teufel, der sich nach vorn schiebt.“

„Das kann ja nett werden“, sagte Ellinor.

Sie schlürften ihren Tee. Beide Hände um die Tasse gelegt, wie zwei Kinder am Lagerfeuer.

„Du musst tun, was du kannst, um Thorbjørn zu helfen“, bat Ellinor. „Er steht es nicht durch, wenn er die Schuld bekommt. Und seine Familie, und die Kinder und Enkelkinder, denk doch bloß an die. Jedes Mal, wenn sie die Hand ausstrecken, um sich vorzustellen, bekommen sie dieselbe Frage gestellt: ‚Hellefors? Kommen Sie von dem Hof mit den toten Polen?‘“

Sie legte sich die Hand oben auf den Kopf und begann, einen speziellen Punkt zu massieren, hart und beharrlich, mit zusammengekniffenen Augen.

„Was hast du?“, fragte Aksel.

„Glaube, da ist etwas im vorderen Cingulum“, antwortete sie und lächelte ihr Halblächeln.

„Was passiert da?“

„Fast nichts. Und genau das ist das Problem.“

Er verließ Ellinor und fuhr wieder nach Hause zum Turm, um zu schreiben. Der PC war seine Herz- und Lungenmaschine, sobald er sich anschloss, wurde er quicklebendig. Da steigerte sich die Blutzufuhr zum Gehirn, da hielt er etwas in den Händen, das langsam zu atmen, sich zu bewegen und zu zittern begann. Er war im Fluss. Er war ein Fisch im Wasser, ein Vogel im Flug. Das Schreiben war seine Geliebte, eine, die er im Verborgenen traf. Ein Ort, an dem er er selbst sein und alles abwerfen konnte. Er hielt die vier toten Männer aus Polen, er hielt Thorbjørn und Anne Marie in den Händen, er verschob sie hierhin und dorthin, wie Puppen auf einer Bühne.

Was haben die vier zueinander gesagt, ehe sie in die Kojen fielen? Haben sie denn etwas gesagt? Und wenn einer von ihnen sich eine Zigarette angezündet hätte? Hätten die ganze Baracke und die vier Körper explodieren können? Das hätte in den Köpfen der Leser dramatische Bilder erschaffen, im Vergleich mit denen Arvids Verbrühungen unbedeutend erschienen wären. Doch etwas Gutes hatte die Sache, dachte Aksel, Witwen und Kinder konnten sich mit einem letzten Blick in einen offenen Sarg verabschieden. Bleich und kalt waren sie sicherlich, aber das Bestattungsunternehmen würde ihnen Farbe verleihen und alle Details regeln.

Wessel schickte Frede Brenna los, um mit einem Feuerwehrmann zu sprechen. Er kannte sich aus mit Gaslecks und wollte die Chance nutzen, schlampigen Norwegern hinsichtlich des Risikos bei der Verwendung von Propangas die Leviten zu lesen.

„Denk dran, vergiss nicht, pass immer auf, man kann schon von weniger schlaflos werden."

Aksel hatte die Gewohnheit, sich mit dem japanischen Füllfederhalter über die Wange zu streichen. Für einen Verfasser seines Formats war es durchaus angemessen, einen handgemachten Füllfederhalter von Nakimi zu besitzen. Er strich sich auch über die Lippen und spürte, wie empfindlich sie waren, so als würde er sie aufs Neue entdecken.

Die Mutter rief an, während er am Arbeiten war. Ihre Stimme drang auf die übliche Weise durchs Telefon, stark und gebieterisch.

„Wir werden am Weihnachtsabend ja nicht zusammen sein“, begann sie, „aber ich muss rechtzeitig vor all den Feiertagen einkaufen. Essen und Getränke und solche Dinge. Ich schaffe es nicht, all die Tüten ins Haus zu tragen.“

„Nein, wohl nicht“, sagte er.

„Und dann muss ich bei der Apotheke und auf dem Friedhof vorbeischauen.“

„Das musst du wohl“, bestätigte er mit Grabesstimme.

„Die Leute sehen es ja, wenn ich für Annar keine Kerze anzünde.“

„Daran zweifle ich nicht.“

Erneutes Schweigen.

„Wann kann ich damit rechnen, dass du kommst?“

„Früher oder später“, antwortete er bloß.

„Früher oder später?“

Jetzt zögerte sie. Etwas ging da vor sich, und sie verstand es nicht. Wollte er das Spiel nicht mehr spielen? Wollte er die Rolle nicht einnehmen, die sie ihm zugeteilt hatte? War der Mann, mit dem sie gerade sprach, diese wortkarge, monotone Person, der wirkliche Aksel? Und was konnte er in diesem Fall in der Hinterhand haben? Wie unangenehm würde es gegen Ende ihres Lebens werden?

Aksel dachte, dass es im Leben der Mutter keinen goldenen Mittelweg gab: Entweder waren es spitze Behauptungen oder verletzte Rückzüge. Daher hatte auch er keine Wahl und verspürte entweder einen siedenden Widerwillen oder Mitleid angesichts ihrer Armseligkeit.

„Dann gibst du also Bescheid?", fragte sie abschließend.

„Bescheid?"

„Wann du kommst. Wann du mir bei den Weihnachtseinkäufen helfen kannst."

„Muss jetzt auflegen", antwortete er. „Da ruft jemand anderes an."

Er hatte sie abgewürgt. Genauso gut hätte er ihr geringeltes Telefonkabel durchschneiden können. Es wurde still im Raum und still in ihm. Etwas ließ los, wie eine Zecke, wenn sie Blut gesaugt, angeschwollen und so schwer geworden war, dass sie den Halt verlor. Er saß anämisch da, aber zumindest saß er da. Ihre Tage waren dagegen gezählt.

Er hatte sie abgewürgt. Weil er endlich über sie hinausgewachsen war. Das Pflichtgefühl, dieser Samen, den sie ihm einst eingepflanzt hatte, war gewachsen und zu einem Triffid, einer großen fleischfressenden Pflanze geworden.

Da ruft jemand anderes an.

Jemand, der wichtiger ist als du. Jemand, der meine Zeit, mein Wohlwollen und meine Aufmerksamkeit verdient hat.

*

Es glitzerte überall in Straßen und Parks, in Gärten und Fenstern, in Büschen und Bäumen. Elektrische Beleuchtung und Fackeln auf dem Friedhof, und vielfarbige Lichterketten, die die Gebäude der Stadt über die Fußgängerzone hinweg miteinander verbanden.

Wie der Weg ins Paradies.

Aksel ging in all diesem Gefunkel umher, groß und ungelenkig, mit seinen breiten Hüften und langen, schwingenden Armen. Es war kaum zu glauben, dass die Menschen in dieser Zeit des Jahres wieder wie Kinder wurden. Dass sie schmückten und sich sehnten und träumten. Sie blickten nicht weiter als bis zum Fest, glaubten nicht an das neue Jahr, schoben den Januar vor sich her und lebten im Augenblick.

Endlich hatte es Schnee gegeben, trocken und feinkörnig, wie Puderzucker auf einem Kuchen. Aksel mochte die Kälte, alles wurde sauber und neu und weiß. Er mochte das beißende Frostgefühl in den Wangen und die aufsteigende Röte, wenn er wieder in die Wärme kam.

Die Kinder liefen herum und sahen wie kleine Michelin-Männchen aus. Wackelten in ihren Daunenanzügen davon, während Rotz und Tränen liefen. Unter den Kapuzen und Mützen sah er die Gesichter mit glänzenden Augen.

Warum wollte jemand in die Wärme reisen, um Weihnachten zu feiern? Unter der Sonne sitzen und verbrennen, in trockenem Sand waten. Der Körper, schwer und träge vor Hitze, die Haut trocken und sich schuppend, das war ihm unbegreiflich.

Er ging durch die leuchtenden Alleen. In den Läden sah er rote, mechanische Wichtel mit ihren ruckartigen Bewegungen, wie der kleine Affe von Ellinor.

In seinem Leben war alle Sorge auf die Schwester gerichtet. Alles, was er an Fürsorge mobilisieren konnte, wurde ihr zuteil. Wie würde das Leben also abseits der gewohnten Pfade verlaufen, wenn die Mutter einst starb, in einem Jahr oder in zehn Jahren? Er glaubte nicht an ein augenblickliches Gefühl der Freiheit, wie Ellinor es tat, das Leben war komplizierter als das.

Wer bin ich, dachte Aksel Adelson.

Wer will ich sein?

Wer bin ich nach Meinung anderer?

Was, wenn diese drei Versionen von ihm eine vierte erschufen? Einen vierten Aksel, unberechenbar, ein unvorhersehbares Wesen?

Was, wenn die drei abwechselnd die Führung übernahmen, wie galoppierende Pferde, und das vierte dann von ganz hinten aus dem Feld kam, ein *dark horse*, auf das niemand gesetzt hatte, und das Hindernis durchbrach.

Unter den Sohlen knirschte das spröde Eis. Er mochte dieses Geräusch, er mochte es, seine eigenen Schritte zu hören, dass er jemand war, nicht bloß ein Geist, der unentdeckt durch die Stadt glitt.

Die Mutter warf nie etwas weg, das noch einmal verwendet werden konnte. Die Einkaufsliste war auf die Rückseite eines alten Geschenkpapiers mit Blumen und Herzen geschrieben, sie war endlos lang. Er hatte die Mutter oft beobachtet, wenn sie schrieb. Da setzte sie sich an den Küchentisch, konzentrierte sich und zögerte lange, ehe sie den Stift aufs Papier setzte. Er ahnte eine Art von Furcht. Als ob sie etwas aus ihrem Innersten preisgeben würde, indem sie Buchstaben zu Worten formte. Aber die Handschrift war richtig schön, fand er, mit hohen, schmalen Schleifen.

Sie zog einen Mantel an und stülpte sich eine Mütze über die Ohren, sie war rot.

Anschließend sah sie in den Spiegel, machte eine Grimasse und schob die straffe Dauerwelle unter das Rippenmuster.

„Jetzt sehe ich aus wie ein Wichtel!“, rief sie aus.

Sie wollte, dass er nickte, lächelte und antwortete: „Ja, das tust du, Mutter, du ähnelst wirklich einem Wichtel, das stimmt.“

Doch solche Dinge sagte er niemals. Was er gerne gesagt hätte, war, dass sie Ellinors Zirkusaffen ähnelte – dem mit den Zimbeln. Aber auch das sagte er nicht. Er studierte die Einkaufsliste und dachte, dass auch sie eine Inszenierung war. Einkäufe dieser Größenordnung würden die Kassiererin zweifelsohne glauben lassen, dass die Kundin eine große Familie hatte, die Weihnachten bei ihr verbringen sollte, Kinder und Enkelkinder und Schwiegersöhne und -töchter, dass sie ein vielbeschäftigter und großzügiger Mensch war.

Sie fuhren in Aksels Volvo zum Discounter. Sobald sie drin war, blieb die Mutter stehen und sah sich um, ob die Leute bemerkten, dass sie gekommen war. Aksel schob den Einkaufswagen, und sie hielt die Handtasche mit festem Griff während der gesamten Operation. Einkaufen war eine ernste Sache, Aksel erinnerte sich an den Vater, wenn sie in Geschäften waren. Die Brieftasche wurde herausgezogen, widerwillig, sie wurde ebenso widerwillig geöffnet, ehe er schließlich – äußerst widerwillig – die Scheine herauszog. Und zwar immer nur einen. Dann noch einen, als ob es ihn schmerzte, was es sicherlich auch tat. Die Mutter war ebenso.

Auch wenn sie eine Liste hatte, galt es nicht, die Dinge einfach aus den Regalen zu nehmen und sie in den Wagen zu legen. Sie musste die Ware in der Hand halten, sie sozusagen wiegen, ehe sie Gnade fand. Ansonsten war die Mutter unablässig damit beschäftigt, andere Kunden anzusehen. Womöglich tauchte ja jemand auf, den sie kannte, und da mussten ein paar Worte gesagt werden, die dann anderen gegenüber später wiederholt wurden. Doch an diesem Tag Anfang Dezember sahen sie keine Bekannten, und nach vielem Zögern und vielen Diskussionen war der Einkaufswagen voll.

Sie waren an der Kasse.

„Das hätte ich nie nach Hause gebracht, wenn mein Sohn nicht gewesen wäre", verkündete die Mutter laut. „Ich habe mir heute Hilfe geholt!"

Die Kassiererin lächelte sanft und erfasste die Waren.

„Für so etwas hat man doch Söhne", fuhr die Mutter mit lauter Stimme fort. Jedes Mal, wenn sie etwas gesagt hatte, blickte sie sich im Laden um.

Die Kassiererin lächelte erneut. War da nicht ein wenig Mitgefühl in ihrem Lächeln?

Aksel brachte es kaum fertig, sich zu dieser Person zu bekennen, die weiter ihren Sermon von sich gab, wie praktisch es doch sei, einen Sohn zu haben, besonders jetzt während der Weihnachtsvorbereitungen.

Einer, der sich benahm, wie Söhne sich benehmen müssen. Der seiner alten Mutter zur Hand ging, der alles hob und trug und regelte.

Das ist nicht einmal wahr, dachte Aksel, sie lebt mit einer Lüge. Sie lügt sich einen Sohn zurecht, den sie nicht hat, die ganze Adelson-Familie lügt.

Er trug die schweren Tüten zum Auto, und sie setzte sich – ganz weltgewandt – hinein, als würde sie über einen treuen Diener verfügen. Zupfte an ihrem Mantel, damit er nicht aus dem Auto hing. Als Aksel nichts sagte, begann sie wieder zu reden, warm und rot unter der Mütze.

„Jetzt habe ich mich für viele Tage gerüstet, gut, dass das erledigt ist, es kann ja jemand kommen. Man kann nie wissen."

Doch, dachte Aksel, kann man. Es kommt kein Schwein.

Im selben Moment wurde er so leer. Was da auf dem Sitz neben ihm saß, hätte ebenso gut ein Sack mit Müll sein können, der auf der Müllkippe abgeladen werden sollte. Sie bedeutete ihm nicht mehr als das. Doch der verfluchte Sack konnte sprechen. Sie saß steif auf dem Vordersitz, die Handtasche auf dem Schoß, die ganze Zeit sah sie zum Fenster hinaus, für den Fall, dass jemand auf der Straße ging, der sie sehen konnte. Der mitbekam, dass der Sohn sie fuhr, der eigentliche Beweis dafür, dass hier von Beziehungen der guten Art die Rede war.

So einfach war es, ihr eine Freude zu machen! Eine Tour zum Einkaufen, und sie benahm sich wie eine Königin. Er würgte den Gedanken augenblicklich ab und zwang sich selbst zurück zum Müllsack. Die Verachtung war bekannt und willkommen, das Mitgefühl quälte ihn. Er hatte nicht den Platz, nicht die Zeit, nicht den Willen, und sie hatte nicht mehr lange – warum also die Dinge verändern. Sie selbst veränderte niemals etwas.

Er fuhr etwa fünf Minuten, und sie redete ununterbrochen. Allmählich fiel ihm das Atmen schwer, sie füllte den ganzen Fahrgastraum aus, und seinen Kopf und die Sicht durch die Windschutzscheibe, er musste stehen bleiben und Luft holen. Also drückte er den Fuß mehrmals auf das Bremspedal, sodass das Auto hüpfte. Der Motor ging aus.

„Ist etwas passiert?“, fragte die Mutter.

„Weiß nicht“, sagte er und runzelte die Stirn. „Muss ich überprüfen!“

Er zog die Handbremse und stieg aus, stützte sich mit einer Hand gegen die Karosserie. Beugte sich vor und sah unter das Auto, als ob er nach dem Fehler suchte, er stand eine ganze Weile so da, ehe er sich wieder aufrichtete. Dann legte er einen Teil seines Gewichts auf die Heckpartie, sodass das Auto zu schaukeln begann, für den Fall, dass die Mutter sich umdrehen würde, um zu kontrollieren, ob er etwas unternahm. Doch durch die Heckscheibe sah er, dass sie wie zuvor dasaß, steif und aufrecht, den Rücken zugewandt.

Finde ein anderes Gefühl, befahl er sich. Halte es fest. Sie ist bloß eine komische alte Dame, eine lächerliche Figur, über die du lachen kannst. Eine, die keinen Einfluss auf dein Leben hat. Halte an dem Gefühl fest, dass ihr eigentlich nicht verwandt seid, ihr wurdet nur rein zufällig zusammengewürfelt, du schuldest rein gar nichts, halte an diesem Gefühl fest!

In die Müllpresse mit dir, Mutter, du bist platt wie ein Türvorleger.

Er stieg wieder ein und steckte den Zündschlüssel ins Schloss.

„Wir versuchen es noch einmal“, erklärte er optimistisch. Drehte den Schlüssel um, gab vorsichtig Gas, bis der Motor gleichmäßig brummte und sie weiterfahren konnten.

Er trug die Waren ins Haus, stellte die Tüten auf den Küchentisch. Sie begann sofort, sie zu leeren. Alles musste an festen Plätzen stehen, und sie packte die Aufgabe mit großer Entschlossenheit an.

Die Dauerwelle war jetzt oben platt von der Strickmütze, an den Seiten bauschte sie sich aber gewaltig auf, wie bei einem Zirkusclown.

Aksel ging ins Wohnzimmer. Setzte sich auf den Stuhl, auf dem er immer saß, legte die Hände auf die Armlehnen, blickte zum Fenster hinaus, hinüber zum Haus von Gøran und Lisbeth, auf Bäume mit kahlen Ästen.

Die Mutter kam hinterher, hob eine Hand und rückte sich die lila Brille zurecht.

„Ja, ja“, sagte sie, „Weihnachten kommt so oder so.“

Sie biss die braunen Zähne zusammen. Sah ihn nicht an, als sie sprach, ihr Blick suchte das Fenster und die Bäume voller Raureif, während sie darauf wartete, dass er sagen würde: „Ja, so ist das wohl. Und jetzt habe ich mich entschieden. Ich hole dich um sechs Uhr ab, und wir beginnen mit einem Rotweinpunsch."

Worte, die er nicht herauswürgen wollte, Freuden, die er ihr nicht machen wollte.

„Also gehst du zu deinem Kollegen da und isst Hammeleintopf?"

Er erhob sich vom Stuhl. Und sie sah ihn zum ersten Mal seit Langem an. Ihre Gedanken waren weit gewandert, und er hatte sie einen nach dem anderen gelesen.

Wie verschmäht sie war, wie übersehen, wie allein.

„Daran hat sich nichts geändert", murmelte er.

„Ja, ja, du tust, was du willst."

Zwischen ihnen bildete sich ein Riss. Nach und nach lösten sich die Fäden, und die Zusammengehörigkeit, die sie nie gehabt hatten, ging dem endgültigen, schrecklichen Nichts entgegen.

Sie bedankte sich nicht für die Hilfe. Sie erhob sich nicht, um ihn kurz zu umarmen, tätschelte ihm nicht den Arm, begleitete ihn nicht hinaus, winkte nicht vom Fenster aus, als er wegfuhr.

Im Auto dachte er an Ellinor und etwas, das sie einmal erzählt hatte.

Eines Sommers, als sie ein kleines Mädchen war und ins Haus gehuscht kam, hatte die Mutter an der Spüle gestanden und gejammert. Grund der Klage war die Entdeckung einer Ameisenstraße gewesen, die von einem riesigen Ameisenhaufen hinter der Garage bis in ihre Küche führte. Die fleißigen Soldaten flitzten umher und suchten nach Nahrung, dicke braune Rossameisen. Die Mutter hatte sich umgehend in den Supermarkt begeben. Dort bekam sie ein Ameisenmittel, das ihr der Verkäufer groß und breit empfahl. Als sie wieder nach Hause kam, hatte sie etwas dabei, das wie eine Flasche mit klarem Nagellack aussah.

„Kannst du dich an das Ameisenmittel erinnern?"

Über das Rotweinglas hinweg sah Ellinor ihn an.

„Ja", sagte er. „Ich erinnere mich daran."

„Es war eine Art Gelee. Zäh, klar und mit viel Zucker darin. Mutter drückte kleine Tropfen heraus, tupfte sie in der ganzen Küche an die Fußleisten und erklärte mir, dass es giftig war, aber süß schmeckte. Wenn die Ameisen kamen, traten sie mit all ihren Füßen in den Gelee, und wenn sie weiterwollten, hingen sie fest. Mir taten die Ameisen fürchterlich leid, denn ich sah ja, wie sie sich anstrengten, um loszukommen. Und wenn es ihnen endlich gelang, liefen sie zurück zum Ameisenhaufen hinter der Garage, und das Gift übertrug sich auf all die anderen Ameisen, und dann starben sie. Eine nach der anderen."

„Ich erinnere mich daran", sagte Aksel wieder.

„Heute Nacht hatte ich einen scheußlichen Traum", fuhr sie fort. „Im Traum war ich ein kleines Mädchen. Eines Tages ging ich zu Mutter in die Küche. Sie stand an der Spüle, so wie sie es immer tat, und sah, wie ich auf sie zukam. Ich wollte zu ihr und mich an ihren Rock hängen, aber plötzlich steckte ich in etwas Zähem fest. Ich konnte meine Füße nicht bewegen, und während ich mich anstrengte, um loszukommen, warf sie mir einen Blick zu. Voller Widerwillen, als wäre ich ein Insekt, das sie nicht im Haus haben wollte. Ich glaube, in diesem Gelee stecke ich immer noch fest."

*

Du weißt, wie es ist: Wenn die Stille in einem Raum lange genug angehalten hat, dann beginnt der Lärm aus deinem Inneren. Aus dieser biochemischen Fabrik, die unaufhörlich arbeitet. Plötzlich spürst du eine andere Dimension, eine kalte und dunkle am Grunde von dir selbst, die du auf deiner Reise durchs Leben bisher bloß geahnt hast. Und dann ist er da.

Winterlicht durch die Scheiben in Mutters Wohnzimmer, kalt und weiß. Ihr Sessel mit einem Handtuch über der Nackenstütze, zugleich so bekannt und so fremd.

Aksel wählte die Nummer von Ellinor.

„Sie ist tot."

Stille zuerst, dann ein leichtes Schnappen nach Luft.

„Was hast du gesagt?"

„Ich rufe an, um zu sagen, dass sie tot ist."

Erneute Stille, dieses Mal länger. Er hörte etwas Schwaches, das wie Lachen klang, oder Entsetzen, er wusste nicht sicher, was die Laute bedeuteten.

„Sprichst du von Mutter?“

„Ich spreche von Mutter, ich stehe in ihrem Wohnzimmer.“

„Ist sie tot?“

„Jetzt hör mal zu, Ellinor! Sie liegt am Fuße der Treppe und ist vollkommen zerschlagen!“

„Zerschlagen? Ist sie die Treppe runtergefallen?“

„Ich weiß es nicht.“

„Du meinst also, dass Mutter tot ist?“

Aksel presste sich die Hand an die Stirn und stöhnte. Ellinor bekam es anscheinend nicht in den Kopf. Dabei war es genau das, was sie sich ihr Leben lang gewünscht, erträumt und ersehnt hatte. Dass endlich alles vorbei war. Genau diese drei Worte: *Sie ist tot.* Und nun war der Moment gekommen, aber sie wollte es einfach nicht begreifen.

„Das meine ich, ja.“

„Sind wir endlich am Ziel?“

„Ja, wir sind endlich am Ziel“, bestätigte er.

„Und du bist dir ganz sicher, dass sie tot ist?“

Er sah hinunter auf den Körper der Mutter. Hellblauer Pullover, geblümter Rock. Das Gesicht war gewaltig eingedrückt, und aus Ohren und Mund war Blut gelaufen. Die Brille war zerbrochen. Und die Dauerwelle wirkte wie eine Art Mütze, die ihr über den Kopf gezogen worden war.

„Es ist jemand hier gewesen.“

„Wie, jemand hier gewesen?"

„Er steht offen. Der Sekretär mit den Schubladen und Fächern."

„Hat es einen Einbruch gegeben?"

„Sieht so aus."

„Und dann haben sie sie umgebracht? Willst du mich veräppeln?"

„Wohl eher nicht!"

„Dann musst du die Polizei anrufen."

„Habe ich bereits gemacht."

Die Schwester war plötzlich im Raum präsent. Er hörte alles, was in ihrem Kopf vorging. Es waren viele Stimmen, die sprachen, und Impulse, die von Raum zu Raum liefen.

Im selben Moment hörte er ein Geräusch und zuckte vor Entsetzen zusammen. Es musste von Mutter gekommen sein. Der Laut erinnerte an etwas, das sie häufig mit dem Mund machte: eine Art Schmatzen, das kam, wenn sie wegen etwas resignierte und den Speichel zwischen den Zähnen einsaugte, sodass es in der Mundhöhle gluckste. Nein, das war doch nicht möglich, das war wohl bloß ein Reflex. Sie war tot.

Er drehte dem Körper der Mutter den Rücken zu, hustete und räusperte sich eine ganze Weile, ehe er wieder etwas sagte.

„Sie werden sicherlich mit uns beiden sprechen wollen. Kannst du ins Auto steigen?"

Ellinor zögerte.

„Sag ihnen, dass ich krank bin", meinte sie dann. „Das stimmt ja auch. Sag ihnen, wenn sie etwas von mir wollen, müssen sie hierher in den Utveien kommen. Ist es ganz sicher, dass sie tot ist?"

Aksel spürte die Frustration. Eigentlich wurde er nie sauer auf die Schwester, aber jetzt ging es mit ihm durch.

„Hör doch mal zu, was ich sage! Ihr Schädel ist offen wie eine Gletscherspalte, ich kann direkt in ihr Gehirn sehen."

„Hast du sie angefasst oder so?"

„Sei nicht dumm. Ich habe nichts berührt, ich stehe am Fenster und blicke hinaus auf die Straße, die Autos können jeden Augenblick kommen, ich habe nichts angefasst!"

„Vielleicht fangen sie mit Wiederbelebung an?"

Jetzt begann es in ihm richtig zu brodeln.

„Hier gibt es nichts wiederzubeleben. Soll ich ihr etwa das Blut wieder in die Adern gießen, ist es das, was du meinst? Oder die Gehirnmasse zusammenkratzen und zurück in den Schädel drücken?"

Ellinor antwortete darauf nicht. Er stand inmitten der Stille, betrachtete die tote Mutter und fühlte in seinem Inneren nach, ob sie nach wie vor die Kraft hatte, ihn kleinzuhalten.

Da war immer dieser Blick gewesen, der besagt hatte: Warte nur, jedes Mal, wenn du etwas sagst, meinst oder tust, werde ich eine Beurteilung herausspucken. Eine, die dich mit voller Kraft trifft, mitten zwischen den Augen. Und dann musst du den Rest deines Lebens mit diesem Urteil leben. Du bist etwas, das mein Körper vor vierzig Jahren ausgeschieden hat, eine Art Lauf der Natur. Wobei das nicht heißt, dass du zu etwas Besonderem geworden bist, das zu lieben ich mich verpflichtet fühlte. Liebe muss man sich verdienen, die gibt es nicht kostenlos.

Aber nein. Die Augen sagten rein gar nichts.

Ruhig jetzt, Aksel, ruhig. Jetzt entspann dich mal.

Ein blau blinkendes Licht wurde auf der Straße sichtbar.

Aksel beobachtete, wie die Männer sich mit respektvoller Ehrerbietung im Haus bewegten, als ob die Tote etwas vollkommen Unersetzliches wäre. Das an ihr begangene Verbrechen ließ sie die Stimmen dämpfen und einander wissend ansehen: dieser arme elende Mensch. Ein unschuldiges Opfer, dem sie Respekt zollen mussten.

Doch Respekt bekommt man nicht geschenkt, dachte Aksel, den muss man sich verdienen.

„War die Tür abgeschlossen, als Sie zum Haus kamen?"

„Nein, sie stand offen."

„Es ist jemand hier gewesen", fügte er hinzu und deutete auf den offenen Sekretär. „Bei ihr ist immer ziemlich aufgeräumt, es ist jemand hier gewesen."

Der Beamte ließ ihn nicht aus den Augen, er starrte ihn mit derselben prüfenden Intensität an, an die sich Aksel aus seiner Kindheit erinnerte.

Innerhalb kürzester Zeit traf ein Leichenwagen ein und zwei weiß gekleidete Techniker mit Überziehern an den Füßen. Einer von ihnen ging zum Fuß der Treppe, beugte sich über die Tote und blickte hinauf zum ersten Stock.

„Und dort oben?"

„Zwei Schlafzimmer", sagte Aksel.

„Wie stand es um ihre Gesundheit? War sie schlecht zu Fuß?"

„Sie brauchte keine Hilfsmittel oder so, um sich fortzubewegen. Sie fuhr auch Auto, zum Laden hoch und runter."

„Wann haben Sie sie zuletzt gesehen?"

„Vor ein paar Tagen. Ich habe ihr bei den Weihnachtseinkäufen geholfen, denn sie schafft es nicht, die schweren Tüten zu tragen."

Der Beamte ging zum Sekretär, der offen stand. Mehrere der Schubladen waren herausgezogen, ihre Böden waren mit grünem Filz bedeckt, und ein paar von ihnen waren leer.

„Was hatte sie in den Schubladen hier?"

„Silberbesteck und etwas Schmuck. Erbstücke."

„Hatte sie viele davon?"

„Schmuckstücke nicht, nein, aber sie hatte einiges an Silberbesteck. Zwölf von jedem. Das ist ja das Einzige von Wert hier, also haben sie wohl genommen, was zu nehmen war."

„Sie sagen ‚sie'?"

Aksel verschränkte die Finger miteinander, lockerte den Griff und verschränkte sie erneut.

„Ich dachte bloß, dass es sicherlich zwei waren. Sie war ziemlich stark", erklärte er.

„Ihre alte Mutter war stark? Aber sie brauchte Hilfe bei den Einkaufstüten."

„Ja, brauchte sie. Sie kaufte für Weihnachten einiges extra ein. Ich wollte nur sagen, dass sie sicherlich Widerstand geleistet hat, und dass die Eindringlinge sie vielleicht unterschätzt haben. Das könnte der Grund sein, dass es so schlimm ausgegangen ist."

„Also ist Ihre Mutter nicht einfach nur die Treppe hinuntergefallen? Sie glauben, dass sie angegriffen wurde?"

„Aber sehen Sie sie doch an! Sehen Sie sich ihren Kopf an!"

Aksel wurde plötzlich schwindelig. Dann verschwammen sie alle vor seinen Augen, die Stimmen erstarben, und es wurde still. Die Zeit war stehen geblieben.

Er kam wieder zu sich.

Ein anderer Beamter kam herbei und legte ihm die Hand auf den Arm.

„Ist mit Ihnen alles in Ordnung?"

„Manchmal habe ich einen Ausfall, das hat nichts zu bedeuten."

„Haben Sie etwas genommen oder so?"

„Nein, ich habe nichts genommen!", rief er zornig.

„Ganz ruhig jetzt", beschwichtigten die Beamten ihn. „Entspannen Sie sich."

Aksel fuhr sich über die Stirn.

„Sie war ja alt", murmelte er.

Der Polizeibeamte sah ihn noch einmal an, mit demselben prüfenden Blick.

„War sie krank oder so?"

„Diabetes", antwortete Aksel.

„Verstehe. Fällt Ihnen sonst irgendetwas auf, das entfernt wurde, etwas, das fehlt?"

Aksel sah sich in Mutters Wohnzimmer um, betrachtete Möbel und Teppiche und alle Arten von Dingen, mit denen sie sich umgeben hatte.

„Nein", erwiderte er.

Ein Techniker ging in einem Bogen um die Tote herum und weiter die Treppe hinauf in den ersten Stock, mit leichten Schritten, ohne das Geländer zu berühren.

„Nein", wiederholte Aksel, „ich kann nicht erkennen, dass sonst noch etwas fehlt."

„Sollen wir die anderen Familienmitglieder für Sie benachrichtigen?"

„Ich habe bereits mit meiner Schwester gesprochen, es sind nur wir beide. Den Rest der Verwandtschaft nehmen wir uns nach und nach vor."

„Haben Sie hier irgendetwas angefasst?"

„Ich habe nichts berührt, nicht heute. Aber ich bin ziemlich häufig hier, also werden überall Spuren von mir zu finden sein."

Der Techniker blickte hinaus auf die Straße.

„Die Häuser sind von draußen leicht einzusehen", stellte er fest. „Gibt es hier von der Rückseite einen Zugang?"

„An der Garage geht ein Pfad vorbei", erklärte Aksel, „der führt zur Straße darunter. Meine Schwester und ich gehen normalerweise diesen Weg, wenn wir zum Kiosk wollen."

„Wie viele wissen von dem Pfad?"

„Alle, die hier oben wohnen, benutzen ihn als Abkürzung, wenn sie hinunter ins Zentrum wollen. Mutter ist ziemlich aufgebracht wegen all dem Getrampel."

Ihm fiel ein, dass beim Nachbarn eingebrochen worden war. Er deutete durch das Fenster, auf das Haus von Gøran und Lisbeth.

„Wir wissen von dem Einbruch", sagte der Beamte. „Rufen Sie jetzt jemanden an?", fragte er, als er sah, dass Aksel das Handy in der Hand hielt.

„Nein, ich habe bereits angerufen, ich wollte bloß …"

Ihm fiel nichts mehr ein, was er sagen konnte, also legte er das Handy wieder weg. Es fiel ihm schwer, das Gesicht der Mutter anzusehen. Er hatte das Gefühl, ihre durchdringende Stimme in den Ohren zu hören.

Blut ist dicker als Wasser. Blut ist viel dicker als Wasser!

Schnell wandte er den Blick wieder ab. Er hatte das unbehagliche Gefühl, dass sie gewonnen hatte. Auch wenn sie in ihrem eigenen Blut schwamm, auch wenn der Schädel einen schweren Riss hatte, so hatte sie gewonnen. Sie war weg, aber sie kam dennoch in ihn hinein, und er begann zu schlottern und schaffte es nicht, es zu stoppen. Das Zittern begann im Kopf und pflanzte sich nach unten fort, bis es den ganzen Körper erfasst hatte. Der Polizist beobachtete ihn genau.

„Es sieht so aus, als hätte jemand sie gegen die Wand geworfen", sagte Aksel. „Sie an den Füßen gepackt und herumgeschleudert. Onkel Gunvald pflegte das zu tun, wenn er Kätzchen tötete: Er nahm sie am Schwanz und knallte sie gegen die Wand."

„Onkel Gunvald?"

„Er hat einen Hof", erklärte Aksel, „wir kommen aus einer Bauernfamilie. Daher denke ich in diesen Bahnen, das ist alles."

„Lassen Sie uns nach draußen gehen", erwiderte der Beamte. „Wir müssen ein bisschen reden."

*

Aksel beantwortete unzählige Fragen, zu den Gewohnheiten der Mutter, ihrem Bekanntenkreis und ihrer Familie. Da war natürlich nichts zu finden, das wusste er sehr wohl, aber er stand der Polizei höflich zu Diensten.

„Nein, ich kann mir nicht vorstellen, dass sie irgendwelche Geheimnisse hatte. Sie war Witwe und hat nie einen neuen Mann gesucht. Sie war auch mit keinem der Nachbarn zerstritten. Sie war eine einfache Seele, die ein einfaches Leben lebte."

Sagte Aksel.

Ein Beamter war bei Ellinor an der Tür gewesen. Sie hatte ihm geöffnet, im Schlafanzug und mit einer Teetasse in der Hand. Zitternd und durchsichtig hatte sie mit belegter Stimme ausgesagt.

„Wir hatten keinen Kontakt mehr, meine Mutter und ich. Ich habe sie seit über einem Jahr nicht gesehen."

Aksel ging hinaus in die Welt. Sie war viel zu groß für ihn geworden. Jemand, der sein Leben an einer Laufleine lebt – vom Turm zum Haus der Mutter und von da aus weiter zu Ellinor –, wird schnell von Angst erfüllt, wenn die Leine schließlich reißt. Der Körper ist nicht länger fremdbestimmt, die Wege gehen in alle Richtungen.

Er ging umher und fragte sich: Ist dies dieselbe Stadt, sind dies dieselben Menschen? Hat die Welt den Einschlag und das große Beben nicht gespürt?

Er hatte der Schwester lange in die Augen gesehen, und sie hatte lange in seine gesehen. Nichts war darüber gesagt worden, was sie dabei gefunden oder nicht gefunden hatten. Denn Worte verpflichten. Also war es besser, den Mund zu halten. Dennoch waren notwendige Nachrichten zwischen ihnen ausgetauscht worden, darüber, wer sie waren, und was geschehen war.

Dann kam der Tag, als sie zum Gemeindehaus fuhren, um mit dem Pfarrer zu sprechen.

„Wie heißt er denn?"

„Müller", antwortete Aksel.

Ellinor war rot wie Blut, weiß wie Schnee und schwarz wie Ebenholz. Ihr Kleid war kurz und schob sich über die Schenkel nach oben, wenn sie sich setzte. Die Jacke war aus Kunstpelz mit ein paar Flecken darin.

Im Auto befand sich etwas zwischen ihnen, ein Geheimnis, nie in Worte gefasst. Sobald die Stille mehr als eine halbe Minute angedauert hatte, musste sie durchbrochen werden. Doch die Schübe von Nervosität wichen schließlich immer der Erleichterung, wenn sie an den Tod der Mutter dachten. Das Glück traf sie im Bauch wie wohlige Wärme, um sich dann auszubreiten wie ein ordentlicher Schluck Schnaps. Jeder von ihnen sah zu seinem Autofenster hinaus und lächelte.

„Der Pfarrer wird fragen, was für eine Art von Mutter sie war, was sollen wir sagen?"

„Auf jeden Fall nicht die Wahrheit", erwiderte Aksel.

„Nein, das ist ausgeschlossen", stimmte Ellinor ihm zu. „Ich hoffe, dass sie Geld für das Begräbnis zur Seite gelegt hat. Wirst du in der Kirche etwas sagen?"

„Würde mir im Traum nicht einfallen."

Aus einem Impuls heraus nahm er den Eiskratzer aus der Mittelkonsole und hielt ihn Ellinor vors Gesicht.

„Was fühlst du jetzt?"

„Ich kann meine eigenen Gedanken hören. Und ich kann einen Gedanken ganz zu Ende denken, ohne unterbrochen zu werden. In meinem Kopf hat immer ein Genörgel geherrscht, jetzt ist es still darin."

„Du darfst den Pfarrer nicht in Verlegenheit bringen", ermahnte er sie. „Wir müssen uns wie Menschen benehmen. Das ist schnell erledigt. Danach können wir frei schalten und walten."

„Oh", sagte sie und klatschte in die Hände, „ich freue mich darauf, Aksel Normann zu sehen, wenn er frei schaltet und waltet!"

Pfarrer Müller hatte ein Geburtsmal, das sein halbes Gesicht bedeckte. Blaurot und leicht hervorgehoben, war es unmöglich zu ignorieren. Er gab ihnen mit Andacht und Ernst die Hand. Machte ein paar Schritte zur Seite und bat sie in einen stillen Raum mit weißen Tischdecken und Kerzen. Es war gedeckt mit Kaffeetassen, Milch und Zucker. Ein Kreuz schmückte die eine Wand, eine Bibel lag aufgeschlagen auf einem kleinen Tisch. An der gegenüberliegenden Wand hing ein Bild, das vielleicht Jesus in Getsemani darstellte, aber sie wussten nicht viel über biblische Geschichte und waren sich daher nicht sicher.

Der Pfarrer ging Kaffee holen. Die Tür fiel langsam hinter ihm zu.

„Harvey Dent", flüsterte Aksel.

„Two-Face", wisperte Ellinor zurück. Der entstellte Staatsanwalt aus den *Batman*-Comics hatte sie schon immer fasziniert.

„Was glaubst du“, fuhr sie fort. „Wie viele Male hat er zu Gott gebetet und gefragt, wieso er das getan hat? Nein, jetzt sind wir gemein.“

„Wir sind immer gemein gewesen“, sagte Aksel. „Aber den Kaffee hat er absichtlich vergessen, damit wir die Möglichkeit haben zu flüstern. Und fertig zu sein, wenn er wieder reinkommt.“

Müller kehrte zurück, mit einer Thermoskanne und einem tragbaren PC. Zog den Stuhl zum Tisch heran und bat sie, sich zu bedienen. Das Geburtsmal zeichnete sich in dem winterbleichen Gesicht deutlich ab, und Aksel bekam Mitleid mit ihm. Eine überlegene Macht hatte Müller bereits im Fötusalter geohrfeigt, und jedes Mal, wenn er vor dem Spiegel stand, knallte es erneut.

„Wenn die Mutter wegfällt, dann fällt so vieles weg“, sagte der Pfarrer, „ich glaube, da sind wir uns einig. Iris Adelson. Sie war Witwe?“

„Unser Vater starb vor acht Jahren“, erklärte Aksel. „An Krebs.“

„Das war wohl ein Verlust, nehme ich an?“

Sie sahen einander an und nickten. Aber sie hatten ihn nicht eine Sekunde vermisst. Was sie damals gedacht hatten, war: „Jetzt ist der Ernst vorbei, jetzt beginnt die Freude.“ Aber konnte man das diesem Diener Gottes anvertrauen? Wie viele Ausbrüche, wie viele hässliche Streitigkeiten, Meinungsverschiedenheiten und widersprüchliche Gefühle hatte er in diesem heiligen Raum schon erlebt? Wobei er ja ein erwachsener Kerl von fast sechzig Jahren war.

„Und Enkelkinder?“, fragte er freundlich.

„Wir haben keine Kinder, keiner von uns“, antwortete Aksel.

„Wir haben uns nie Kinder gewünscht“, setzte Ellinor hinzu. „Wir haben mehr als genug zu tun, mit uns selbst.“

Der Pfarrer sah sie über den PC hinweg an.

„Verstehe“, meinte er. „Iris und sie beiden Kinder. Eine kleine Familie also. Klein und eng, vielleicht?“

„Nicht besonders eng, nein“, erwiderte Aksel.

Sie kamen in Schwung. Saßen auf ihren Stühlen und schäumten über, auch wenn sie beschlossen hatten, dies nicht zu tun. Aber was sollte man mit der Freiheit, wenn man sie nicht gebrauchen konnte? Wenn man nicht in ihr baden und herumschwimmen konnte, während warme Strömungen aus Zufriedenheit einen umspielten? Wenn man keine Frechheiten wie Kirschkerne durch den Raum spucken konnte, nicht das gröbste Lachen lachen konnte, das ein ganzes Leben lang in einem gesteckt hatte und gereift war?

Two-Face klapperte auf der Tastatur.

Das Geburtsmal war eine Spur dunkler geworden, als ob er unsicher wäre, mit wem er es zu tun hatte.

„Das, was passiert ist, war ganz entsetzlich“, sagte er. „Wir sollten wohl sagen können, dass Iris das Allerschlimmste widerfahren war.“

Als sie darauf nichts erwiderten, fuhr er fort.

„Aber wir wollen glauben, dass es schnell ging. Hoffen wir, dass es schnell ging, dass sie nicht allzu lange leiden musste. Und es ist ja auch so, dass der Tod manchmal wie eine Befreiung kommt."

„Das stimmt auf jeden Fall", sagte Ellinor.

„War sie bei guter Gesundheit?"

„Sie hatte Diabetes", antwortete Aksel, „und eine Wunde an der Wade, die nicht heilte. Wir haben oft gedacht, Ellinor und ich, dass sie sich zu einer Nekrose entwickeln könnte und Mutter früher oder später ihr Bein verloren hätte. Doch abgesehen davon war sie gesund."

Der Pfarrer machte sich erneut Notizen.

„Gibt es etwas Spezielles, was Sie an guten Erinnerungen erwähnen möchten?", fragte er, jetzt ein wenig vorsichtig.

„Gute Erinnerungen?", wiederholte Ellinor und stellte sich dumm.

Aksel stieß sie gegen die Wade.

„Etwas, an das Sie sich erinnern, das wir während der Zeremonie erwähnen können? Etwas, das typisch für Ihre Mutter war?"

„Ja", sagte Ellinor, nachdem sie eine Weile nachgedacht hatte. „Sie war gut im Backen. Die Kuchen waren ihr Martyrium."

Der Pfarrer verstand nicht ganz.

„Sie hatte Diabetes. Sie buk und servierte, saß dabei und sah uns zu, während wir aßen. Dann hatte sie so einen verletzten Blick, weil wir nicht wussten, wie schwierig es war, sich all die Freuden versagen zu müssen. Mandelkuchen und Sarah-Bernhard-Törtchen und Tropische Schokotorte und ich weiß nicht, was. Da saßen wir also und kauten, während das schlechte Gewissen in uns wuchs. Sie wollte uns Schulden aufbürden, uns das Gebäck über die Köpfe ziehen und uns auf die Knie zwingen. Eigentlich haben wir unser ganzes Leben auf Knien verbracht."

Der Pfarrer sah erschrocken drein und nickte dann ernst. Man konnte sehen, wie er darum kämpfte, sich in diesem fremden Terrain, in das er hineingeschleudert worden war, zu orientieren.

„Es ist ja eine Prüfung", wagte er sich vor. „Mit Krankheit leben zu müssen, all dies, was Gott uns auf die Schultern legt, das ganze Leben lang tragen zu müssen. Würden Sie sagen, dass sie ihre Qualen mit Würde trug? Diese Generation, nicht wahr, die jammert nicht andauernd."

„Sie war ein Rohling", sagte Ellinor.

Aksel stieß sie erneut gegen die Wade.

„Wir durften nicht jammern, auch wir nicht", fuhr Ellinor fort, „weil es immer jemanden gibt, dem es schlechter geht."

„Wie wahr, wie wahr", sagte Two-Face. „Das ist eine goldene Regel, finde ich."

Er fuhr sich schnell mit der Hand an die blaurote Wange. Vielleicht juckte und brannte es jedes Mal, wenn sie ein Thema berührten, das auch ihn selbst betraf.

„War sie aus der Landgemeinde hier?"

„Sie wuchs auf einem Hof auf, im Südwesten. Sie war siebenunddreißig, als ich zur Welt kam, und zweiundvierzig, als Ellinor geboren wurde", berichtete Aksel.

„Aha", sagte Two-Face. „Ich nehme an, dass Sie besonders willkommen waren, als Sie endlich auf der Bildfläche erschienen?"

Er lächelte hoffnungsvoll.

„Nun", begann Ellinor zögerlich, lehnte sich auf dem Stuhl nach hinten und verschränkte die Arme. „Wir wurden nicht gerade mit Fähnchen und Blasmusik empfangen. Es ging eher darum, für uns einen Platz im Haus zu finden. Sie wissen schon, alles hat seinen festen Platz, gern einen, wo man nicht im Weg ist, beispielsweise in einem Schrank oder ganz oben in einem Regal."

Der Pfarrer klapperte weiter auf der Tastatur, den Blick starr auf den Bildschirm gerichtet. Er brauchte etwas, was man laut sagen konnte, Dinge, die in einer Kirche angemessen waren, wenn ein grausames Verbrechen geschehen war.

„Gibt es denn etwas, das Sie vermissen werden?", fragte er flehentlich.

Sie sahen einander an.

„Das müssen wohl die Kuchen sein", kam es von Aksel.

„Nicht wahr!", sagte der Pfarrer. „Vielleicht ist das größte Geschenk, das sie hinterlässt, ein Stapel mit Kuchenrezepten. Was tat sie ansonsten gern?"

„Sie las gern", fiel Aksel ein.

„Aha", sagte der Pfarrer. „Was denn?"

„Im Großen und Ganzen las sie Bücher, die vom Abrackern handelten. Von armen Bauern und unglücklicher Liebe und solchen Dingen. Und wenn sie nicht von armen Bauern handelten, dann handelten sie von armen Fischern. Oder Bergarbeitern."

„Das waren also Themen, bei denen sie sich auskannte, würde ich meinen", versuchte es Two-Face. „Diese Generation, die jammert nicht andauernd."

„Das haben Sie bereits gesagt", erklärte Ellinor. „Doch Jammern ist ein Menschenrecht. Ich selbst habe in meinem Leben viel gejammert, und das aus gutem Grund."

Der Pfarrer antwortete darauf nicht, die Finger liefen über die Tastatur.

„Mutter glaubte nicht an Gott", sagte Aksel. „Das können wir ebenso gut laut sagen, dann wissen Sie, woran Sie mit uns sind."

„Aber vielleicht glaubte Gott an Iris?"

„Ja, Gott weiß", sagte Ellinor und kicherte im selben Moment, und die Stimmung wurde leichter. Die Kerzen flackerten sanft, ihr Schein umspielte die Waden von Jesus am Kreuz.

Der Pfarrer schloss den PC. Sein Blick war ernst. „Aber lebt sie in irgendeiner Weise in Ihnen weiter?"

„Das will ich wirklich nicht hoffen!", rief Ellinor aus. „Wenn sie in meinem Kopf auftaucht, dann ertränke ich sie in *Sally-water*."

„Verstehe. *Sally-water?*"

Ellinor sah den Pfarrer an. Vielleicht sah er an ihrem schwarzen Auge, dass sie gezeichnet war wie er selbst.

„Hören Sie mal zu." Ellinors Stimme klang laut und klar. „Mutter war eine Wüstenlandschaft. In ihren Gärten ist nichts gewachsen. Aber sagen Sie in der Kirche, was Sie wollen, uns ist es egal, Lügen sind wir gewohnt."

Sie streckte sich nach der Kaffeekanne. Drehte sie auf und schenkte Aksel ein, danach sich selbst. Nahm sich zwei Stück Zucker und ließ sie in die Tasse fallen. Schlürfte laut und ungeniert.

„Verstehe", erwiderte Two-Face. „Aber dann brauche ich ein paar Fakten, die zu einem Begräbnis gehören. Wann sie geboren wurde, wo sie geboren wurde, und wann sie wen geheiratet hat. Ihren Lebenslauf. All das, was jetzt vorbei ist."

Aksel riss sich mühsam zusammen. Sie mussten nun einmal durch diesen Sumpf, den das Gespräch mit dem Pfarrer darstellte. Also zählte er auf, was er wusste. Dass die Mutter fünf Jahre alt gewesen war, als der Frieden kam, dass sie in den mageren Nachkriegsjahren mit fünf Geschwistern aufgewachsen war. Der Vater, der zehn

Jahre älter als die Mutter war, war auch auf einem Hof aufgewachsen, auch er hatte fünf Geschwister. Insgesamt waren sie also zwölf, und alle zwölf hatten geheiratet und viele Kinder bekommen."

„Was für ein Wurzelgeflecht!", rief der Pfarrer begeistert aus, er vergaß sich direkt. „So viele Wege zurück zum Ursprung, so viel Zugehörigkeit! Sie wissen doch, keine Wurzeln, keine Nahrung."

Er sah sie ernst an.

„Zugehörigkeit ist eine wichtige Sache. Und Wurzellosigkeit ist gefährlich. Wurzellosigkeit kann zu destruktiven Gedanken und zerstörendem Verhalten führen."

„Wie wahr, wie wahr", sagte Ellinor und schlürfte Kaffee.

Aksel sah auf seine sowjetische Armbanduhr.

„Haben Sie einen Infozettel zusammengebastelt, den wir auf den Sargdeckel kleben können?"

„Infozettel?"

„Damit diejenigen, die die Sendung annehmen, sehen, wohin sie soll. Nach oben ins Licht oder nach unten in die Dunkelheit?"

„So kann man es auch ausdrücken", entgegnete der Pfarrer und lächelte schief. Er öffnete den PC wieder und klapperte eine Weile weiter. Und sah sie über den Tisch hinweg an.

„Was Sie nun verloren haben, oder was Sie vielleicht bekommen haben, geht mich nichts an", sagte er. „Aber falls es so ist, dass Sie Ihr ganzes Leben in der letzten Reihe gestanden haben, dann sind Sie hiermit ins vorderste Glied gerückt. Jetzt ist der Tatort freigegeben, und Sie gehen dorthin und räumen hinter ihr auf, ist das so? Ich habe auch hinter meinen Eltern aufgeräumt. Erst wenn man die Dinge durchgeht, die von ihnen übrig bleiben, sieht man sie als Individuen. Dass sie von Dingen geträumt und sich mit Dingen abgemüht und ihren Teil des Schmerzes abbekommen haben. Meist gibt es auch noch die ein oder andere Überraschung, oder es tauchen massenhaft Fragen auf, auf die man nie eine Antwort bekommen wird. Aber dann begreifen wir, dass sie ein langes Leben für sich gelebt haben, ehe sie für uns gelebt haben."

„Sie hat nie für uns gelebt", widersprach Ellinor.

Nun wurde der Pfarrer traurig. Seine Hand war wieder oben am Geburtsmal, sein Blick ging zum Tisch und zur Bibel.

„Ich werde jetzt meinen Teil tun", sagte er. „Nehmen Sie sich aber etwas Zeit für die Durchsicht der Sachen. Diese Zeremonie ist vielleicht wichtiger als die, die in der Kirche abläuft. Sehen Sie sich ihre Dinge genau an und überlegen Sie, welchen Erinnerungswert sie haben. Sie hat diese Tasse und diese Vase gewählt, sie bekam dieses Schmuckstück geschenkt, legte es an, ging zum Spiegel und betrachtete sich selbst darin."

Sie hörten etwas in seiner Stimme, eine milde Ermahnung.

„Wir träumen alle von denselben Dingen", sagte er. „So einfach ist das."

„Es ist nie einfach gewesen", entgegnete Ellinor. „Sind wir jetzt fertig?"

Kind. Du schätzt die dunkle
Träne deiner Mutter nicht.

Olav H. Hauge

Sie gingen umher in der fremden Landschaft, mutterlos und vaterlos, zwei Kinder in einem Märchen, die aus dem Haus der Hexe entkommen waren.

Doch elternlos waren sie immer gewesen, es gab kein Gefühl von Verlust oder Trauer, sie kicherten wie unartige Kleinkinder, alberten wie betrunkene Teenager, und schämten sich tief im Inneren über den Mangel an erwachsener Verantwortung.

Sie hatten nie einen Raum gehabt, in dem sie wachsen konnten.

Ellinor hatte für eine Rolle Müllsäcke gesorgt, Aksel hatte Umzugskartons bei Staples, Klebeband, Schnur und Filzschreiber gekauft. Eine Firma war da gewesen und hatte eine vorläufige Reinigung vorgenommen. Zwei syrische Frauen, als Asylbewerber nach Norwegen gekommen, ließen sich weder von einer Blutlache noch von Gehirnmasse oder den grauen Haarbüscheln abschrecken, die die ganze Treppe hinunter an den Messingleisten hingen. Ein Trödelhändler würde den Haushalt auflösen, aber zuerst mussten sie die Sachen der Mutter durchsehen. Sie konnten ja auf etwas von Wert stoßen. Doch Silberbesteck und Schmuck waren gestohlen, und davon abgesehen hatte sie nicht viel besessen. Schubladen und Schränke und Regale waren dennoch voll, jedes noch so kleine Ding musste in Zeitungspapier eingepackt und in ein Schächtelchen gelegt werden.

Weil die Mutter nicht mehr da war, nicht mehr in dem roten Sessel saß und sie herumkommandierte, schwiegen sie die meiste Zeit, voller Furcht, die Stille zu zerreden. Sie begannen, Dinge aus Regalen und Schränken zu nehmen. Erinnerungen an die Kindheit kamen auf, aber sie wollten nichts mitnehmen, keine Tassen und Gefäße, keine Möbel und Bilder. Am roten Sessel der Mutter befestigten sie dennoch einen Zettel an den Trödelhändler mit den Worten „Stehen lassen". Denn es sollte eine Zeremonie geben, das hatte Ellinor bestimmt. Der Thron sollte verbrannt werden.

Aksel fand den Gedanken schön, dass das Doppelbett der Eltern bald in einem Trödelladen stehen würde. Dass fremde Menschen darin schlafen würden und sich vielleicht Gedanken darüber machten, wer vor ihnen darin geschlafen hatte. Dass andere aus den Tassen der Mutter trinken und von ihren Tellern essen würden. Und ihre Kleidung, der alte Pelzmantel … Was, wenn er später im Winter auf den Mantel stieß, mit einem anderen Menschen darin? Das wäre so, als sähe man ein

Gespenst, und er spürte einen jähen Widerwillen dagegen, dass die Mutter in ihren Kleidern, Möbeln und Dingen weiterleben sollte.

Es war still, während sie herumwerkelten. Er hörte Ellinor oben im ersten Stock, ihre leichten Schritte auf dem Boden. Bisweilen verstummten sie, dann suchte sie in einem Schrank, oder sie ging die Schubladen in einer Kommode durch. Aksel war mit Gläsern, Porzellan, Vasen, Schüsseln und Platten beschäftigt. Dann ging auch er langsam die Treppe hinauf und fand seine Schwester im Schlafzimmer der Eltern.

Sie saß auf der Bettkante und hatte etwas auf dem Schoß. Er setzte sich daneben, die Matratze gab unter seinem Gewicht nach.

„Was hast du gefunden?"

„Uns", sagte sie und lächelte, „ich habe uns gefunden. Sieh nur! Wir sind Indianer."

Sie hielt eine alte Fotografie in einem hübschen Rahmen in der Hand. Sie waren Kinder und saßen auf dem Rasen vor dem Haus. Aksel hatte eine Decke über den Schultern, Kriegsbemalung an den Wangen und eine Krähenfeder auf dem Kopf. Ellinor hatte eine Perücke auf, die bei Standard gekauft worden war, mit Zöpfen und farbenfrohen Bändern. An den Füßen trug sie Mokassins mit Perlen und Fransen. Unter das Bild hatte der Vater mit zierlicher Schrift geschrieben:

Sonnenblume und Hiawatha.

„Das hing über ihrem Bett", sagte sie. „Ich erinnere mich daran, als Vater das Foto machte. Wir waren alle beide mürrisch, denn wir wollten nicht Sonnenblume und Hiawatha sein, wir wollten Krieger sein. Du wolltest Komantsche sein. Dieser Häuptling, den sie Eisenjacke nannten."

„Iron Jacket", sagte Aksel.

„Und ich wollte Klappernde Schlange sein. Doch du hast bestimmt, dass ich Weißer Büffel sein sollte. Die Kriegerin, auf die alle warten, diejenige, die alle Stämme vereinen und Frieden schaffen sollte."

Sie sah den Bruder mit einem Glitzern in den Augen an.

„Der Boden bebt unter den Hufen meines Pferds. Kannst du hören, dass er bebt?"

„Wie alt waren wir?", fragte Aksel.

„Groß genug, um einiges zu begreifen."

„Aber wir sehen doch fröhlich aus?"

„Weil er uns darum bat", gab Ellinor zurück. „Er sagte, dass wir fröhlich aussehen müssten. Erwachsene bestimmen gern die Gefühle von Kindern. Du freust dich doch wohl? Du bist doch wohl dankbar? Aber du hast zu ihm gesagt, dass Indianer normalerweise gar nicht lächelten, weil sie so viele Feinde haben."

Das Bild war in einen Silberrahmen gesteckt worden, groß wie ein A4-Bogen.

„Ich nehme es mit nach Hause", sagte Ellinor, „ich will es an der Wand über dem Bett haben. Jeden Tag, wenn ich aufwache, werde ich das Bild ansehen. Wir sind immer Indianer gewesen. Hast du unten etwas gefunden, das du mit nach Hause nehmen möchtest?"

Aksel dachte kurz nach.

„Vaters altes Barometer, vielleicht, sodass ich überprüfen kann, ob der Druck steigt."

„Ja, klar steigt er!", erwiderte Ellinor.

So saßen sie Schulter an Schulter auf dem Bett der Mutter. Sie fühlten sich ein wenig wie Gesetzlose, Eindringlinge auf privatem Grund und Boden. Hier hatten sie gelegen, Annar und Iris, eng zusammen. Und nichts von dem, was sie sich zugeflüstert hatten, nichts von dem, was sie gedacht oder gefühlt hatten, hatte sich verflüchtigt und den Raum verlassen. Es steckte nach wie vor im Bettgestell, im Holz, in der Tapete und den lichtdichten Vorhängen.

„Ich frage mich, ob sie vielleicht Krebs gehabt hat", sagte Aksel.

Durch Ellinor ging ein Ruck.

„Sprich nicht von solchen Dingen."

Aksel blickte hinunter auf die Hände in seinem Schoß.

„Tante Signe hat mir etwas bei der Gedenkfeier erzählt. Dass Mutter zur Behandlung ins Reichskrankenhaus musste. Sie habe voller Stolz gesagt, dass ich es gewesen sei, der sie hin- und zurückfuhr, aber ich habe sie nie ins Reichskrankenhaus gefahren. Warum hat sie uns nichts gesagt?"

Die Schwester spannte den Mund an.

„Das hier habe ich in der Schublade ihres Nachtkästchens gefunden."

Sie gab Aksel ein Pillenglas. Er schraubte den Deckel ab und blickte auf ein paar glänzende orangefarbene Kapseln.

„Oxycodone Actavis", las er. „50 mg. Was ist das denn?"

„Wohl ein Schmerzmittel. Ein starkes", fügte sie hinzu. „Macht abhängig."

Er schüttelte das Glas, es war halbvoll.

„Wird man davon berauscht?"

„Ich habe vor, das herauszufinden", sagte sie.

Sie schnappte sich das Glas und steckte es in die Tasche.

„Ich habe viel über dieses Truthahnessen nachgedacht, du erinnerst dich", begann Aksel. „Inzwischen denke ich, dass während des Kriegs irgendetwas mit Vater passiert sein muss."

Sie schnitt ihm sofort das Wort ab.

„Natürlich ist etwas passiert, es war ja Krieg. Ich will über derartige Dinge nicht sprechen, wir müssen nach vorn blicken, Aksel, nicht zurück."

„Aber dann sind wir ja nicht besser als sie", erwiderte er kleinlaut.

„Doch, das sind wir! Wir haben keine Kinder in die Welt gesetzt, wir verderben niemand anderen als uns selbst. Dies hier endet mit uns."

Aksel ging hinüber zu Mutters Kommode. Die oberste Schublade enthielt Unterwäsche von der Art, wie eine alte Dame sie tragen würde, verwaschen und vergilbt, mit kaputten Spitzen und lockerem Gummi. Er hob Schlüpfer und Hemdchen hoch und fand weitere Pillengläser.

„Morphin", las er. „Tramadol. Fentanyl. OxyNorm."

„Gib sie mir!", befahl Ellinor.

„Meine Güte", murmelte er, „so viele Schmerzmittel."

„Mach es nicht noch schlimmer", sagte Ellinor scharf.

„Aber war sie deshalb so angespannt und angestrengt? Ging sie deshalb auf diese merkwürdige Weise, wie ein Roboter? Weil sie Schmerzen hatte?"

„Und wennschon! Sie entschied sich dafür, uns nichts zu sagen, damit entschied sie sich auch gegen alles, was sie an Sympathie und Mitgefühl hätte bekommen können. Es war ihre eigene Entscheidung."

Sie warf ihm einen Müllsack zu und bat ihn, die Kommode auszuräumen. Doch er wagte es nicht, Mutters Unterwäsche – all die Träger und Schnüre und Häkchen – mit bloßen Fingern anzufassen. Die Schlüpfer und Hemdchen, die sie am Körper getragen hatte. Überhaupt war es kaum zu glauben, dass sich ein Körper unter ihrer Kleidung verborgen hatte. Einer, in dem Ellinor und er warm und sicher herumgetragen worden waren.

Ellinor schnappte sich die Pillengläser, ihre Taschen beulten sich aus. Plötzlich erinnerte sich Aksel an mehrere Dinge von der Gedenkfeier.

„Weißt du noch, was Onkel Sverre in seiner Rede sagte? Bei all dem, was Mutter in der Kindheit durchgemacht hat, war es eigenartig, dass aus ihr überhaupt ein Mensch geworden ist. Erinnerst du dich daran?"

„Aber aus ihr wurde ja nie ein Mensch. Kannst du jetzt also aufhören?", rief Ellinor. „Was willst du mit alldem hier, wir sind fertig, Aksel, hör auf, darin zu graben. Soll ich in den Geschichtsbüchern blättern, um meine Eltern zu verstehen? Sie waren, wie sie waren. Wir sind das auch, und dafür gibt es gute Gründe!"

Aksel versuchte, das Tor zu schließen, das sich plötzlich in die Welt der Mutter geöffnet hatte.

„Aber sind wir dann nicht ein wenig feige?", meinte er zaghaft.

„Wir sind zu dem geworden, was man uns ermöglicht hat, nicht mehr und nicht weniger."

Sie schob ihn weg. Packte Mutters Unterwäsche und stopfte sie in den Plastiksack. Warf einen Blick in ihr altes Kinderzimmer, um dann den Flur entlang zur Treppe zu gehen – eine steile Treppe mit einer scharfkantigen Messingleiste außen an jeder Stufe.

Aksel gab Ellinor ein Zeichen, dass sie vorgehen sollte. Sie suchte nach Halt am Geländer und ging vorsichtig eine Stufe nach der anderen. Er ging zwei Schritte dahinter, ein Schritt nach dem anderen, genau wie die Schwester, wobei er den Müllsack hinter sich herschleifte.

„Wir können um den Obduktionsbericht bitten", erklärte er. „Wenn es für uns wichtig ist, zu wissen, woran genau sie gestorben ist. Ist es für uns wichtig?"

Ellinor drehte sich um und sah ihn an. Mit dem kleinen Mund und den schweren Augen ähnelte sie einer Fliege.

„Was gibt es da zu überlegen? Der Schädel hatte einen riesigen Spalt. Glaubst du nicht, dass sie schon immer einen Spalt im Schädel hatte? Dass die wichtigen Dinge, die du und ich hätten bekommen sollen, schon längst verlorengegangen waren?“

Unterhosen, Nachthemden, Büstenhalter und Strümpfe der Mutter wurden als Müll gekennzeichnet. Jeder Karton wurde mit Filzschreiber beschriftet, sodass der Trödelhändler sich zurechtfand. Alles sollte in die Regale in seinem Laden, sodass Leute vorbeikamen und – in der Hoffnung, einen Schatz zu finden – alles umdrehten und nach dem Preis suchten.

Wie viel war Iris Adelson wert? Fast nichts, dachte Aksel. Alles würde zum Spottpreis weggehen. Kristallglas von Kosta Boda und Hadeland, königlich dänisches Porzellan von Bing und Grøndahl. Alles, was Iris war, würde in sämtliche Winde verstreut werden, etwas von Mutter überall in vielen Häusern. Die Leute würden es an sich raffen und sagen: „Was für ein Fang. Ich bekam es für ein Butterbrot.“ All die Dinge, für die die Mutter lange geknausert und gespart hatte, wie die Mokkatassen der finnischen Marke Arabia oder die rosenbemalte Trinkschale für Bier aus Telemark.

Ellinor und er vermieden es, sich gegenseitig anzuschauen. Sie machten den Rücken gerade, sie wischten sich den Schweiß von der Stirn. Sie schoben die Kartons im Wohnzimmer zu einer großen Pyramide zusammen und legten die Säcke mit Kleidung und Textilien daneben, Vorhänge und bestickte Tischdecken. Aksel rief den Trödelhändler an und sagte: „Sie können jetzt kommen. Alles ist bereit."

Während sie warteten, setzte Ellinor sich auf den Stuhl der Mutter. Und Aksel setzte sich auf den anderen, auf dem er immer gesessen hatte, wenn er im Haus war. In dem leer geräumten Raum klang alles hohl und fremd, beschienen von kaltem Licht. Die Vorhänge von der Spinnerei Solberg und die Leinenvolants mit Hardanger-Stickerei waren abgenommen. Der Tag draußen rieselte herein.

Bald waren zwei Männer – ein älterer Kerl und ein jüngerer – mit Volldampf dabei, Möbel hinaus auf den Lastwagen zu tragen. Aksel schleppte den roten Sessel hinaus in den Schnee. Er fand einen alten Pulverlöscher im Schuppen, ohne zu ahnen, ob er funktionierte, wie er sollte. Aber wenn die Nachbarn das Feuer im Garten bemerkten, war es wichtig, dass sie sofort den roten Apparat sahen.

Alles in Ordnung hier bei uns.

„Du musst Sverre anrufen und ihm sagen, dass das Haus leer ist", sagte sie.

„Wenn wir den Sessel verbrannt haben", wandte er ein.

Sie standen auf der Treppe und sahen dem Lastwagen hinterher, als er wegfuhr. Da fährt die Alte dahin, dachte

Aksel. Vorbei an Arvids Haus mit den Brandschäden, dem Haus von Gøran und Lisbeth und dem Haus des Verrückten aus der Finnmark.

Schließlich verschwand die Mutter in der Kurve. Er ging zum Volvo, um Benzin zu holen.

Ellinor wartete im Schnee.

Aksel übergoss den Sessel von oben bis unten mit Benzin. Es floss in Strömen, und sie warteten schweigend, während die brennbare Flüssigkeit in den Stoff einzog und die rote Farbe dunkler werden ließ. Ellinor stand mit dem Kaminanzünder in der Hand da und trippelte ungeduldig.

„Kann ich ihn jetzt anzünden?"

„Du musst noch etwas warten."

Zwischendurch blickten sie verstohlen zu den Häusern der Nachbarn, ob jemand sie beobachtete, aber sie konnten keine Gesichter hinter den Scheiben sehen.

„Kann ich ihn jetzt anzünden?"

„Ja, ich glaube, jetzt wird er gut brennen", meinte Aksel. „Wenn du siehst, dass er Feuer fängt, musst du ein bisschen aufpassen."

Ellinor beugte sich vor und steckte den Sessel in Brand, der augenblicklich in Flammen aufging. Sie stand viel zu nahe, Aksel drängte mehrere Male, dass sie auf Abstand gehen müsse.

Und der Sessel brannte. Die Beine zuerst, es folgte die Sitzfläche bis zu den Armlehnen, dann leckten die

Flammen weiter den Rücken nach oben, bis der Brand zum Schluss oben an Mutters Kopf angekommen war. Denn Ellinor und er sahen sie deutlich im Flammenmeer, und sie spürten es im ganzen Körper, dass sie brannte. Die Mutter brannte so still, dachte Aksel, als wäre es etwas, das sie erwartet hatte. Die Flammen waren schön, wie sie da verzehrend über das alte Möbelstück tanzten und krochen und knisterten.

Sogar das Feuer ist fröhlich, dachte Aksel.

Sie vergaßen die Zeit. Sie vergaßen zu kontrollieren, ob jemand am Fenster stand und sie beobachtete, was sie auch gar nicht bemerkt hätten. Sie waren verführt von den Flammen und standen mit glänzenden Augen und glühenden Wangen da. Der Schnee schmolz in einem großen Ring und hinterließ ein schwarzes Loch. In der Glut sahen sie die Konturen vom Untergestell des Sessels wie ein verbranntes Knochengerippe.

Vier Flaschen guter Wein, zwei rote und zwei weiße, um die Mutter aus der Welt zu trinken – aus ihren Leben und Herzen. Nein, nicht den Herzen, dort war sie nie gewesen.

Ehe er mit dem Wein zu Ellinor fuhr, machte er kurz halt bei sich zu Hause im Turm. Er schlug einen Messingnagel in die Wohnzimmerwand und hängte das alte Barometer auf, klopfte dreimal an das Glas und sah, wie sich der Zeiger zitternd nach oben Richtung

Hochdruck bewegte. Seine Kleidung roch nach Rauch, also zog er sich um. Ging zum Fenster und blickte hinaus auf die Welt und hinab auf die Menschen, die über den Platz gingen. Niemand von ihnen schaute zum Fenster hoch, wo Iron Jacket stand und sie beobachtete.

Er teilte der Schwester mit, dass er auf dem Weg wäre. Zog die Daunenjacke an, klopfte sich auf die Taschen, um zu kontrollieren, dass er alles dabeihatte. Nahm die Tüte mit den vier Flaschen und ging hinaus.

Als er gerade das Auto erreicht hatte, erblickte er den Polizeiwagen, der vor den Block fuhr.

Der Anblick ließ ihn innehalten. Mit der Tüte in der Hand blieb er stehen und betrachtete den Beamten, der parkte, um dann mit leichten Schritten auf ihn zuzukommen, während er ihn mit einem fragenden Blick ansah, den Aksel erwiderte.

„Hallo! Ich muss zu Adelson", sagte der Beamte. „Kennen Sie diesen Namen?"

„Das bin ich", erwiderte Aksel.

„Ach so? Ich hatte in der Nähe zu tun. Und wurde gebeten, hier vorbeizufahren. Wir möchten gern, dass Sie zur Wache kommen. Bloß für ein Gespräch."

„Aber ich habe schon mehrere Male mit Ihnen gesprochen."

„Nicht mit diesem Mann."

„Diesem Mann?"

„Wir haben einen neuen Chef bekommen. Von der tatkräftigen Sorte.“

Aksel wurde unruhig, die Flaschen klirrten.

„Ich bin auf dem Weg zu meiner Schwester.“

Der Beamte warf einen verstohlenen Blick auf die Tüte und wieder hinauf zu Aksel.

„Es dauert nur ein paar Minuten, er möchte in den Ermittlungen weiterkommen.“

„Aha.“

Aksel zögerte. „Ich habe wohl ein paar Minuten, wenn es wichtig ist.“

Er fuhr dem Polizeiwagen hinterher zur Wache, parkte auf dem Platz für Besucher und ging hinein.

Der Beamte begleitete ihn einen langen, kahlen Gang hinunter, der Zweifel aufkommen ließ, dass lebendige Menschen in dieser Farblosigkeit ihrer Arbeit nachgingen. Konnte man hier drinnen scherzen und lachen, dachte Aksel, einander aufziehen und lustige Geschichten erzählen? Es sah nicht danach aus, hier drin herrschte gnadenloser Ernst.

Er wartete in einem kleinen Raum, auch der war nackt, nur ein Tisch und zwei Stühle. Bald waren leichte Schritte zu hören.

„Herr Adelson! Dachte mir, wir könnten ein wenig plaudern. Ist es in Ordnung, wenn wir uns ein paar Minuten nehmen?“

Der Mann streckte die Hand aus, und Aksel nahm sie.

„Eddie Feber. Ich bin neu im Präsidium, und ich bin neu in dem Fall."

Er sah Aksel mit wachem Blick an, schlenderte auf die andere Seite, zog den Stuhl heran und legte einen Stapel Papier auf den Tisch. Dann musterte er Aksel erneut, mit kaum verhohlener Neugier.

„Sie sind also Iris Adelsons Sohn", stellte er fest. „Der Primus, der vortreffliche Erstgeborene?"

Vortrefflich?, dachte Aksel, was für eine Aussage. Er begnügte sich damit, den Kopf zu schütteln, wie er so auf dem unbequemen Stuhl saß, die Knie eng zusammen wie ein Weib.

„Ihre Mutter", fuhr Feber fort und sah ihn erneut mit seinem aufgeweckten, kristallklaren Blick an. „Sie wurde Opfer eines abscheulichen Verbrechens. Eines der schlimmsten Dinge, die man einem alten Menschen antun kann."

„So ist es", bestätigte Aksel und nickte ernst.

„Sie arbeiten bei der Lokalzeitung?"

„Das stimmt."

„Sie schreiben gut. Ich habe den Artikel über den Elch gelesen, wissen Sie. Ein so großes Tier zu durchlöchern, hinterlässt Spuren. Das sind viele Kilo, die da zu Boden stürzen. Gehen Sie auf die Jagd, Herr Adelson?"

Aksel schüttelte den Kopf.

„Aber ich tue das", verkündete Feber und lächelte vergnügt.

„Ich jage den Jäger."

Er blätterte in dem Papierstapel, die Augen liefen die Zeilen entlang, auf der Suche nach einem natürlichen Ausgangspunkt.

„Sie ist jetzt in der Erde?"

„Das ist sie."

„Nicht verbrannt, mit anderen Worten?"

„Ist bei uns nicht üblich. Wir sind eine Familie mit vielen Bauern. Und die meinen, dass wir zurück in die Erde müssen."

Feber nickte und lehnte sich im Stuhl zurück. Sein Blick glitt zu Aksel, dann schnell hinunter auf die Papiere und wieder hinauf zu Aksel. Nichts entging den dunklen Augen.

„Ich will ganz direkt sein", sagte er. „Darauf haben Sie als nächster Angehöriger ein Anrecht, finde ich. Wir sind der Ansicht, dass die ganze Sache etwas unverständlich ist."

„Ich finde es relativ klar", entgegnete Aksel rasch.

„Inwiefern?"

„Bei ihren Nachbarn ist ebenfalls eingebrochen worden, das sagt ja wohl alles."

„Was sagt das?", wollte Feber wissen. Er saß vorgebeugt da, sein Tonfall war liebenswürdig, die Bewegungen wieselflink.

„Dass die Rede von derselben Bande ist, oder?"

„Eine Bande? Wirklich?"

Jetzt war Feber ein frecher kleiner Junge, so einer, wie Aksel nie gewesen war.

„Also glauben Sie, dass es mehrere waren?“, fragte Feber weiter.

„Sie arbeiten wohl zu zweit. Es müssen zwei gewesen sein.“

„Das kommt vor“, gab Feber zu. „Und es stimmt, dass es bei ihren Nachbarn einen Einbruch gab, aber nicht bei Ihrer Mutter. Ihre Mutter wurde überfallen.“

Er schwieg kurz. „Kinder?“, fragte er dann abrupt.

„Kinder? Ich habe keine Kinder, nein.“

Da lächelte Feber belustigt, und ein Anflug von Stolz ließ sein Gesicht aufleuchten.

„Ich habe acht Stück“, erklärte er. „Einen Angelman, einen Asperger und sechs kleine Kobolde.“

Aksel hielt es für das Beste, diese Vertraulichkeit nicht zu kommentieren.

„Zwar ist es schon vorgekommen, dass ich nachts geträumt habe, dass die Kinderschar nur ein böser Traum ist. Dass ich bald aufwachen und merken würde, dass da bloß der Hund in seinem Korb liegt. Aber so ist es eben nicht. Bei uns zu Hause geht es lebhaft zu. Hier im Haus habe ich bereits einen Spitznamen bekommen. *Feber und die acht Zwerge.*“

Die Finger blätterten weiter im Papierstapel umher, während die Augen die Zeilen scannten.

Aksel konnte den Mann, der Eddie Feber hieß, nicht einordnen. Ob all das Gerede, die zügellose Energie nur Ablenkungsmanöver war? Spielte Feber ein Spiel, so wie viele andere Menschen auch, um sich zu verbergen, die eigentlichen Motive zu verschleiern oder schwache Seelen zu täuschen und zu verführen?

„Darüber hinaus habe ich eine Schriftstellerin geheiratet", fuhr der Ermittler fort. „Das dürfen Sie niemals tun, Herr Adelson, Sie dürfen niemals eine Schriftstellerin heiraten."

„Nein, wohl nicht."

„Die leben große Teile des Tages in einer alternativen Wirklichkeit. Die ganze Zeit muss man sie aus Situationen herausholen, in denen man nicht dabei sein darf, und aus Universen, die mit Menschen bevölkert sind, die man nie treffen wird."

Er lächelte wieder, seine Zähne waren ebenmäßig und weiß.

„Es kann vorkommen, dass ich mich ausgeschlossen fühle. Und zu allem Überfluss löchert sie mich auch noch mit Fragen, wenn sie mitten in einem Kapitel feststeckt: ‚Was, glaubst du, hätte dieser oder jener in genau dieser Situation getan, was ist am wahrscheinlichsten und glaubwürdigsten?' Und da sage ich natürlich, dass ich keine Ahnung habe, ich kenne diese Leute ja nicht. ‚Ist es nicht so, dass du schreiben kannst, was du willst? Du bist doch Autorin.' Dann verdreht sie die Augen, Herr Adelson. Aber das ist eine andere Geschichte, die können wir ein anderes Mal angehen."

„Habe nicht vor zu heiraten", erwiderte Aksel kurz.

Eddie Feber wurde nachdenklich. Verschiedene Ausdrücke tauchten in seiner Miene auf und verschwanden wieder – wie Kräuselungen auf Wasser. Und alle sahen echt und aufrichtig aus.

„Wie gesagt, bin ich etwas verstört, was Ihre Mutter angeht. Deshalb wollte ich auch ein paar Worte mit Ihnen wechseln."

„Verstört?"

„Ich habe schon den einen oder anderen Raubüberfall in meinem Leben gesehen. Dazu unzählige Einbrüche, wie zum Beispiel der bei ihren Nachbarn. Und der sah ganz anders aus."

„Gibt es da denn so viele Arten?"

„Das Silberbesteck Ihrer Mutter ist weg", sagte Feber, „und der gesamte Schmuck."

„Eben?", bestätigte Aksel und nickte.

„Aber das ist auch schon alles, was fehlt", fuhr Feber fort. „Unter dem Küchentisch fanden wir die Handtasche Ihrer Mutter mit Geldbörse und Bargeld."

„Die haben sie dann halt nicht gefunden?"

„Wenn die etwas können, dann ist es, Wertsachen zu finden. Die Sache ist die, dass alle Tatorte geschwätzig sind. Sie sagen etwas über den Hergang und über den Täter aus. Oder die Täter. Oder die Täterinnen, wir dürfen die Frauen nicht vergessen, Herr Adelson. Der Tatort sagt etwas darüber aus, wer die Täter sind und ob sie dies schon einmal getan haben. Und alle Dinge, die wir nicht finden, bedeuten auch etwas – verstehen Sie, worauf ich hinauswill?“

„Selbstverständlich“, sagte Aksel, ein wenig gereizt. „Ich bin doch kein dummer Junge. Irgendein unbedarfter Rotzlöffel.“

„Habe ich Ihnen das Gefühl gegeben, ein Rotzlöffel zu sein?“, fragte Feber mit hochgezogenen Augenbrauen.

Ohne eine Antwort abzuwarten, fuhr er dann fort: „Aber gut, diese Raubüberfälle. Diese eigenartigen Individuen, die Silberbesteck und Schmuck aus dem Sekretär Ihrer Mutter genommen und sie anschließend ums Leben gebracht haben. Das sind Täter, die das zum ersten Mal getan haben. Der Modus Operandi ähnelt insgesamt gesehen nicht dem, was wir in anderen Häusern vorfinden. Die Eingangstür war nicht aufgebrochen, und die Fenster waren intakt. Iris hat offenbar selbst aufgemacht, vielleicht jemandem, den sie kannte. Die restliche Wohnung war aufgeräumt und sauber. In einem ansonsten tadellosen Haus stand der Sekretär offen, und drei Schubladen waren herausgezogen. Wobei es sich genau um jene drei Schubladen handelt, die Silber und Schmuck enthielten, wie Sie meinen Leuten am Tatort erklärt haben. Alle anderen Schubladen waren geschlossen. Vielleicht, weil der Täter oder die Täterin wusste, was darin lag?“

Er blickte in seine Papiere.

„Stoffservietten, bestickte Tischdecken und Serviettenringe.“

Er hob den Kopf und sah Aksel aufmerksam an. War so präsent und intensiv, dass es Aksel nicht gewundert hätte, wenn der Mann eine höhere Körpertemperatur als andere Menschen hatte.

„Wenn Diebe in ein Haus eindringen, stellen sie alles auf den Kopf", machte er weiter. „Sie heben Dinge hoch und verschieben Dinge, werfen Dinge um, schauen darunter und dahinter. Weil es schnell gehen muss, gehen sie grob zu Werke, und die Verwüstung ist in allen Räumen sichtbar. Sie hinterlassen ein Schlachtfeld. Der oder die Täter hatten es nicht auf Wertsachen abgesehen, sie hatten es auf Iris abgesehen."

„Warum das denn? Sie war doch bloß ein alter Mensch."

Feber warf ihm einen messerscharfen Blick zu.

„Und als solcher weniger wertvoll, ist es das, was Sie sagen wollen?"

Aksel wurde verwirrt.

„So habe ich es nicht gemeint. Aber wer käme denn auf den Gedanken, einen wehrlosen Menschen anzugreifen?"

„Weiß ich noch nicht", sagte Feber, „aber das werde ich herausfinden."

Aksel hatte den Eindruck, im selben Moment etwas in den dunklen Augen zu sehen. Etwas, das leuchtete.

„Erinnern Sie sich daran, was Sie den Beamten gesagt haben? Die Tür war Tag und Nacht abgesperrt. Ihre Mutter hatte eine Sicherheitskette, und sie hat immer zuerst durch den Spalt gesehen, wer auf der Treppe steht.

Erst dann hat sie die Kette gelöst und geöffnet. Wenn sie sich sicher fühlte. Sie fühlte sich sicher."

Er schnippte mit den Fingern.

„Schwups! Schon war der Täter drin. Oder die Täter. Oder die Täterinnen."

Aksel rieb sich mit dem rechten Schuh an der linken Wade, denn er hatte das Gefühl, dass es dort drinnen kribbelte, lauter kleine Ameisen.

„Wissen Sie, was ich glaube?", fragte Feber. „Das hier ist kein Einbruch, der schiefgegangen ist. Das hier ist ein Mord, der als Einbruch getarnt wurde. Von jemandem, der keine Ahnung hat, wie es nach einem Einbruch aussieht. Aber Sie sollen wissen, dass wir offen für alles sind. Die Dinge sind nicht immer so, wie man glaubt. Wir haben zum Beispiel keine Mordwaffe gefunden."

„Wurde eine Waffe verwendet?"

„Nicht zwangsläufig, ich erwähne es nur. Wir glauben, dass Ihre Mutter sich zusammen mit dem Täter oder der Täterin im ersten Stock aufgehalten hat. Und dann wurde sie die Treppe mit ihren vierzehn steinharten Stufen hinuntergestoßen."

Er sah Aksel aufmerksam an und machte mit der Hand eine hackende Bewegung, um eine imaginäre Treppe darzustellen.

„Was glauben Sie?"

„Das Glauben überlasse ich Ihnen“, entgegnete Aksel. Sein Blick ging zur Wand auf der rechten Seite, aber es gab kein Fenster, kein befreiendes Licht.

„Haben Sie den Obduktionsbericht gelesen?“, fragte Feber.

„Nein. Ist es üblich, dass die Familie darum bittet, den Obduktionsbericht lesen zu dürfen?“

„Das ist üblich, wenn man wissen will, was die genaue Todesursache war. Wenn man die kennt, braucht man sich natürlich nicht den grusligen Details auszusetzen. Sie haben vielleicht Durst?“, fragte Feber abrupt. „Das mit dem Adrenalin ist schon eigenartig, es hat einen gewaltigen Effekt auf den Organismus. Setzt uns in höchste Bereitschaft, darüber weiß ich alles.“

„Das glaube ich gern“, erwiderte Aksel höflich. Er krümmte die Schultern und blickte auf den Tisch, und er hatte schrecklichen Durst.

Feber wischte die Papiere mit einer forschen Bewegung weg.

„Das Adrenalin kommt normalerweise in kleinen Dosen. Genug, um uns in Bereitschaft zu versetzen, zum Beispiel, wenn wir nachts allein durch die Stadt gehen und hinter uns Schritte auf dem Bürgersteig hören. Da müssen wir schnell laufen können. Doch es kann auch in großen Dosen kommen, was uns unmenschlich stark macht oder so wachsam, dass wir fast vom Boden abheben oder uns erbrechen oder in die Hose machen. Der Körper wirft überflüssigen Ballast ab. Haben Sie schon einmal so viel Adrenalin in sich gehabt?"

„Nein", sagte Aksel.

„Ich schon."

Aksel befand sich in Febers Gewalt. Gefangen und verführt, so wie er sich immer von anderen Menschen, von einer Stimme, einem Blick fangen und verführen ließ. Als wäre seine fehlende Selbstständigkeit etwas, das er deutlich sichtbar außen am Körper trug, sodass Feber es sofort merkte und ihn wie einen Hund hinter sich herziehen konnte. Die Selbstverachtung stieg zu neuen Höhen auf, alle und jeder konnte ihn nach Belieben herumschubsen.

Feber begann zu erzählen: „Vor etlichen Jahren waren wir einmal auf der Suche nach einem Mädchen. Sie war seit vier Stunden verschwunden, als die Eltern uns kontaktierten. Acht Jahre alt, blonde Locken und blaue Augen. Wir suchten eine Weile in der Nähe mit Hunden und Freiwilligen, und irgendwann kamen wir zu einem Hof nicht weit von ihrem Zuhause. Ein Hof, den sie gewiss ab und zu besuchte. Dort gab es Tiere. Der Hof bestand aus mehreren Gebäuden, das weiß ich noch, und ich war ganz ruhig, als wir die Scheune betraten. Die Uniform dient als Rüstung. Nichts kann hindurchdringen, wir sind geschützt. Denken wir jedenfalls gerne. Aber dann bekommt sie doch einen Riss, immer wieder einmal. Die

Sache damals, das war im Oktober, und im Inneren der Scheune war es dunkel, die Fenster waren verdreckt. Da entdeckte ich etwas, das von einem Balken im Dach hing. Also schaltete ich die Taschenlampe ein und erblickte im Lichtstrahl etwas, das ich nie vergessen werde."

„Hing sie vom Dach herab?", fragte Aksel entsetzt.

„Es war eine Puppe. Nackt, mit blonden Locken."

Aksel beugte sich vor, um besser zu hören.

„Und die Puppe war erhängt worden", sagte Feber. „Besser gesagt: Zuerst war es bloß eine nackte Puppe. Doch dann begannen unsere Gedanken zu rasen, nicht wahr, und die Puppe bekam allmählich eine andere Bedeutung. Ein Abbild dessen, was vielleicht weiter drin in der Scheune passiert sein könnte. Eigenartig, dass eine Puppe einen auf diese Art beeinflussen kann. Sie hatte blaue Augen wie das kleine Mädchen. Die Augen ließen sich öffnen und schließen, und sie hing an einer blauen Nylonschnur. Ich atmete so heftig und so schnell, dass die Puppe zu schwingen begann. Glauben Sie mir, dass ich viel Adrenalin in mir hatte, Herr Adelson?"

„Das glaube ich gern", nickte Aksel.

„Auch wenn die Vernunft sagte, dass es bloß eine Puppe war, so war sie ein kleines Mädchen, das am Balken hing. Sie wurde völlig lebendig, und ich hatte Blickkontakt zu ihr. Später musste ich mich gegenüber den Kollegen entschuldigen, dass ich stumm und taub geworden war und wie ein Depp dagestanden hatte, ohne ein einziges

Wort herauszubringen. Doch sie sagten, dass ich wie ein Wasserfall geredet und mit Befehlen um mich geworfen hätte, und zwar in einer Lautstärke, die sie mir nicht zugetraut hätten. Jetzt hätten Sie gerne dieses Wasser, nicht wahr?“

Ohne eine Antwort abzuwarten, und mit einem breiten Lächeln hatte er sich vom Stuhl erhoben und war draußen auf dem Gang. Aksel fummelte sein Handy aus der Tasche und schickte Ellinor eine Nachricht.

Komme bald. Habe Wein gekauft.

Dann war Eddie Feber mit Wasser in einer Karaffe zurück, und Aksel zitterte, als er sich in den Pappbecher einschenkte. Zum Trinken musste er beide Hände benutzen, und das machte ihn verlegen.

Und dann, flink wie eine Kobra, fragte Eddie Feber: „Wie war das Verhältnis zwischen Ihnen und Ihrer Mutter?“

Aksel wischte sich Wasser vom Mund.

„Also, was soll ich sagen.“

Er blickte auf den Tisch.

„Es war wohl in Ordnung.“

„In Ordnung“, wiederholte Feber. „Sie sind ein Mann der Sprache. Sie wissen sehr wohl, dass ‚in Ordnung‘ gar nichts bedeutet. ‚In Ordnung‘ ist doch der reinste Unsinn.“

Er lächelte erneut, offen und breit, äußerst vergnügt und zufrieden mit sich selbst, zog die Papiere zu sich heran und las.

„Die Menschen sind froh, eine Mama zu haben, oder etwa nicht, Herr Adelson? Oder sind Sie eine Ausnahme?"

„Unsere Beziehung war in Ordnung", wiederholte Aksel.

„Aber Sie haben gehofft, dass sie die Treppe hinunterstürzen und sich den Hals brechen würde, war es nicht so? Auf jeden Fall war es so, dass Sie davon träumten, auf ihrem Grab zu tanzen. Sie sind Zechkumpane, Sie und Frede Brenna?"

„Jetzt nicht mehr", sagte Aksel kurz.

Er legte die Hände um den Pappbecher, denn er brauchte mehr Wasser. Aber er wollte jetzt nicht trinken, denn er würde etwas verschütten, und das würde Eddie Feber gegen ihn verwenden.

„Was genau treiben Sie da eigentlich?", fragte er.

Feber setzte eine unschuldige Miene auf.

„Ich bin auf der Jagd. Ich suche nach der Person, die Iris das Leben nahm."

„Aber Sie werden doch wohl nicht ernsthaft mich verdächtigen? Dass ich meine eigene Mutter umgebracht haben soll? Denn das habe ich nicht! Wollen Sie darauf hinaus?"

„Fühlen Sie sich angegriffen?", fragte Feber. „Sind Sie es gewohnt, dass an Ihnen gezweifelt wird?"

„Na ja, Sie sitzen hier und deuten an …"

„Ich deute gar nichts an, ich denke laut nach. Es ist nützlich, über alle möglichen Dinge laut nachzudenken, denn wenn die stummen Gedanken zu hörbaren Worten werden, sehen wir alles viel deutlicher. Wir glauben, dass alles inszeniert worden sein kann, deshalb habe ich Sie holen lassen. Ich bin der Meinung, dass Sie Anspruch auf diese Information haben. Als der vortreffliche Erstgeborene", fügte er zum zweiten Mal hinzu, und Aksel hatte das Gefühl, etwas Neckendes in seiner Stimme zu hören.

„Sie haben eine Schwester, nicht wahr?"

„Sie ist krank", entschlüpfte es ihm.

„Eben", erwiderte Feber. „Sie ist krank. Ist sie auch unzurechnungsfähig?"

„Unberechenbar, vielleicht, aber das ist etwas anderes."

„Inwiefern ist sie unberechenbar?"

„Ich möchte meine Schwester nicht bloßstellen."

Feber blickte wieder in seine Papiere.

„Ich sehe, dass sie bei SaniRent arbeitet. Das bedeutet, dass sie Toiletten putzt?"

Aksel spannte den Mund an.

„Sie ist im Sanitärservice tätig. In Tankstellen, Einkaufszentren, Raststätten und so. Aber derzeit ist sie krankgeschrieben."

„Also putzt sie Toiletten", fasste Feber zusammen. „Und wo ist Ihre Schwester jetzt?"

„Sie ist zu Hause und wartet."

„Warum das denn?"

„Wir haben eine Verabredung."

„Aber natürlich!"

Feber schlug sich gegen die Stirn. „Sie wollen feiern!"

„Feiern?“

„Sie hatten eine Tüte vom Schnapsladen in der Hand, als mein Mitarbeiter Sie abgeholt hat.“

Aksel fühlte sich so schwer und erschöpft von alldem. Von dem Mann auf der anderen Seite des Tischs, der in seinem Alter war, mit einer Energie, die eine ganze Stadt hätte beleuchten und alle Häuser hätte beheizen können.

„Es gab so viele praktische Dinge, die wir danach regeln mussten“, antwortete er müde. „Und es war gut, es hinter uns gebracht zu haben.“

„Und jetzt warten Sie auf das Erbe?“

„Das Erbe?“ Aksel lachte trocken. „Sie besaß nicht einmal einen rostigen Nagel.“

„Was ist mit dem Haus? Das wird wohl drei Millionen oder so wert sein. Großes Grundstück, gut instand gehalten.“

„Das Haus ist nicht ihres. Nicht unseres. Es gehört ihrem Bruder, Sverre. Meine Eltern konnten es billig mieten.“

Es war deutlich, dass Feber von diesem Detail nichts wusste. Er sah trotzdem äußerst vergnügt aus, es gab wohl nichts, was seine gute Laune trüben konnte.

„Also schön, dann bekommt Onkel Sverre sein Haus zurück, wollen wir mal so sagen? Und vergeben Sie mir, wenn ich jetzt zu etwas Unangenehmem wechsle. Aber es ist so, dass Ihre Mutter nicht nur die Treppe hinuntergestoßen wurde. Sie hat auch einen gewaltigen Tritt bekommen, als sie am Boden lag. Von einer Person, die weiter oben auf der Treppe gestanden haben muss, denn dieser Tritt traf sie unter dem Kinn. Wir sprechen von Kräften, die von einer großen Wut zeugen. Der Kieferknochen drang bis in ihre Nebenhöhlen ein."

Aksel trank Wasser. Es schwappte auf den Tisch.

„Dann ist da noch etwas anderes!", erklärte Feber abrupt. „Auch das muss erwähnt werden."

Jetzt war er wieder vergnügt. Er hatte offenbar etwas Erfreuliches gefunden.

„Gegen Sie liegt eine Anzeige vor."

„Was?"

Aksel riss die Augen auf.

„Liegt zwar schon einige Zeit zurück, aber so eine Anzeige ist dennoch wert, erwähnt zu werden, finde ich. Alles muss einbezogen werden, Großes und Kleines, das ist meine Methode."

Aksel presste die Backenzähne aufeinander, dass die Kiefermuskeln sich anspannten.

„Eine Anzeige? Weswegen denn?", sagte er dann.

„Ich glaube, das wissen Sie sehr gut. Ihre Mutter Iris hat Sie wegen Gewalt gegen Ihren Vater angezeigt. Es gab einen heftigen Streit, und Sie schubsten ihn so stark, dass er nach hinten stürzte und gegen ein Regal mit einer scharfen Kante knallte, was zu einem Schädelbruch mit erheblicher Blutung und acht Stichen in der Notaufnahme führte."

Aksel war es viel zu warm geworden in der Outdoor-Jacke mit Wolfspelz.

„Mein Vater war ziemlich schwach", entgegnete er. „Er fiel nach hinten wie ein Wattewichtel."

„Verstehe. Ein Wattewichtel." Feber kicherte vor sich hin.

„Warum haben Sie ihn gestoßen?"

„Er war ein herablassender und arroganter Mann."

„Also steckt es in Ihnen, nicht wahr? Sie verlieren die Beherrschung."

„Nein", erwiderte Aksel. „Ich verliere nicht die Behe schung."

„Dann habe ich mit dem Hausarzt Ihrer Mutter gesprochen, Doktor Naper. Iris war schwer krank?"

„Diabetes", antwortete Aksel rasch.

Feber sah wieder in seine Papiere.

„Ich dachte aber mehr an dieses andere?"

„Ja, natürlich, natürlich."

Aksels Gedanken liefen in alle Richtungen auf der Jagd nach der Antwort.

„Ja, es war schlimm", meinte er schließlich. „Sie hatte absolut unerträgliche Schmerzen. Das hat deutliche Spuren bei ihr hinterlassen. Vollkommen abhängig von Pillen, überall im Haus lagen Pillen herum, in Schubläden und Schränken."

„Also wussten Sie es?"

„Selbstverständlich", log Aksel.

Feber sah ihn lange an, mit halb gesenkten Augenlidern.

„Ich frage nur so zur Sicherheit. Doktor Naper hat nämlich erzählt, dass sie sich ihm anvertraut hatte. Sie behauptete, dass sie die Krankheit nie mit auch nur einem Wort erwähnt habe, weder Ihnen noch Ihrer Schwester gegenüber."

„Typisch Mutter!", entschlüpfte es Aksel. „Aber das hat sie. Solche Dinge kann man ja auch unmöglich verbergen, das versteht sich doch von selbst."

„Nicht wahr?"

Feber schien völlig seiner Meinung zu sein.

„Unvorstellbar, dass MS zu so starken Schmerzen führen kann. Doch sie litt ja auch unter der progressiven Art, mit Anfällen die ganze Zeit. Stechende, brennende und reißende Schmerzen in Kopf, Gesicht und Körper, das ist ja kaum auszuhalten."

Aksel legte sein Gesicht in tiefernste Falten.

„Haben Sie Geheimnisse vor mir, Herr Adelson?", fragte Feber abrupt.

„Habe ich nicht, nein."

„Haben Sie Ihre Mutter gemocht?"

„Nein, ich habe meine Mutter nicht gemocht", gab er müde zu. „Ich war erschöpft von allem. Sie war ein harter Mensch. Ständig angespannt."

„Die Schmerzen", warf Feber ein, einen Finger in die Luft gestreckt. „Die Leute verspannen sich. Jede noch so kleine Bewegung ist anstrengend, nicht wahr?"

„Ja, sicher. Die Schmerzen. Aber ich war ein pflichtbewusster Sohn.“

Feber stützte die Ellbogen auf den Tisch.

„Wenn ich zu Hause im Wohnzimmer sitze, ein Kind auf den Schultern, zwei auf dem Schoß und fünf in einem Kreis zu meinen Füßen, was glauben Sie, wie ich es schaffe, dass sie stillsitzen?“

„Keine Ahnung.“

„Ich erzähle Märchen.“

Aksel richtete sich auf. Die Temperatur, die Feber erzeugte, diese Hitze, hatte sich auf ihn übertragen. Er spürte den Schweiß auf seiner Stirn. Der Stuhl schabte über den Boden.

„Ich kann nicht dasitzen und mir weiter all diesen Unsinn anhören“, erklärte er zornig. „Meine Schwester wartet auf mich.“

Feber sprang auf wie ein Schachtelteufel.

„Ich begleite Sie nach draußen.“

„Brauche keine Begleitung“, knurrte Aksel.

Doch Feber begleitete ihn gleichwohl, mit leichtem Schritt, den farblosen Gang entlang, durch Türen aus Glas, Treppen aus Stein nach unten und hinaus auf den Platz.

„Ist sie traurig?“, fragte er, während sie gingen.

„Wer?“

„Ihre Schwester. Sie hat ihre Mutter verloren, ist sie traurig?“

„Sie hatten nicht viel Kontakt“, sagte Aksel abweisend.

„Was halten Sie von Statistik?"

„Was ist das denn für eine Frage?"

„Die Statistik erzählt uns wichtige Dinge. Zum Beispiel, dass wir meistens von unseren eigenen Leuten getötet werden."

Aksel sog die kalte Luft in die Lungen, und die brennenden Wangen wurden kühl. Er holte das Handy aus der Tasche, blickte schnell auf das Display und steckte es wieder ein.

„Antwortet sie nicht?"

Er sparte sich eine Erwiderung.

„Es sind so viele Jahre vergangen", sagte Feber. „Aber ich träume nach wie vor von der gehängten Puppe, ich träume, dass sie quicklebendig wird. Dass sie den Mund öffnet und zu mir spricht."

„Ach. Was sagt sie?", fragte Aksel trocken.

„Dass ich nicht sehe, was direkt vor meinen Augen hängt."

„Aber was ist mit dem Mädchen?"

„Wir haben sie nie gefunden. Ich suche nach wie vor."

Erneutes Schweigen, bloß die Schritte in der Stille.

„Warum erzählen Sie mir von der Puppe?", wollte Aksel wissen. „Was möchten Sie damit erreichen?"

„Sie sollen begreifen, wie es ist", sagte Feber. „Wenn ein ungelöster Fall zu einer so großen Verzweiflung, einer so unerträglichen Frustration wird, dass er mich in den Träumen heimsucht. Er haftet an meinem gesamten

Ich wie eine Anklage. Ich möchte nicht, dass Iris eine derartige Anklage wird. Wie alt waren Sie, als Sie gehen lernten?"

„Was?"

„Als Sie Ihre ersten, wackligen Schritte machten. Ich bin mir sicher, dass Sie das wissen. Mütter erzählen solche Dinge gern. Der erste Zahn, das erste Lächeln und das erste Wort. All die Dinge, die beweisen, dass wir uns entwickeln, wie wir sollen."

„Meine Mutter war nicht wie andere Mütter", erklärte Aksel kurz.

„Das habe ich verstanden", sagte Feber. „Wann haben Sie gehen gelernt?"

„Können Sie mit diesem Quatsch aufhören?"

„Ich tippe so sechzehn, siebzehn Monate. Sie sind der Erstgeborene, und Sie sind ein vorsichtiger Typ."

„Ich habe meine eigene Mutter nicht umgebracht", rief Aksel. „Einem alten Menschen ins Gesicht zu treten, das wäre für mich ein Ding der Unmöglichkeit. So bin ich nicht beschaffen, ich bin eigentlich ziemlich feige. Ich habe sie nicht getötet. Das kann ich gerne noch bis heute Abend wiederholen, oder ich kann bis morgen früh weitermachen. Ich habe meine eigene Mutter nicht getötet. Selbst wenn Mutter zwanzig Millionen zu vererben und es ganz danach ausgesehen hätte, dass sie hundert wird: Ich hätte gewartet. Ich bin ein geduldiger Mann."

Feber hörte aufmerksam zu.

„Meine Mutter war erst siebenundfünfzig, als sie starb", sagte er, und sofort zeigte sich Trauer auf seiner Miene. „Ziemlich früh, nicht wahr? Wegen der schrecklichen Schmerzen war es eine Prüfung für uns alle. MS ist nicht auszuhalten, wenn es dem Ende zugeht."

Er sah Aksel lange und eingehend an.

„Ihre Mutter hingegen, die hatte nicht MS, oder? Sie hatte Knochenkrebs. Nach dem Sturz auf der Treppe war fast kein heiler Knochen mehr in ihrem Körper. Aber im Laufe von ein paar Wochen wäre sie ohnehin gestorben."

Aksel wurde so aufgebracht, dass seine Stimme bebte.

„Aha, so machen Sie das. Stellen kleine Fallen. Aber ich habe meine eigene Mutter nicht getötet."

„Und Sie haben nicht gewusst, dass Ihre Mutter am Sterben war, sind wir uns da einig?"

„Ja, gut, da sind wir uns einig."

„Warum hat Iris nichts gesagt, was glauben Sie?"

Aksel lachte bitter.

„Diese Freude wollte sie uns wohl nicht machen. Meine Mutter war ein geiziger Mensch."

Feber nickte verständnisvoll, legte das Gesicht in ernste Falten und überdachte alles, was zwischen ihnen gesagt worden war. Im nächsten Augenblick lächelte er strahlend und nickte zum Abschied.

„Richten Sie Ihrer Schwester viele Grüße aus."

*

Bloß Ellinor wusste, wer er in seinem Innersten war: das Gute und das Schlechte und das Böse. Niemand sonst wusste, wie verletzt er war, niemand sonst kannte den Verlust, den er erlitten hatte, und den Mann, der er hätte sein können. Nur sie benötigte ihn auf die Weise, nur sie gab ihm das Gefühl von Wert mit ihrem bittenden Blick, ihrer Einsamkeit und Verzweiflung, und mit dem rauen Lachen, wenn sie zusammensaßen und gemein waren.

Er wusste, dass die Menschen hinter ihrem Rücken flüsterten und tuschelten. Die verrückte Schwester von Aksel Adelson. Trinkerin und Fixerin, angemalt wie eine Vogelscheuche. Stellt sie doch einfach auf das Kohlfeld, dann wird sie sich als nützlich erweisen. Alles, weswegen die Mutter sie verhöhnt hatte, billiger Schmuck und Kleidung in grellen Farben, war Ellinors Form von Protest geworden. Das galt auch für ihre seltsame Art, sich zu bewegen, die von den Leuten oft für ein Anzeichen von Krankheit gehalten wurde – der taumelnde Gang und die lockeren Gelenke, wie eine Puppe.

Und jetzt war Ellinor weg. Er saß im Auto und betrachtete das Haus, von dem die Farbe abblätterte. Ein Müllbeutel war neben der Mülltonne abgestellt und von den Krähen in Stücke gerissen worden. Essensreste, Plastik und leere Klorollen waren über den Platz verstreut. Aber Aksel kannte Ellinor gut. Dass das Auto weg war, musste nicht bedeuten, dass sie nicht zu Hause war. Sie konnte zum Beispiel ins Zentrum gefahren und dann der Versuchung erlegen sein, ein Glas oder zwei zu sich zu nehmen, weshalb das Auto stehen bleiben musste. Vielleicht hatte sie ein Taxi nach Hause genommen oder so ähnlich.

Die Tür war abgeschlossen. Er öffnete mit dem eigenen Schlüssel und rief ihren Namen, während er durch die Zimmer ging.

Alles sah aus wie immer, Kleidung über den Stuhllehnen, Abwasch neben der Spüle und Weinreste in Tassen und Gläsern. Er rief die ganze Zeit nach ihr, „Elli, Elli, bist du zu Hause", denn bestimmt würde sie ihn hören. Die Stimme würde in ihren Kopf gelangen, egal, wo sie war.

Er blickte ins Bad, auf Döschen und Tuben, Hülsen mit Lippenstift und billigen Schmuck. Sie hatte Glitzer nie widerstehen können.

Die Armbanduhr lag auf der Ablage unter dem Spiegel, also musste sie nicht auf die Zeit achten.

Im Schlafzimmer entdeckte er die zusammengeknäulte Decke. Der Vorhang war zugezogen, es war halbdunkel im Zimmer.

Zurück im Wohnzimmer, blickte er durch die Fenster auf die Tannen draußen. Schließlich setzte er sich in die Ecke des Sofas, wo Ellinor normalerweise saß. Jetzt konnte er das Wohnzimmer aus dem Winkel sehen, aus dem sie es immer sah. Er erhob sich abrupt, weil er sich daran erinnerte, dass sie sich einmal unter dem Sofa versteckt hatte. Bisweilen geschah es, dass alle hinter ihr her waren, dann suchte sie nach Verstecken, lag dort drin und hielt den Atem an. Er war gezwungen gewesen, die Möbel wegzuschieben und sie am Arm herauszuziehen. Deshalb legte er sich jetzt auf den Boden und sah unter dem Sofa nach, wo er Wollmäuse, Bierkapseln und leere Pillenschachteln entdeckte. Und eine Tragetüte. Er zog sie heraus ans Licht und hörte es scheppern. Öffnete sie und blickte hinein. Das Tafelsilber von Iris – Messer, Löffel und Gabeln. Wie versteinert blieb er in dieser Stellung liegen, auf dem Bauch, auf dem staubigen Boden.

Verdammt, Ellinor, sie war am Sterben!

Er drückte die Tüte fest an sich und spürte sogleich einen Stich, wie einen Schlangenbiss. Eine Gabel war durch das Plastik gedrungen. Hastig schob er die Tüte zurück unter das Sofa.

Sein Handy klingelte im selben Moment. Das ist sie, schoss es ihm durch den Kopf. Jetzt kommt sie zurück, dann reden wir darüber, was wir tun sollen. Doch die Nummer im Display war fremd. Er nahm den Anruf an, nach wie vor auf dem Bauch liegend.

„Spreche ich mit Aksel Adelson?“

„Ja.“

„Sind Sie der Bruder von Ellinor Adelson?“

„Was ist los?“

„Sie sind als ihr nächster Angehöriger aufgeführt.“

„Angehöriger? Ja, ich bin der nächste, der einzige“, erwiderte er. „Was ist los?“

Er kam mühsam zum Stehen und begann, hin und her zu laufen, Staub und Wollmäuse auf dem Pullover und an den Knien.

„Ihre Schwester ist mit schweren Verletzungen eingeliefert worden. Ich rufe vom Zentralkrankenhaus an."

„Ein Autounfall?"

„Am besten, Sie kommen sofort her."

Er stand gekrümmt da, während er ins Handy hineinschrie.

„Lebt sie?"

„Sie hat sich erhebliche Verletzungen zugezogen, mehr kann ich am Telefon nicht sagen, ich wurde bloß gebeten, anzurufen."

„Lebt sie?", rief er noch einmal.

„Sie müssen sich an die Notaufnahme wenden, dort werden Sie erwartet."

Aksels langsames Herz war nicht mehr langsam, es wütete in ihm ohne Rhythmus, rauschte, flimmerte.

Er stürzte hinaus zum Auto.

Ließ es an und fuhr vom Haus weg, spürte im selben Moment, dass etwas Warmes und Weiches ihn in der Hand kitzelte. Es war Ellinors dickliche Kinderhand, die sich in seine schmiegte. Eine Erinnerung, die in seinem Körper saß, dort, wo Erinnerungen sitzen sollten. Das hatte Ellinor oft getan, als sie klein waren, wenn der Vater sie mit dem ernsten Blick ansah oder die Mutter die Stimme erhob und scharf wurde und sie dastanden, die Arme an den Körper gepresst, der Kopf gebeugt und der Mund stumm, um sich unsichtbar zu machen. Es galt, die Erwachsenen bei Laune zu halten, was es an Krümeln gab, an sich zu raffen, ein Lächeln, zwar nicht warm und echt, aber immerhin ein Lächeln.

Ellinors Hand, weich und warm, war immer da gewesen. Er erinnerte sich an das eine Mal, als sie die Treppe vom ersten Stock herunterkam, die Hände hinter dem Rücken. Sie zog die eine hervor und zeigte ihm eine Stricknadel.

„Kann ich die in eine Steckdose stecken?"

„Das kannst du nicht! Ich glaube, du bist verrückt, wozu soll das denn gut sein?"

„Weil es dann ein Feuerwerk gibt", sagte sie voller Hoffnung.

„Woher hast du das denn, dass es ein Feuerwerk gibt?"

Sie zog die andere hervor und zeigte sie ihm.

„Das steht hier in meinem Donald-Duck-Heft."

Sie deutete auf ein Bild von Donald mit Sternchen, Funken und Ausrufezeichen. Zinntellergroße Augen auf die Stricknadel in der Steckdose gerichtet.

War sie von einer Brücke gesprungen? Hatte sie eine Flasche Abflussfrei eingenommen, wie sie einmal gedroht hatte? Nicht, um zu sterben, nicht, um sich bewusst die Speiseröhre wegzuätzen, sondern um sich selbst einen Schmerz zuzufügen, der so stark war, dass er sie an einen anderen Ort brachte. Einen Ort, wo es erlaubt war, zu schreien? Denn wenn das gesamte Verdauungssystem verätzt war, konnte niemand mehr all diese Dinge sagen.

„Jetzt mal ganz ruhig, Ellinor."
„Jetzt entspann dich mal."
„Jetzt übertreib mal nicht so."

Wie viele Male war er durch die Tür zur Notaufnahme gestürmt, während er verzweifelt mit den Armen gewedelt und der Person hinter dem Schalter zugerufen hatte: „Wo liegt sie denn? Wo ist sie?"

Hunderte Male, doch bloß in Gedanken. Jetzt war es Realität. Er brachte kein Wort heraus. Blieb ratlos mitten im Raum stehen, während seine Augen fieberhaft nach einem Menschen suchten. Schließlich kam ein Mann in weißem Mantel langsam aus den Schatten im Gang hervor, so dunkel und ernst, dass Aksel der Atem stockte.

Ein Mann, bedrückt von Leiden und Buchgelehrsamkeit, Haut und Haar dunkel.

Aksel fand in den schwarzen Augen nicht das, was er brauchte. Kein Licht, keine Ruhe, Hoffnung oder Beruhigung irgendeiner Art.

„Wo ist sie?"

„Dr. Khazai", sagte er und gab Aksel die Hand.

„Lebt sie?", rief Aksel.

Der Arzt erwiderte nichts, er schaute bloß.

„Lebt sie, ja oder nein, das ist doch eine einfache Frage!"

„Nicht in meiner Welt", entgegnete Khazai. „Sie lebt, aber bloß, weil wir sie am Leben halten."

„Ich bin es, der meine Schwester am Leben hält! Das tue ich schon seit fünfunddreißig Jahren."

Der Arzt sprach mit sanfter und freundlicher Stimme.

„Wir haben der Akte Ihrer Schwester entnommen, dass sie mit Krankheit zu kämpfen hatte. Dass sie eine Vorgeschichte mit mehreren Selbstmordversuchen hat? Sie ist eine Feuertreppe hinaufgeklettert."

„Wie bitte? Wo denn?"

„Sie wollte auf das Dach des Clarion Hotels. Außen am Gebäude verläuft eine Treppe bis ganz nach oben. Diese Treppe ist ein fragiles Gebilde, man muss klar im Kopf sein, um unbeschadet nach oben zu kommen, und sie war wohl nicht klar im Kopf. Wir fanden Spuren mehrerer Drogenstoffe in ihrem Blut. Kam es vor, dass Ihre Schwester Rauschmittel einnahm?"

„Ja, das kam vor."

Der Arzt hielt ihn mit dem dunklen Blick fest. Die sanfte Stimme war voller Mitgefühl und Respekt, so hatte noch niemand mit Aksel gesprochen.

„Als sie halb oben war, haben die Leute unten auf der Straße sie erblickt. Sie wissen ja, wie das ist, die standen da und feuerten sie an. Viele filmten das mit ihren Handys, und da ließ Ihre Schwester mit einer Hand los, um zu winken, und dabei verlor sie den Halt. Als sie fiel, befand sie sich auf Höhe des sechsten Stocks. Sollte sie irgendwann wider Erwarten aus dem komatösen Zustand erwachen, wird sie höchstwahrscheinlich nicht gehen können. Oder sprechen. Oder essen. Sie wird sich nicht an ihr Leben erinnern, und sie wird sich nicht an Sie erinnern."

„Ich bin ihr Bruder", sagte Aksel. „Natürlich wird sie sich an mich erinnern."

„Ihre Verletzungen sind viel zu schwer", erklärte Khazai. „Schädeldecke und Kiefer sind zertrümmert, Gesicht und Brustkorb eingedrückt, und sie hat mehrere offene Brüche an Armen und Beinen. Das Becken ist instabil, und es gibt weiterhin starke innere Blutungen, ihr Gehirn schwillt an."

„Kann ich jetzt zu ihr reingehen?"

„Sie ist sich selbst in keiner Weise mehr ähnlich", warnte Khazai.

„Ich weiß alles darüber, wem sie ähnlich ist."

„Ich gehe mit Ihnen hinein."

„Ich gehe allein hinein", sagte Aksel trotzig.

„Ich begleite Sie", bestimmte der Arzt.

„Ich gehe allein hinein!"

Aksel folgte dem Arzt durch Glastüren und den Gang entlang. Grüne Türen mit einer Nummer, eine Besenkammer und wieder eine Nummer, und Wägelchen mit Getränken und Ausrüstung.

Schließlich blieb Khazai stehen und nickte in Richtung einer Tür. Aksel fasste sich ein Herz, öffnete und blickte in einen blendend hellen Raum. Er war nicht vorbereitet, der Raum war überwältigend groß, das Bett stand in der Mitte. Da war viel technische Ausrüstung, Schläuche, Röhren, Bildschirme. Es brummte in mehreren Apparaten, rauschte und fauchte rhythmisch. Durch ein Kontrollfenster starrte ein Pfleger ihn aus dem Nebenraum an.

Im Bett lag ein eigenartiges Wesen. *Ist das meine Schwester? Ich kenne diesen Menschen nicht, eine dunkelhäutige Person mit weißer Haube, die linke Seite des Kopfs eingedrückt.*

Vom Kopf fehlte gewissermaßen ein großes Stück. Er wollte am liebsten wieder hinaus, blieb aber stehen.

Ist das da meine Schwester?

Er musste genauer hinsehen. Das Gesicht war auf die doppelte Größe angeschwollen, schien bloß noch aus Quetschungen, flüssigkeitsgefülltem Gewebe und aufgeplatzter Haut zu bestehen. Die Augen lagen geschwollen unter den Augenlidern in schwarzen Hämatomen. War das ihr Mund, ihre Hand? Konnte jemand so verdreht werden? Wie konnte er sicher sein, dass das Ellinor war?

Er zog einen Stuhl zum Bett. Griff nach der anderen Hand, klein und weiß, sie passte nicht zu dem zerstörten Kopf. Doch es hingen Reste von schwarzem Lack an einem Daumennagel. Und wenn er genau hinsah, wenn seine Augen lange genug gesucht und sich an die Verletzungen gewöhnt hatten, erkannte er den Mund und die fein geformten Ohrläppchen mit den kleinen Löchern.

Aber ist sie das denn?

Er sah sich im Raum um. Der Pfleger betrachtete ihn mit Habichtsaugen durch das Fenster.

Aksel senkte seine Stimme und beugte sich über sie.

„Schläfst du, Ellinor? Du wirst wieder aufwachen. Du wirst mich erkennen, und du wirst dich an dein Leben erinnern."

Er sah wieder zum Fenster, der Pfleger passte auf. Kümmerten sie sich überhaupt richtig um Ellinor? Sie befanden sich in einem anderen Raum. Was, wenn sie erwachte und nach ihm fragte, nachts, wenn es dunkel wurde?

Das Beatmungsgerät brummte weiter, der Beutel am Infusionsgestell versorgte sie in regelmäßigem Tropfen mit Flüssigkeit. Befand sich in den wasserdünnen Tropfen überhaupt Nahrung?

Kann ich ganz sicher sein?

Er hob ihre Hand an seinen Mund, sie roch nach Krankenhaus. Chemikalien. Medikamenten.

„Sie betrachten uns", flüsterte er. „Sie überwachen uns, sie verfolgen alles, was wir tun. Hast du das bemerkt?"

Er legte ihre Hand an seine Wange, damit alles, was er an Atem und Puls hatte, von ihm zu ihr strömen sollte. So wie es das ganze Leben zwischen ihnen geströmt war. Wusste nicht, wie lange er dort sitzen sollte oder wohin er gehen sollte. War durstig wie nach vielen Tagen ohne Wasser.

Wann konnte sie selbst atmen? Wann würde sie die ersten Worte sagen? „Hallo Aksel, ich war auf Reisen? Ich war ganz unten in der Dunkelkammer."

Er erhob sich langsam und ging zur Tür. Mit einem Blick auf den Pfleger hinter dem Fenster. Doktor Khazai wartete auf dem Gang, die Hände in den Taschen des weißen Kittels.

„Vorläufig gibt es nichts, was eilt", erklärte er. „Doch nach und nach wird es Dinge geben, zu denen Sie Stellung nehmen müssen. Als nächster Angehöriger. Es gibt keine messbare Aktivität in ihrem Gehirn mehr."

„Aktivität?"

Aksel stand da in seiner Einsamkeit und fror.

„Sprechen Sie von Elektrizität? Vielleicht sind die Instrumente, die Sie verwenden, nicht fein genug, vielleicht gibt es Aktivität, die Sie nicht messen können, was ist mit nicht-messbarer Aktivität? Vielleicht können Sie Elektrizität zuführen?", schlug er hilflos vor.

„Wenn es etwas gäbe, das ich Ihrer Schwester zuführen könnte, hätte ich es schon längst getan", sagte Doktor Khazai. „Das verspreche ich Ihnen."

Aksel wollte zuschlagen. Gleichzeitig hörte er die Stimme der Mutter in den Ohren. Jene Stimme, die immer die starken Gefühle in ihm gestoppt hatte.

„Jetzt entspann dich mal."

„Jetzt mal ganz ruhig."

„Sie kennen Ellinor nicht", sagte er, „Sie wissen nichts darüber, was sie schaffen kann."

„Das stimmt", räumte Doktor Khazai ein. „Vielleicht ist sie eine Ausnahme."

„Dafür kann ich mich verbürgen!", gab Aksel mit erhobener Stimme zurück. Er konnte nicht mehr an sich halten.

Leute, die den Gang entlanggingen, drehten sich um und sahen ihn an, ehe sie weitereilten – zu anderen

Sterbenden oder zu Leuten, die es noch eine Weile machten.

„Nehmen Sie sich einfach Zeit", sagte der Arzt freundlich. „Wir werden eine Lösung finden. Sie können mich zu jeder Tages- und Nachtzeit anrufen."

Diese Augen die ganze Zeit, unnormal dunkel so weit im Norden. Und dann der prüfende Blick. Der Blick, den Aksel ein Leben lang zu spüren bekommen hatte, zuerst von den Eltern, dann von den Lehrern in der Schule. Von den Nachbarn, von Freunden und Kollegen, von Eldbjørg im Kiwi-Supermarkt, von Frede Brenna bei dem Treffen in der *Galeere*, von Feber bei der Vernehmung, von dem Krankenpfleger hinter seinem Glasfenster. Und von Dr. Khazai. Als ob sie etwas in seinem Innersten suchten.

Aber jetzt gab es nichts mehr in seinem Innersten. Es war zerronnen wie Sand zwischen den Rippen. Ein paar unerschrockene Seelen, ein paar wagemutige Individuen konnten sich vielleicht in die Dunkelheit hinter seinem Gerippe wagen, aber sie würden nichts anderes finden als einen leeren Raum.

„Ist sie die ganze Zeit bewusstlos gewesen?"

Der Arzt zögerte. Wog die Worte ab und erklärte, dass Ellinor die erste Stunde nach dem Sturz mehrere Male erwacht war und vor sich hingeredet hatte.

„Vor sich hingeredet?"

„Wie ich sagte, sie hat vor sich hingeredet."

„Was hat sie denn gesagt?"

„Vielleicht ist es besser, wenn wir das später besprechen."

„Waren es mehrere, die hörten, was sie sagte?"

„Wir waren zu viert."

„Sie redete gern einmal vor sich hin", entgegnete Aksel rasch. „Und sie hatte häufig Halluzinationen. Auf ihrem Nachtkästchen liegen irgendwelche getrockneten Pilze – vermutlich haben die aus ihr gesprochen. Diese Pilze konnten sie total zum Abgehen bringen, ich habe das mehrere Male miterlebt."

„Wir gehen hier nirgendwohin", sagte Khazai still.

Dann überkam den Arzt wieder so etwas wie Unsicherheit. Er legte Aksel die Hand auf den Arm und trat näher.

„Da ist noch etwas, das ich erwähnen muss. Sie werden es ja ohnehin von anderen hören. Oder Sie werden im Internet darüber lesen, denn Sie wissen ja, wie es ist. Ihre Schwester trug eine Art Kostüm."

Aksel erwachte wie aus einer Lethargie.

„Ein Fellkostüm?"

„Eine Art Fell, ja."

„Mit Kapuze und Ohren? Trug sie ihr Wolfskostüm? Dann darf dieser Vorfall nicht als Selbstmordversuch gewertet werden, hören Sie, was ich sage?"

„Ich wollte bloß, dass Sie es wissen. Sie können mich jederzeit anrufen", wiederholte der Arzt. „Tag und Nacht."

„Ich möchte dieses Kostüm gern mit nach Hause nehmen", bat Aksel.

Da musste Doktor Khazai zu Boden blicken. Sein Blick war auch etwas flackernd.

„Sie können dieses Kostüm nicht mit nach Hause nehmen. Ihre Schwester fiel aus dem sechsten Stock."

„Habe ich darauf keinen Anspruch?", fragte Aksel zornig. „Ihre Habseligkeiten und alles andere, jetzt gehören sie mir."

Doktor Khazai wurde entschiedener, etwas von der Sanftheit verschwand.

„Sie können dieses Kostüm nicht mit nach Hause nehmen."

Aksel machte kehrt und ging. Schlich hilflos durch die Gänge, hielt sich an einen blauen Strich auf dem Boden, der den Weg zum Aufzug zeigte. Er erreichte das Foyer, blieb im Strom der Menschen stehen, mit hängenden Armen, außerstande, einen Weg zu wählen.

Da spürte er, dass etwas an ihm zog, ein Blick von einem Menschen in der Cafeteria. Eine alte grauhaarige Frau. Sie sah unfassbar erschöpft aus und hielt mit beiden Händen eine Tasse umfasst. Aksel suchte in seiner Erinnerung und fand sie schnell, auch wenn das warme Lächeln, das er als Junge so sehr gemocht hatte, verschwunden war.

„Anne Marie?"

Sie winkte.

„Ist etwas mit Thorbjørn?"

Er ging zu ihrem Tisch hin, stand da und sah zu ihr hinunter. Sie war so klein, viel kleiner als in seiner Erinnerung.

„Er fiel um“, sagte sie, „ich habe ihn vom Fenster aus gesehen.“

„Fiel um?“

„Er wollte hinunter zur Baracke. Sein Herz blieb stehen.“

„Warum wollte er hinunter zur Baracke?“

„Er geht häufig dorthin, um nachzudenken.“

Sie ließ die Tasse los und wrang die Hände auf dem Tisch.

„Meist setzt er sich dort drin auf eine der Kojen und geht im Kopf das Geschehene durch. Er versucht wohl, die Zeit umzukehren, sie zu stoppen oder so. Und zurückzugehen und einen Weg außenrum zu finden. Eine andere Version der Geschichte. Eine, in der er an die Tür klopft und ihnen zuruft: ‚Jetzt müsst ihr aufwachen, Jungs.‘ Und Iwo wird sich aus seiner Koje erheben und sich die Augen reiben und sagen: ‚Oh nein, wir haben wohl verschlafen, wir springen in die Stiefel, wir kommen in fünf Minuten.‘ Einen Weg außenrum. Für die Familien in Polen.“

„Einen Bypass“, sagte Aksel.

Sie wurde munter.

„Er soll operiert werden, ja, sie wollen eine Bypass-Operation machen.“

„Also haben sie das Herz wieder in Schwung gebracht? Also lebt er?“

Sie nickte.

„Ja, sie haben es wieder in Schwung gebracht. Aber es schlägt wohl nicht mehr sehr lange.“

Sie seufzte unendlich schwer.

„Es kann passieren, dass er verantwortlich gemacht wird. Es kann passieren, dass er vor Gericht muss, das wird irgendwann im Frühling sein."

Plötzlich ergriff sie seine Hand und drückte sie mit einer solchen Heftigkeit, dass er peinlich berührt wurde. Er sah ihre Knöchel weiß werden, er spürte ihre Nägel durch die Haut.

„Wie geht es euch?", fragte sie und zog an seiner Hand. „Was da mit Iris passiert ist, war ja ganz und gar entsetzlich. Herrgott, was wir Menschen durchmachen müssen, es hat ja kein Ende. Glaubst du, sie werden es herausfinden? Was sagt die Polizei?"

„Ich weiß nicht, ob sie es herausfinden", sagte er. „Für mich ist es auch nicht besonders wichtig."

„Ist es nicht wichtig?"

„Nein."

Das verstand sie nicht.

„Aber Ellinor", meinte sie. „Wie geht es Ellinor?"

„Mal so, mal so", gab er ausweichend zur Antwort.

Sie drückte weiterhin fest seine Hand. Sie zerrte und zog an ihm und wollte ihn näher haben, auf ihrer Seite. Er fühlte sich so unwohl. Hatte sie sonst niemanden, der ihr nahestand, an den sie sich auf diese verzweifelte Weise klammern konnte?

„Was soll ich nur tun?", fragte sie. „Alles ist zerstört."

„Es ist nicht zerstört, Anne Marie. So darfst du nicht denken, du sitzt doch hier. Thorbjørn wird operiert werden."

Sie fasste ein wenig Hoffnung.

„Wir fanden es so toll, Thorbjørn und ich, dass Ellinor zu uns zum Spielen kam. Ich habe ja nie ein kleines Mädchen bekommen, das ich hübsch machen konnte, mit feinen Kleidern und Schleifen im Haar. Das habe ich mir all die Jahre gewünscht, aber wir bekamen nur Jungs. Ist jemand von deiner Familie hier?“

Aksel konnte Anne Marie nicht erzählen, dass Ellinor an Apparate angeschlossen war. Dass ihr Kopf auf doppelte Größe angeschwollen war, ihr Gesicht verfärbt und aufgebläht, sodass es einer überreifen Frucht ähnelte. Dass die Augen in schweren, schwarzen Hämatomen verschwunden waren, dass nur noch der blinde und taube Leib übrig war. Nein, all das konnte er nicht erzählen.

„Bloß ein Kumpel“, murmelte er. „Aber Thorbjørn, weißt du, der erholt sich wieder.“

„Weiß nicht“, sagte sie verzweifelt. „Du kennst ihn doch, er übernimmt immer die Verantwortung. Jetzt liegt er da und hat Angst, dass er bis zum Frühling nicht gesund wird, sodass er vor Gericht erscheinen und die Verantwortung übernehmen kann.“

Ihre Stimme verlor alle Kraft. Und Aksel erinnerte sich überdeutlich daran, als sie Cowboy und Indianer oben auf Hellefors gespielt hatten, er und Leffe und Ellinor. Und Thorbjørn hatte in der Scheune herumgekramt und war mit einem alten Bogen, ein paar Pfeilen sowie einer Axt mit rotem Schaft wieder herausgekommen. Anne Marie hatte vom Küchenfenster aus gerufen, dass sie erst mal etwas essen mussten, bevor sie sich auf den Kriegspfad begaben. Zum Beispiel frisch gebackene Waffeln mit verrührten Erdbeeren und einem Klecks saurem Rahm. „Ja, gut", hatte Ellinor gejohlt, „aber bloß eine Waffel für jeden. Wir werden so träge, wenn wir zu viel essen, das sagt Mutter immer."

Aksel lehnte sich näher heran und legte eine Hand auf Anne Maries Arm. Er war nie gut im Blickkontakt gewesen, aber jetzt sah er ihr in die Augen, und er sah, dass sie braun waren und leuchteten.

„Du wirst sehen, es kommt alles in Ordnung, Anne Marie. Seine Mutter lebt doch immer noch, und sie ist weit über neunzig, Thorbjørn hat sicherlich noch zwanzig Jahre vor sich. Ihr müsst bloß zusammenhalten."

„Ach, du bist so ein guter Junge", flüsterte sie. „Das bist du schon immer gewesen."

Sie musste ein paar Tränen vergießen. Aber sie glaubte nicht an das, was er sagte. Er ließ ihren Arm los und sah sie lange an.

„Das kommt in Ordnung", wiederholte er.

Dann machte er kehrt und ging in Richtung Ausgang. Das Gehen fiel ihm unfassbar schwer.

Er war ausgelaugt. Erschöpft von ihrer Trauer und der Heftigkeit, mit der sie nach Trost und Verständnis gesucht hatte. Von der Art, wie sie ihn an sich gezogen hatte, um von der Kraft zu zehren, die er ihrer Meinung nach besaß.

Mühsam kämpfte er sich zum Ausgang. Wie seltsam das alles war. Er hatte keinen Sinn für Gefühlsduselei, doch er wurde leicht gerührt. Er hatte nichts übrig für Flitter, aber er liebte die Menschen, wenn sie sich mit billigem Tand schmückten, wenn sie sich von Glitzer verführen ließen. Er liebte die Lebenslüge und die Träume, ließ sich verzaubern von Kindlichem und Verletzlichem, wurde aber leicht ängstlich, denn niemand war bis ins Innerste erwachsen. Weiches Gewebe durch und durch. Angeberisch und breitbeinig bei Tag, in Embryostellung bei Nacht, so waren die Menschen. Etwas, das in einem Augenblick süß in Mund und Rachen war, kam in der nächsten Sekunde wie saure Galle wieder hoch. Dass er niemand war, dass er so zu viel war. Anne Marie zog an ihm. Die Füße waren schwer zu heben, der Strick straffte sich, Milchsäure und Blutgeschmack, aber er schaffte es zum Auto. Sah hinaus auf die Menschen, die über den Platz bummelten.

Zwischen der Verwandtschaft, mit der er sich nicht verwandt fühlte, und den Fremden, zu denen er keinen Zugang hatte, lag eine schmale Zone.

Dort lebte Aksel sein Leben.

Und enger war es geworden, im Laufe der Jahre, der Druck von den Seiten nahm zu.

Alle haben ihren Ursprung in einem Sumpf. Vor einer Ewigkeit streckte der erste Lungenfisch sein Maul aus dem Wasser, kroch an Land, humpelte auf seinen Flossen vorwärts und sah die Sonnenstrahlen durch die Blätter der Bäume rieseln.

Hinter uns liegt das Gequake. Die Gerüchte darüber, wer wir sind und wem wir ähnlich sind. Die Spuren, die vom Sumpf hinauf auf trockenes Land führen, sind sichtbar für alle Welt.

Wenn er, dachte Aksel, alles zusammenraffte, was er an Kräften besaß, würde er es vielleicht schaffen, sich aus seiner straffen ererbten Haut herauszuwinden. Doch dasselbe giftige Muster würde immer wieder auftauchen und ihn entlarven.

Wir kennen dich sehr wohl. Wir wissen, wer du bist.

In Ellinors Kopf geschah nichts, doch in seinem eigenen ging ein Krieg vor sich. Knochenkrebs, dachte er, unerträgliche Schmerzen, bloß noch ein paar Wochen zu leben. Er saß im Auto, die Hände auf dem Lenkrad, starrte in den Spiegel, auf den sauberen Haaransatz, der ihm so vieles umsonst beschert hatte, und auf die vom Vater geerbten Entenfüße.

Der Kosmonaut kontrollierte die Zeit.

Der Abenteurer überprüfte die Wetterverhältnisse.

Der Pilot wartete auf das Startsignal des Towers.

Zeit, die Operation des Tages vorzubereiten. Sich Wert zu verschaffen. Sich Respekt zu verdienen.

Der Chirurg ließ das Auto an und fuhr weg.

*

Ich bin hier, um ein Verbrechen zu gestehen.

Um welche Art von Verbrechen handelt es sich?

Dem schlimmsten aller Verbrechen. Ich habe getötet.

Wen haben Sie denn getötet?

Iwo Kaminski, Dariusz Zajac, Dorian Dabrovski und Cezary Nowak.

Der Bericht sagt, dass sie an einer Kohlenmonoxidvergiftung infolge eines Gaslecks gestorben sind. In dem Fall wird noch ermittelt. Es wird Anklage gegen Thorbjørn Hellefors erhoben werden.

Ich war derjenige, der das Leck verursacht hat.

Wann soll das passiert sein?

Während sie in der Galeere *saßen und tranken. Taxi hinauf, schnell über den Hofplatz und rein in die Baracke.*

Warum sind Sie dorthin gefahren?

Weil ich ein Dieb bin.

Gibt es in einer alten Mannschaftsbaracke etwas von Wert?

Wenn man arm genug ist.

Und was haben Sie gefunden?

Einen alten Gasofen. Ich löste eine Klemme und machte einen kleinen Schnitt in den Schlauch.

Hatten die Männer Ihnen etwas getan?

Sie sahen ihren Reichtum als selbstverständlich an.

Geben Sie mir eine bessere Erklärung.

Ich bin der Sohn von Annar und Iris. Aus solchen wie uns werden niemals Menschen.

Und Ihr Name?

Ich heiße Aksel Normann Adelson. Aber nennen Sie mich Reumütiger Hund.